贪恋半夏的时光

朱随 著

花山文艺出版社

图书在版编目（CIP）数据

贪恋半夏的时光 / 朱随著.—石家庄: 花山文艺出版社, 2018.10（2020.3 重印）
ISBN 978-7-5511-4154-3

Ⅰ.①贪… Ⅱ.①朱… Ⅲ.①长篇小说—中国—当代 Ⅳ.①I247.5

中国版本图书馆CIP数据核字(2018)第194541号

书　　名：贪恋半夏的时光
著　　者：朱　随

责任编辑：林艳辉
责任校对：李　伟
封面设计：弥　月
美术编辑：胡彤亮
版式设计：西橙工作室
出版发行：花山文艺出版社（邮政编码：050061）
　　　　　（河北省石家庄市友谊北大街 330 号）
销售热线：0311-88643221/29/31/26
传　　真：0311-88643225
印　　刷：三河市元兴印务有限公司
经　　销：新华书店
开　　本：880×1230　　1/32
印　　张：11.625
字　　数：230 千字
版　　次：2019 年 1 月第 1 版
　　　　　2020 年 3 月第 2 次印刷
书　　号：ISBN 978-7-5511-4154-3
定　　价：59.80 元

（版权所有　翻印必究·印装有误　负责调换）

贪恋半夏的时光

① 秀色可餐 ·001

环境幽雅的餐厅，灯光暧昧。室内摆放的盆栽长势极好……

② 编号 038 ·005

杜半夏回到家里，觉得心里实在是闷得慌。

③ 痛快结束 ·011

凌晨三点钟，杜半夏还没有睡着。她听见了房门开启的声音……

④ 简单生活 ·017

第二天一早，杜半夏就和翁杞览一起去办了离婚手续。

⑤ 童话里的奇遇 ·023

终于摆脱了过去的生活，尽管还要面临明天工作……

⑥ 时光竟能倒流 ·030

虽然没有信心，但半夏还是鼓励自己去明氏集团试一试。

⑦ 子扬见到美女 ·036

在明氏集团做前台，也是需要本科学历的。

8 **不用装作陌生人** ·043

明朝径直走到了半夏面前。
"你好啊,那天真是感谢你。"

9 **再见,陆英** ·051

第二天中午,明朝对半夏昨晚的话仍心有余悸……

10 **让我陪伴你** ·059

陆英一动也不动地站在那里,任凭半夏怎么哄劝……

11 **好好活着** ·063

"你们两个丫头在做什么?是要游泳吗?"

12 **众里寻她千百度** ·068

明朝和许一非各自将外套给半夏和陆英两人穿上。

13 **舍弃一切照顾你** ·083

夜已深了。
半夏睁开眼睛望着天花板。

14 **不是冤家不聚头** ·091

事实上半夏和陆英对一非都还不怎么熟悉……

15 **我愿意一辈子被你伤害** ·099

此后接连几天,许一非都风雨无阻地提着餐盒……

16 只要赖上我就行了 ·107

半夏和叔离回到家时，许一非已经好说歹说请了陆英……

18 喜欢你，半夏 ·128

陆英哭了很久很久，直到哭累了，她才沉沉地睡了过去。

20 没有开始，
就结束了 ·151

明朝七点钟准时出现在这间茶室，他以为自己来得很准时。

22 明朝心事终明了 ·172

半夏伸手去拭叔离的额头，很庆幸，温度很快就降下来了。

17 每个人都有
不想提起的过往 ·117

第二天半夏陪着叔离出门继续寻找合适的写字楼。

19 叔离未婚妻的
兴师问罪 ·137

明朝站在门口静静地听着叔离对半夏的承诺……

21 三个人的纠葛 ·162

半夏在厨房里煮一锅面。她默默地听着许一非和陆英的话……

23 那些微风
明月的日子 ·181

许一非叹了一口气，也不再说话……

㉔ **贪恋这一分
一秒的时光** ·194

清晨七点钟医生来做例行检查的时候，发现明朝正发着高烧。

㉕ **子扬，子扬** ·202

半夏见明朝不发一语，她也沉默了起来。

㉖ **只希望她幸福** ·211

许一非去子扬的主治医生那里打听清楚了子扬的情况，

㉗ **宁可相忘于江湖** ·219

"夕阳无限好，只是近黄昏。"

㉘ **留住或者
失去幸福** ·227

"半夏，你说'幸福'究竟是什么？"

㉙ **生死别离** ·234

陆英从床上爬起来，飞快地穿好衣服打开房门走了出去。

㉚ **从此一生很漫长** ·244

哭肿了眼睛，却仍止不住泪流，心已碎成一片一片……

㉛ **不该遇见的人
全都遇见了** ·250

明朝出院后，半夏的假期亦随之结束，正式上班……

32 纠缠不休　　　·258

叔离几天之后在一个晚上特意去看半夏。

34 请你等我　　　·273

"不，不是这样，陆英。"许一非见陆英误解了自己……

36 吻别　　　·288

"半夏，我出事了。"迷糊的睡梦里……

38 只是想温暖你　　·304

许一非的工作没有休息日，半夏和陆英也不知道到底是个什么工作。

33 我就是孩子的爸爸·265

"富贵牡丹图"已经绣好，配了框架已经挂在了墙上……

35 离家出走的少爷　·281

"世界上怎么有这么无耻的人！"方一进门……

37 他结婚了，
　　新娘是别人　　·297

叔离的唇停留在半夏的唇上，并不深吻……

39 他的未婚妻　　·313

这一天晚上,是明氏集团举行的一个酒会……

40 离开　　·320

"半夏,我在医院,许一非受伤了。"

41 再重逢　　·328

纵然走出这家咖啡馆的时候,半夏强装出一脸的平静……

42 爆炸了　　·336

明朝在大街上转悠了许久,直到傍晚才失魂落魄地回到了家里……

43 他们的打算　　·343

"算了,算了,你好好休息。"

44 温馨时光　　·350

车水马龙的道路上,红灯亮起……

45 婚礼　　·357

许一健见他们不说话,便将陆英家的地址写在了纸条上……

1 秀色可餐

环境幽雅的餐厅，灯光暧昧。室内摆放的盆栽长势极好，郁郁葱葱的叶子遮挡住了杜半夏的视线。

杜半夏端着一杯红酒，透过盆栽的叶子凝视着眼前的一男一女。

"黄小姐的皮肤真好。"

正在说话的这个男人，她无比的熟悉，正是她的丈夫翁杞览。此时他背对着杜半夏而坐，正与别的女人吃饭，且一脸的暧昧笑容。

坐在他对面的女人，确切地说还是个女孩儿。或许只有二十岁吧。杜半夏猜测着。她这个老公，专门喜欢找年轻的女孩儿偷腥。这位黄小姐的打扮却很成熟，洁白的脖子上佩戴着流光溢彩的珍珠项链。她长发披肩，着一袭露肩低胸的黑色紧身连衣短裙。年轻本身就是巨大的资本，此时再这样一打扮，更加令她对面的男人魂不守舍。

杜半夏举眸望着这个女孩儿,将她的一举一动尽收眼底。这位黄小姐长相娇美,她听了翁杞览的赞美,将手中的刀叉放下,一本正经地望着他,娇声说道:"翁先生见过的美女无数,我可不敢当。"

"我虽然阅过无数的美女,"翁杞览有意地加重了这个"阅"字,"可是像黄小姐这么美丽的,却不多啊。"

女孩儿听了他的话,笑得花枝乱颤。

翁杞览伸出了一只手,自桌上将女孩儿的手握住,不住地摩挲着。女孩儿的脸上更加的千娇百媚,故意问:"翁先生怎么还不用餐?"

"秀色可餐啊。"翁杞览难以抑制他的渴望,急切地说道,"有这么一个美人儿坐在我面前,我哪里还吃得下。"

"翁先生这话是说我让您吃不下饭啦?"女孩儿佯装出几分怒意。

"哪里哪里,怪我胡言乱语。我现在哪还有心思吃饭,我只想吃'秀色'。"

"我可不叫'秀色'。"女孩儿展颜又是一个媚笑。

"那你叫'可餐'。"翁杞览松开握住女孩儿的手,他缓缓地移动身子向女孩儿靠近。

女孩儿听了他的话,显然是很开心。翁杞览再也抑制不住自己。他猛然起身,一把将女孩儿拥进怀里,在她耳畔吐气道:"那咱们换个地方。"女孩儿无声地笑着回应,窝在他怀里相携走去。

杜半夏一直很冷静地看着这一切。仿佛眼前的这个男人不是自己的老公,而是在看一场别人的戏。她放下手中的酒杯,收起桌子上一直调好角度进行着录像的小型相机,悄悄地尾随着他们而去。

她之所以这么冷静,这么淡定,不是因为她是圣母。而是这一幕她实在是见得太多了,多到她已经麻木。甚至于他们在餐桌上的每一个动作、每一个眼神、每一句话之后,接下来会发生些什么,她都已经能猜测到了。这个翁杞览,从来都是这一个套路,毫无创意。

杜半夏拍拍自己的心口,安慰自己,不要生气,不要愤怒。无非就是一场钱色的交易罢了。交易完了,一切就结束了。而她,还是他的妻。

翁杞览与这位黄小姐用餐的餐厅,是一家五星级酒店。杜半夏了解他,他选的餐厅不会离房间很远。

五分钟后,杜半夏已经看着他们两人进了房间,翁杞览随手将"请勿打扰"的牌子挂在门上。

"晚饭后不加休息就进行剧烈运动对身体不好,老公你要保重呀。"杜半夏摸出手机,将这条短信发给了翁杞览。然后将牌子翻了过来,"请勿打扰"变成了"请即打扫"。

她敲了敲他们的房门,"啊,公安局的来了啊?"她捏着鼻子提高了嗓门喊道,"公安局来扫黄的?老板那我先闪人啦。"而后一溜烟地跑到楼梯口躲了起来。

果然一分钟后,房门打开了一条缝隙,那位黄小姐一边整理着裙子,一边透过缝隙向外张望着。

杜半夏嘻嘻笑着,进了电梯。电梯里只有她一个人。杜半夏呆呆地望着电梯的墙上映出她比哭还要难看的笑脸。"这样有意思吗?这样的生活有意思吗?"她在心中责问着自己,"这一切很有趣吗?"

泪,忽然就无声无息地涌了出来。

❷ 编号038

杜半夏回到家里,觉得心里实在是闷得慌。她将方才在餐厅里录到的内容拷贝到了电脑上,她给这个视频命的名字是"编号038",这意味着这是她亲眼所见的第三十八位与她老公翁杞览有染的小姐。

她最初编号时,是以十位为最大单位来编的。但是后来通过她的不断发现和计算,觉得以翁杞览现年三十九岁的年龄来算,假如他直到六十岁仍死性不改的话,那么他所"阅"过的女人以她每月发现一名的速度计算,二十几年间,怎么也得百位。而这个百位数,还是她将亲眼所见的。她没有看见的,不知道是个什么数字。

从"001"起,她一个一个地播放着这些视频。与翁杞览结婚三年来,在蜜月的最后一天,她在无意之中撞见了被她编号为001的那位小姐,从那以后,她一个月尾随他一次。其实找他很容易,他似乎认定了杜半夏不知道他的事情，就算知道了也不会介意。所以每次约会那些女人的地点也很固定，只要他人在本市，地点无非都是那几家星级酒店。挨个找一遍，准能看见他在某一个角落暧昧的灯光下，与某一个女子暧昧着。

犹记得在蜜月的最后一天，自国外回来的游轮上她所见到的那位001小姐。那一幕她没有录像，却觉得历历在目，比录下来更令她难忘。她今生今世，永远都无法忘记那一幕带给她的心痛和巨大的打击。

那一天是春日的午后，她坐在阳台晒太阳。阳光很温暖，就像酒一样。晒了半个多小时，她整个人都仿佛醉掉了，只觉得懒洋洋的，昏昏欲睡。于是她回到自己的房间，想睡一个午觉。

这是一艘豪华游轮，她的房间里开着一扇大大的观景窗，正对着床。纵然拉上厚重的窗帘，刚在阳光下晒了半个多小时的她，却仍觉得刺眼。她环顾了房间一周，最后打开宽大的衣柜，睡了进去。

这一觉睡着香甜无比。在睡梦中杜半夏隐隐约约听到翁杞览说话的声音，"我的小宝贝，你怎么能这么甜。"

杜半夏以为他在跟自己说话，于是睁开了惺忪的双眼。衣柜背对阳光，比较幽暗。而那张大床上的两个人，却是如此的刺目显眼。

翁杞览赤着身子，怀中搂抱着一名陌生女子。说陌生，其实杜半夏也与她见过几面。这名女子大概是叫"小美"。在船上这几天杜半夏与翁杞览一起出入时,翁杞览曾与她打过招呼。只是没有想到,如今打招呼竟然打到床上来了。

杜半夏窝在衣柜里一动也不敢动。她不知道该怎么办才好。这些男男女女,素日里看起来衣着华丽,道貌岸然,私底下想不到竟是这样!

杜半夏的耳朵轰轰作响,就像有一架飞机在她耳旁轰鸣。鲜血不住地涌上她的头顶,她觉得自己快要爆炸了。翁杞览你怎么可以这样对我?我们才结婚一个月啊!

她想从衣柜里爬出来,看他会是怎样的表情。她想站在他们面前,看他们慌张的丑态。她想大声责骂他,令他在这艘船上颜面尽失,她还想……

可是她没有自己想象中的那样具有勇气。她什么都没有做,只是窝在衣柜里一动也不敢动,更不敢用力呼吸。她在心里想着她如果做了这一切,将会产生的后果。

假如她跳出来与他哭闹,闹得鸡飞狗跳之后,翁杞览一定会与她离婚的。一定会的。

可是杜半夏不想与他离婚。结婚一个月就离婚,于她是莫大的讽刺。而且,她舍不得离婚的理由,是她爱他。

是的,她爱他。

这个比她大了十五岁的男人,在她二十一岁那年娶了她。那时她大学还没有毕业,未曾涉世,青涩清纯。这个男人用甜言蜜语、柔情蜜意和耐心、热情的追求打乱了她的心境,令她平生第一次觉得自己爱上了一个人。是爱,不同于单纯的"喜欢"。

他向她求婚,她不假思索地就答应了。嫁一个自己爱的,又疼爱自己的男人,大约是一个女人一生的幸福了吧。她傻傻地想着,满脸甜蜜。

她毅然地放弃未完成的学业,接受他的戒指,为爱披上了嫁衣。

杜半夏幽幽地沉思着,眼泪已经流成了河,打湿了衣柜里的衣服。

那是001,杜半夏还没有经验,不知该如何应对。事后她装作不知道的样子与翁杞觉继续过着,渐渐地习惯了他的夜不归宿。

后来她就拿了相机将这一切录下来。她不时地看着这些视频,想让刺激来得更猛烈些。这样,深深的绝望之下,她就会下定与他离婚的决心了。

三十八个视频片段——在她面前播放了一遍。杜半夏又一次觉得这种生活没趣透了!她拿起电话,拨通了好友陆英的电话。

一听到陆英的声音,她就忍不住哭了,"英子……"她泣不成声。

"怎么了,又捉到他和别人幽会了?"陆英问道。

"英子,我下不了决心。这么多的事实和证据摆在我眼前,我依然下不了决心。英子，我该怎么办？"

"离婚吧。半夏。三年了，你还想继续浪费你的青春？"陆英不厌其烦地继续劝说。

"我下不了决心。这是我的初恋，我无法割舍。"

"听我说，半夏，你是不是舍不得眼前的优越生活？"陆英冷静地替她分析着。

"不是，我只是舍不得他。我宁可在陋室里为明日的租金发愁，只要和相爱的人继续爱下去，也不愿意在这豪宅里强颜欢笑。我甚至期望他破产，这样，他就没有钱出去花天酒地了。"

"这个破男人有什么舍不得的？我不想在三十年后还听到你打电话来哭诉。"陆英恨恨地说道，"你想象一下现在是十年后，你三十四岁，或者是二十年后，你四十四岁。你一把年纪了，仍然要面对他夜不归宿的事实，仍然要和一个不爱你的人生活在一起，你的一生就将一直这样过下去！你好好想象一下吧。"

"或许他还爱着我，不然他不会娶我。"

"你身边有没有豆腐？"陆英气得无话可说，"替我拿起来狠狠拍在你脸上！"

"英子……"

"离婚吧。我去接你。到我这里来。有我陪着你，你不会比现在痛苦。"陆英说道，"你好好想一想吧，我不希望看到你不快乐，不幸福。"

杜半夏挂了电话，躺在沙发上，睁着眼睛看着天花板上华丽的水晶吊灯。她觉得自己的生活就跟这水晶灯似的，看着华丽无比，其实却糟糕透了。

或许，她该下决心，快刀斩了这团乱麻。这样烦透了的生活，她无法再自欺欺人地过下去了！

❸ 痛快结束

凌晨三点钟,杜半夏还没有睡着。她听见了房门开启的声音,知道这是翁杞览回来了。她起身坐在客厅里等他。这间卧室算起来翁杞览也有一个星期没有进来过了。

翁杞览打开客厅的灯,意外地看到杜半夏在等他。"怎么还不睡觉?"他问道。见杜半夏没有回答他的话,他又自顾自地说道:"亲爱的,今天我又收到你的短信了。你真是对我太关心了,谢谢你哟。"

"这是我发给你的第三十八条相同内容的短信。"杜半夏说。

"亲爱的,你对我实在是太好了。我们去睡觉吧。"

"你应该注意自己的身体,尽量节制。"

"你希望我节制?那好吧,今晚我依旧睡客房。"翁杞览说着,便向客房走去。

"今天那位黄小姐一定很美丽吧。不然你不会那么急不可耐。'秀色'果真就那么'可餐'吗？现在饿了没有？要不要我给你煮一碗面？"杜半夏幽幽地说道。

"什么黄小姐？"翁杞览一脸的茫然。

"其实我觉得你的约会方式还可以更有新意一些。老是用饭局来当借口，也太没创意了。作为有名的CEO，你应当不断创新才是。不如我为你出出主意吧。你可以借口谈生意啊，带她们购物啊，或者将她们带到外地去旅游，这样会更浪漫一些。"

"亲爱的，你到底在说什么？"

"或许你已经忘记了我的名字，只能称我为'亲爱的'了。"杜半夏依旧冷冷地说道。她有太多的话想说了。忍了三年，这些话在她心中整整盘旋了三年！

"亲……"翁杞览只好改口，"你不是叫半夏吗？我怎么会忘记。"

"我今天突然觉得有一些现代化的设备真的太好用了。比如说摄像机。"

"亲爱的，你今天是怎么了？"

杜半夏将那台笔记本电脑摆放在翁杞览面前，说道："这里有三十八段视频，我觉得你可以好好欣赏一下，分析一番我方才说的那段话是不是很有道理。你约会的方式真的是无味极了，全都是在饭桌上。现在的年轻女孩子那么喜欢吃饭吗？或者是喜欢被人'秀色可餐'?"

翁杞览一直没有听明白杜半夏的话,只是有一点心虚。他看着整齐排列的001直至038段视频。这些个视频片段是以"缩略图"的查看方式摆列的,所以他清楚地看到了视频里的内容。果然无一例外,每一段都是从餐桌上开始的。

其实这只是他的习惯罢了。这些饭局俨然成为他生活中的一部分,和工作一样,成了例行公事,所以也索性懒得花心思去考虑新的约会方式。

"只不过吃个饭罢了,亲爱的你太多心了。"翁杞览随意扫了几眼,立刻心中了然。

"吃个饭也能吃到床上去?"

"我说你不要这么无理取闹!你现在居然还跟踪我,偷拍我!"翁杞览没有耐心再与她周旋了。

"如果我真的想跟踪你,只怕拍下的不仅仅是吃饭了,也不会只是这三十八位了吧?"

"你想怎么样?"

"你爱我吗?"杜半夏问道,"你看着我的眼睛,你告诉我你为何要娶我?"

"亲爱的,你人又温柔又大方,性格又好,亲爱的,你不要这么多心了,好吗?乖乖睡觉去吧。你今天很反常哟,是不是心情不好?要不我陪你?"翁杞览安慰道。

"性格好，我能理解成好欺负吗？"

"我很累了，你不要再挑战我的耐心。"翁杞览斥责道。

"我也累极了。三年了。从那一天在游轮上亲眼看到你和小美上床，到现在整整三年了！或许我们之间该结束了。"

翁杞览只以为杜半夏怀疑他罢了，想不到她竟真的亲眼见到过。

"你既然不爱我，就不该娶我。让我过着像地狱一样的生活。"杜半夏继续说道。

"不是这样的，亲爱的，不是这样的。现在的生活难道你感到不幸福吗？这样吧，明天我把半山的别墅拨到你的名下，再买一辆跑车送给你。这样可以了吗？"翁杞览走上前去，试图将杜半夏拥进怀里。

杜半夏却推开了他。

"香港那边新到了一批钻石首饰，都是上好的。明天我陪你去挑选几件，好吗？"翁杞览继续安慰道。

"原来你眼里所谓的幸福就是别墅、跑车和钻石吗？"

"那你还想怎么样？！"翁杞览火了。

"原来我们竟是这样的不适合。我们离婚吧。"

"你到底想要什么？公司？财产？你要什么就说出来，不要用离婚来威胁我！我告诉你，和我离了婚我是一分钱也不会给你的！想借离婚来分我一半的财产？劝你趁早打消这个念头！你们这种女人，当初和我结婚时就盘算好了吧？"

杜半夏想不到眼前的这个男人心思竟是这样的龌龊，她原本所存有的恋恋不舍，突然就这样被他亲手给斩断了。"你放心，你的财产我一分都不会要的。"

"我送给你的珠宝首饰、汽车，我也会收回来的。"

"关于你的一切，我统统都不要。"杜半夏再也不想和他说半句话。如果有可能，连同与他在一起的时光，连同与他在一起的记忆，她统统都不想要。

"你离开我不会幸福的！我可以给你别墅、名车，给你名贵的首饰，给你名牌衣服、名牌包包，给你奢侈的生活。你还有什么不知足？有多少女人求着我娶她，我都没答应，只娶了你一人。你难道还觉得不幸福吗？！"翁杞览歇斯底里地吼着。他三十九岁了，保养得很好，若是温文尔雅，看起来还是算年轻的。可是一发起脾气来，就老态毕现了。

杜半夏起身向卧室走去，不想再面对他。

"离开我你不会幸福的。杜半夏你给我记住了，离开我你肯定不会幸福的！你会后悔的！"

"我一定会幸福。"杜半夏在心中对自己说道。

翁杞览见杜半夏这样的决绝，突然觉得受到了莫大的污辱。"你是不是背着我找了小白脸？！"他尖叫起来。

杜半夏止住了步子，冷冷地看着他。从来没有发现这个男人是这样的令人作呕。她进了卧室，将翁杞览锁在了门外。

翁杞览顿时气急败坏。他一把举起杜半夏的那台笔记本电脑，将它狠狠地摔在了地上。仍然不解气，索性又踏上去狠狠踩了几脚。笔记本的键盘按键一颗颗地掉了出来。液晶屏幕也像镜子一样支离破碎，一如杜半夏的心。

别墅里的几名用人被这么大的响动惊醒，慌忙都起身冲进了客厅。见是翁杞览在发脾气，个个都不敢说话，又装作不知道悄悄地溜了出去。

杜半夏任凭他在这里砸东西，突然觉得哀莫大于心死。她原本以为自己说出"离婚"两个字时会有心酸，会有不舍，会有眷恋。对翁杞览会有像海藻一样不能理清的纠缠，会后悔，会心软……原来一切竟可以如此轻易地痛快结束。

这到底算是好的。

❹ 简单生活

第二天一早,杜半夏就和翁杞览一起去办了离婚手续。手续办得很快,快得出乎翁杞览的意料。

他原本以为杜半夏只是吓唬吓唬他,借此叫他送她一些财产罢了。却想不到她果真下了这么大的决心,一分钱都不要,爽快利落地签了字。

办完手续出来,翁杞览一直跟着杜半夏。他不相信杜半夏真的一分钱财产都不要。

杜半夏当着翁杞览的面,将他送给她的那些名贵首饰、名牌衣物、包包之类的统统拿出来,一一摆放在翁杞览面前。而后将汽车钥匙和别墅钥匙以及他送给她的信用卡统统甩在他面前。只在属于自己的背包里塞了几件自己原先的衣物,扬长而去。

翁杞览呆呆地看着她陈列了一室的东西，心里猜测着这个小女人如此的不屑这一切，是不是遇到比他还要富有的主儿了？

杜半夏坐在去往青城的火车上，她发现空气原来是这样的好。从来都没有这样的轻松过。

青城火车站，陆英早早地等在了那里。杜半夏下了火车，正四处张望，等在一旁的陆英一眼就看见了她。陆英飞奔到杜半夏的身旁，两个人相视而笑，紧紧地拥抱在一起，突然都哭了起来。

泪水打湿了彼此的衣服。陆英擦了擦自己的泪水，对杜半夏嫣然一笑，说："一切都过去了，咱们重新开始吧。"

两个人手牵着手，回到了陆英租住的小屋。

杜半夏与陆英之间的情谊之深，是无法用言语描述的。两个人自小就在一起长大，是闺中密友。包括上大学也在同一个城市。直至后来杜半夏结婚，两个人才分开。

为了给半夏接风洗尘，陆英的未婚夫穆子扬特意早早下班，去市场采购了一些蔬菜鱼类，亲自下厨做菜。

穆子扬的厨艺颇好。他让陆英和半夏尽管聊天去，只等着美食上桌即可。半夏由衷地说道："子扬真是不错。你们几时结婚？"

"我们过几天就去拍婚纱照，你可要陪我的。"陆英笑嘻嘻地说道，"婚期已经定下了，你就等着喝喜酒吧。"

"用膳了！"穆子扬朗声说道，满面笑意，将菜一一端上了桌。四菜一汤，有鱼有青菜，简简单单，一种居家的丰盛。"请二位公主用膳了。"子扬趴在门口对她们说道。

等半夏和陆英上桌，子扬已经为她们倒好了啤酒。"来，为半夏接风。祝愿半夏从此以后快快乐乐！"子扬举起了酒杯。

"万事顺利。"陆英也祝福道。

"祝你们幸福。"半夏与他们碰了杯，真诚地祝福道，"百年好合，举案齐眉。"

"什么呀，现在还早着呢。把你的祝福留着，等我们婚礼那天，你要一口气说十句祝福的好话。"陆英笑道。

三个人将杯中的酒一饮而尽。

"没问题，让我说一百个都行。"

"那行，咱们说好了，就一百个。百年好合，哈哈。我看你要提前打好草稿才行呐。"陆英开心地笑着，见到半夏脸上没有因为离婚而显现出来的伤神，她顿时放下了心。

吃过晚饭之后，子扬勤快地收拾杯碗。半夏觉得他做饭已经很辛苦了，自己不动手清洗碗筷实在是过意不去，于是便抢着去洗。子扬劝她："我从来都不让陆英做这些事情的，洗洁精可是很伤手的哟。你就不用觉得过意不去了，和陆英聊天去吧。"

陆英拉过半夏："我说半夏，你就别跟子扬抢了吧。"

半夏只得依命，和陆英继续聊天。算起来，半夏结婚这三年，和陆英见面的次数实在是少之又少，这回一见面，立刻就有说不完的话。

子扬将厨房里的事情归置完毕，也参与了进来。

半夏满脸歉意地对陆英与子扬说："这一次来打扰你们了吧？我可能要在这里住到找到工作才行。"半夏这一次离婚，可谓是身无分文，一时之间她还不能租房自己去住。

"你说这话是什么意思呢。"陆英笑着瞪了半夏一眼，"我们之间还用得着说打扰吗？而且本来子扬也不住在这里。他上班的地方离我这里太远了，所以我们各住各的。你住在这儿我还省了保镖钱呢。你知道，像我这么年轻又貌美的女人，一个人住可是很危险的哟。"

陆英的这一番话，逗得半夏和子扬都大笑起来。

"我就喜欢看见你开心大笑的样子。"陆英望着半夏开怀大笑的模样，忽然说道。半夏听了这话，眼眶顿时发热，她极力忍着不让热泪滚落下来。

陆英见半夏的神色，也不想惹她落泪，就伸出手乱揉着子扬的头发，对他说道："还有你，我也喜欢看见你开怀大笑的样子。"

子扬对她露出一个腼腆的笑容，半夏从子扬的眼神中看得出他对陆英的爱。"他们真幸福。希望他们永远这么幸福。"她真诚地在心中祈祷着。

子扬又逗留了一会儿，便要回去，再晚就没有车了。陆英送子扬下楼，两人手挽着手无比的亲昵。

在楼下依依不舍许久，陆英才上楼。

一进门半夏就打趣道："这么难分难舍，我看你们明天就结婚好了。"

"明天？那可不成。"陆英一脸幸福的笑容，"良辰吉日不可错过，好日子我们可订好了，下个月的九号，长长久久好意头，我们已经选了那一天。"

半夏拍拍她的脑袋："小丫头竟然迷信这个。"

"岂止是我这个小丫头呢，"陆英笑着扑在她身上，"子扬的父母，我的父母，也统统图这个好意头，都快把黄历给翻烂了，才挑了这么一个好日子。"

两人又说说笑笑了一会儿，半夏想到明天还要去找工作呢，就问陆英，"找工作需要简历的吧？"

"那是自然。"陆英主动让出电脑，叫半夏去做简历。

半夏望着空白的文档，手放在键盘上，半天却敲不出一个字。无数的酸楚，在这一刻全都涌现出来。

简历，这些年来，她的经历该怎样去描述呢？

简单地说，就是遇人不淑，落得凄楚一片。可是找工作的过程中，这段经历却是一点儿也派不上用场的。

学历，工作经历……这一切她该如何落笔？这段婚姻，竟蹉跎了她这么多的东西。她三年的美好青春，本该付之于学习，付之于工作，竟如奔涌的水，白花花地从她的指缝间流过，给她的成长，留下无尽的遗憾，和不敢流露出来的伤心。

陆英见半夏愣神，料想她是为简历的事情发愁。大学未毕业，没有毕业证书，半夏的手中只有一个高中学历的证明，而且她没有任何工作经验，这意味着她一切要重新开始。陆英也替她发愁，但她一定要替半夏保持住信心。

陆英想了想，说："你办公软件和绘图软件都使用得很不错，不如就应聘一些相关的职位吧。普通的办公文员你绝对能够胜任。咱们从小做起，慢慢努力。"

半夏点点头。

5 童话里的奇遇

　　终于摆脱了过去的生活,尽管还要面临明天工作在何处的烦恼,半夏还是一夜无梦,睡了一个三年来最安稳的觉。
　　长长一觉醒来,陆英已经弄好了早餐。
　　两个人吃过饭,便各忙各的。陆英去上班,半夏去找工作。

　　没有想到工作是这么不好找。
　　半夏奔波了几天,依然一无所获。她遇到了一些和她一样找工作的人,于是逐渐总结出来一些东西。
　　求职,敲门砖是要有学历。
　　但是只有学历是不行的,还得有工作经验。
　　有学历又有工作经验也未必就行,还得是与所求职位相关的工作经验才行。

又有学历，又有与所求职位相关的工作经验，但是经验浅了不行，要资深才好。

学历、资深的工作经验完全具备，薪水却未必就能如你所愿……

别人有那么好的条件，绝佳的优势，却依然奔波在求职的路上，半夏看到这些几乎是绝望了。

她不想回家，不想让陆英看到她哭泣、伤心绝望的样子。她坐在公园的长椅上，将头埋在膝盖上无声地痛哭。

半夏，要努力，一定要幸福。

她一边哭着，一边在心里劝着自己。

这个公园很大，周围的住宅小区也很多，因此有很多人，极是热闹。傍晚的公园里一片安详，处处都荡漾着笑声。小孩子在家长的陪同下做着游戏，老年人结伴散着步……

人生是如此的美好，半夏，你不可以绝望！

半夏抬起婆娑的泪眼，凝视着这一切的美好。

"叔叔，就是这里，刚才这个阿姨一直在哭。"一个穿着雪白的公主裙，打扮得像小公主似的小女孩儿，牵着一名男子的手，站在半夏面前说道。

半夏赶紧擦干脸上的泪水。

"你看，阿姨还在擦泪呢。"

"你怎么了？"小女孩牵着的男子问半夏。

"没，没什么。"竟然被一个四五岁的小女孩儿看到了自己在哭，可真是太丢脸了。半夏感到非常不好意思。

"没有找到工作？"男子瞄到了半夏透明文件袋里的简历，于是问道，"杜半夏是吗？"

半夏更加觉得不好意思，赶紧将简历给遮盖了起来。

"妞妞，你在幼儿园里如果玩游戏输了，该怎么办呢？"男子见半夏低头不语，就转而问向小女孩儿。

"老师说，输了就重头再来过。不过是一场游戏，没什么大不了的，所以不可以哭。"小女孩儿稚声稚气地说道。

"找工作嘛，也不过是一场游戏罢了，没什么大不了的，重头再来过就是。"男子坐在半夏的身旁，柔声说道。

小女孩儿坐在男子的膝上，伸出小手晃动着半夏的手臂，"阿姨，你也是玩游戏输了吗？我今天也输了，所以我让叔叔带我出来练习，我明天一定会赢的。"

"谢谢。"半夏虽然被人看见，觉得难堪，但出于礼貌，而且一个陌生人肯这样劝慰她，她心中也很感谢他们。

"如果没有什么事情，不如我们陪妞妞一起玩游戏吧。这样妞妞明天就不会再输了。"男子说道。

"走吧，阿姨，陪妞妞玩一会儿吧。"叫妞妞的小女孩儿摇晃着半夏的手臂,接着从男子的膝盖上滑下来,拖着半夏的手叫她起身。

半夏笑了笑,答应了妞妞。

一场游戏下来,半夏很开心。

"如果感到不开心,那就一定要开怀大笑。笑过之后,就会有信心和向前的勇气了。这些都是经验之谈,我轻易不告诉人的哟。一般人想知道,我还收费的。"男子对半夏说道。

半夏点点头,向妞妞与他告别。

半夏才走了几步,就听见那名男子在身后大声喊:"杜半夏!"

半夏止住步子回过了头,她看见妞妞牵着那名男子的手,站在一株大大的榕树下,像极了童话里的奇遇,极不真实。

"明天到明氏集团去碰碰运气,听说那里有很多职位的空缺,急等着用人。说不定你就能找到工作了。"

"好。"半夏应道。

"一定要去啊,我觉得你一定行!"

"好。"半夏点点头。她向回家的路跑着。轻松的步子,似乎飘在傍晚微醺的风中。"一定行。"她鼓励着自己。

半夏快要跑出公园的时候,回头看了一眼,妞妞和那个男子依旧站在榕树下面。

"就是这位阿姨帮助了江婆婆?"男子弯腰至妞妞面前,温柔地问道。

"是的。刚才叔叔还没有到的时候,我和婆婆在门口等你。有一个小朋友把足球踢到了婆婆身上。婆婆就摔倒了,闯祸的小朋友吓得像小鸟一样飞走了。没有人来扶婆婆,我又扶不起来。这位阿姨路过,才把婆婆扶起来,还在草丛里拔了几棵草,把草汁涂在婆婆的膝盖上呢。"

"那你哭了没有啊?"

"我才不会哭呢。再说婆婆都没有哭呢。可是这个阿姨可奇怪了,她居然哭了。哎呀,我刚才都忘记替婆婆谢谢那位阿姨了。"妞妞忽然大声说着。

这时候,江婆婆已经走了过来。江婆婆是专门照顾妞妞的保姆。

"婆婆。"妞妞笑着扑到江婆婆怀里,"婆婆你的腿还疼吗?"

"不疼了。"

"我本来带了叔叔去谢谢那个阿姨的,可是不小心忘记了。"妞妞不好意思地说。

"没关系,下次看见她了再谢也行啊。"婆婆安慰道。而后对男子讲道:"少爷,司机已经到了,我们回去吧。"

半夏回到家中，陆英已经快急疯了。一见半夏进门，她就握住她的手，口中嚷嚷道："哎呀，姐姐，我都差点要报警了。我心想着我们半夏这么漂亮，别是被劫色了。"

"那倒没有，就是我只顾低着头走路，寻思着能捡到金子呢，谁知道真的捡到了。但金块太重，没法搬回家，慢慢拖着，这不就回来晚了嘛。"半夏也打趣道。

"那金子呢？"

"好不容易拖到了楼下，灯光一照，坏了，居然是一块大石头。"

两个人笑得前俯后仰。陆英看半夏初一进门的神色，心中就知道今天的工作仍没着落，所以有意逗她开心，不想让她失去信心。

两个人说笑着做了晚饭，饭桌上半夏对陆英说道："今天在回家路上的那个公园里，遇见了一个四五岁的小女孩儿和一个二十多岁的男人。那个男人叫我明天去明氏集团试试。明氏集团的招聘广告我也看了，最普通的职位都要求至少本科学历，两年以上相关工作经验。你说我有必要去试试吗？"

"去试试嘛，又不会少一根头发。"陆英劝说道，为了给半夏增添信心，她又笑着说，"话说距此不远可是有一个半山别墅的，说不定明氏集团的某位领导就住在那里。今天心血来潮到公园逛逛，看见了你举止优雅、貌美如花，明天他大笔一挥，你的工作就有着落了。"

　　"可不是嘛，我的人生传奇，就这样在你口中诞生了。"半夏嫣然一笑。

时光竟能倒流 ❻

虽然没有信心,但半夏还是鼓励自己去明氏集团试一试。事实上工作这么不好找,她也是逢"招"必试,但凡是有公司招聘,她也不再管自己符不符合,都冲上去面试。自然,受的打击也不小。

明氏集团在青城数一数二,今天来面试的人不是一般的多。从七点开始,就排起了长龙。这些排队的人们,看起来个个不凡。无论男女,个个打扮得衣冠楚楚,尤其是女性,皆化着精致的妆容,身着得体的职业套装。言谈举止,都是那样的大方。

半夏不会化妆,婚后三年虽然养尊处优,但生活的圈子很小,一直保持着学生时的单纯。穿衣打扮也都是依着自己的性子,更别提和这些看起来就是职场精英的女人们比了。

这些天忙着找工作,只有陆英得空的时候替她简单化一个淡妆。而今天,陆英起床晚了,所以没有顾得上她。半夏非常笨拙地给自己化了一个堪称"毁容"级的妆容。她身上的衣服,是借穿陆英的。陆英稍稍比她高一点,她又比陆英还要瘦,所以衣服穿起来有点显大,看起来并不那么得体。

半夏夹在这样的人群之中,她环顾了一下周围,寻思着自己是不是该就此罢了,别在这里耽搁时间,还是眼望现实,找一份自己能胜任的工作吧。

就在她心中打架,犹豫不决的时候,听见人群之中在互相议论,"杜半夏?谁是杜半夏?"

半夏停止住自己内心的挣扎。自己不就叫杜半夏吗?她定了定神,听见明氏集团的门口,有一位女人大声喊道:"请杜半夏到前面来。"

半夏也不管那么多了,就穿过人群挤到了前面。

"请跟我进来吧。"

半夏跟着她走了进去,穿过富丽堂皇的大厅,进入了一个房间。

"我姓方,叫方绢,是人事部经理。杜小姐,请把简历拿来给我看看。"

半夏将自己的简历递了上去。

方绢极为认真地看了两遍,有些愕然地扶了扶眼镜,望了半夏一眼,"请稍等一下。"她对半夏说道,便拿着她的简历走出了房间。

半夏忐忑不安地等待着，心里面没有一丝的把握。

不一会儿，方绢满面微笑地走了进来，对半夏说道："杜小姐什么时候能来上班？"

"呃？"半夏以为自己听错了，已经到了渴求工作到产生幻听的地步。

"因为杜小姐的学历不高，所以只能从前台做起。当然，学历不能代表什么，一个人的能力和它无关。只要杜小姐熟悉了公司的事情，让大家看到你的能力，职位就会提升的。"方绢又说道。

半夏有一瞬间的茫然。她走出那个房间的时候，脚步是飘的。她怕自己会一不小心就飘到天空里去了。

半夏走出门外，看到了仍然排着队的那群"精英"，觉得自己今天真的是太顺利了。顺利得不可思议。

自己居然找到工作了！

陆英听到这个消息，比半夏还要高兴。她拉着半夏的手又蹦又跳，小孩子得了糖似的开心。

陆英立刻打电话给子扬，叫他过来请她和半夏吃饭，庆祝半夏找到了工作。

子扬以最快的速度赶到，三个人去了一家火锅店。正吃到尽兴的时候，陆英对半夏说："你看，那个人是不是叔离？"

半夏顺着陆英的指引看去，坐在盆栽旁的那个男子，可不正是叔离。

"叔离。"陆英唤道。

叔离抬起眸子,一下子就呆住了。他的心跳加速,热血上涌。半夏!那是半夏?

他起身向她们走来,脚步竟有些踉跄。

"想不到在这里遇见你们。"叔离坐定,平静了一下自己的心绪,笑着说道。

叔离人虽然在青城,却是在城北。他今日到城南来办事,办完事路过这一家火锅店,突然心血来潮就走了进来。却想不到,居然能见到半夏。

"嗯。真想不到。好几年不见,害我刚才不敢肯定是不是你,还是半夏说就是你呢。"陆英回答道。

"你还好吗?"叔离问向半夏,却不敢正视她。

"还好,今天刚找到工作。所以陆英和子扬正为我庆祝呢。"半夏回道。她看着叔离,觉得他和过去比起来,成熟了不少。

"怎么会到青城来找工作?"叔离感到很奇怪。半夏当年结婚的消息,令他难过了很久。直至今时今日与半夏重逢,内心深处的那一处伤痕仍隐隐作痛。当然这一切与半夏无关,她更不知情。

"我,"半夏笑了笑说道,"我离婚了,一切从头开始。陆英在这里,所以我就来了。"

叔离这才抬眸看了半夏一眼，"你现在比以前还要瘦。"许久，他才说道。

"还好，主要是工作太难找了。"半夏应道。

陆英、半夏、叔离，她们三个人都是大学时的同学。叔离的心事虽然从来没有对谁说过，可是陆英明白。

现在半夏恢复单身，竟然与多年没有丝毫联系的叔离，在青城这么大的城市的一个火锅店重逢，这一切，是不是就是缘分？

过去追悔莫及的时光，竟然重新倒回，看着叔离与半夏絮絮而谈，言笑间如此相投，陆英顿时心潮涌动。

将子扬晾在一边，三人叙了半天的旧。心心念着"如果时光倒流，我一定不会再放手"，突然变成了现实，叔离感到很激动。他曾经在心中一遍遍地祈求，如果上天能再给他一次机会，他一定会对半夏说出他当年没有说出口的话。现在重逢，虽然时机还不适合，但他却告诉自己一定不能再次错过。再次错过，怕他的心就此会永远死去了。

临到别时，叔离问清了半夏的联系方式，且将它一笔一画地写在了纸上。

陆英悄悄地对他说道："叔离，有些人错过就是一生。可你们居然这么幸运，重新拥有了一次机会。你可别再错过，否则，怕真的是一生一世的痛了。"

"我知道，我一定不会再错过。除非半夏不选择我。"叔离坚定地说。

子扬见到美女 ❼

在明氏集团做前台,也是需要本科学历的。半夏知道,但与她一样是前台的"小郑"的鄙视的目光,特意再次提醒了她一次。

半夏低头不语。

昨天被录用的兴奋,在经过一夜的思索后,半夏觉得自己能顺利进入明氏集团,肯定是有人帮助的。是谁她不知道,但今天面对同事看她的目光,她更加地肯定了。

半夏记性好,人勤快,年轻又肯学,这份工作她完全能够胜任。同事看她的眼光有异,所以与他们的关系并不是很好。半夏面对别人异样的眼光时,并不多语。她多是微微一笑,态度不卑不亢。这样过了一周,大家也渐渐地对她消除异样了。

生活似乎要渐渐美好起来,半夏感到很满意。

这个周末,叔离约了半夏。

陆英和子扬早已有预谋地抛下半夏出门。回想起同窗之间的情谊,叔离一直像兄长一样对她很照顾。半夏便如期赴约。

和叔离在一起的时光,一如从前一样的轻松自在。说说笑笑,上至天下至地,两个人无所不谈。一起吃了晚饭,叔离送半夏回去。回家的路上经过那个公园,半夏笑着将那一晚公园里的奇遇和叔离说了。

"看来你是遇到了贵人。"

"或许我是遇到了童话里的仙人。"半夏笑道,"要是能再见到他们,我一定要好好谢谢他们。"

半夏回到家中,陆英早已经回来了。她看起来一脸的闷闷不乐。

"咦,英子,你脸上怎么有字?"半夏奇怪地问道。

"是吗?"陆英更奇怪,"什么字?"

"三个大大的字,'我生气'。"

"我就是生气。这个子扬,今天太令我生气了。"陆英说道,"叫他陪着我逛商场,他竟然只看美女。看美女就罢了,居然还流鼻血!"

"是不是哪里不舒服,怎么会流鼻血?"

"因为看到美女太激动,所以就流鼻血了。竟然还流那么多,止都止不住!"陆英愤愤地说道。

"我看你肯定是误会子扬了。流鼻血又不是自己能控制的,或许是你注意到了美女,子扬根本就没看在眼里呢?而鼻血就恰好在这个时候流出来了。"半夏分析着。

见陆英对这个分析嗤之以鼻,半夏劝道:"英子,你可不是这么小气的心啊,大度一点呗,调查清楚了,可不能把莫须有的罪名扣在子扬身上,伤了你们之间的感情。"

"行,那就再调查调查。"陆英话题一转,"你和叔离怎么样?"

"和过去一样啊,和他一起挺轻松自在的。"

"叔离还没有女朋友吧?"陆英提醒道。

"不清楚,没有问过他。"

"我看是没有,不然不约女朋友,约你干吗?我明天问问他比较好。"

"怎么,这么快你就要移情别恋了,子扬知道该多伤心。"半夏取笑道。

"移情别恋,"陆英喃喃,"嘿嘿,有可能,只要他敢对不起我。"

两个人彼此取笑一番,洗洗漱漱,上床睡觉去了。

第二天中午,半夏值班。同事们吃午饭去了,只有她一个人在。电话铃响,她极为有礼地接听。

"杜半夏,帮我叫一份饭。"话筒里传来一个男子的声音。

"什么?"半夏觉得很讶异,从来没有接听过这样莫名其妙的电话。"请问您是哪位？"

对方没有再说什么，"啪"一下就挂了电话。弄得半夏一头雾水。从来电显示上来看是一个陌生的手机号码。半夏望着电话机揣摸着此人是谁。是公司的同事？是公司的领导？或者是自己的某个朋友？都不应该啊。这会儿同事们都走了，再说公司领导自有他们的秘书或助理替他们安排午餐。听声音也不像自己的哪个朋友，再说了，青城除了叔离这个男性朋友外，她也不认识其他人。

半夏揣摸了一会儿，没有搞明白，只当是谁闲得无聊弄的恶作剧，所以也就不加理会了。大约二十分钟之后，那个手机号码再次打了过来。半夏接通了电话，"杜半夏，我的午饭呢？"方一将听筒送到耳边，半夏就听到那个男子的声音。声音并不高，也不凶狠，但给人的感觉却很严肃。

"午饭，"半夏说道，"您还没有告诉我，想吃什么午饭，也没有告诉我，您是哪位。"

"你笨啊，不知道打回来给我吗？"

"哦。"半夏应道。

"把我的号码记下来，马上。"

"好。"半夏听话地将来电显示上的手机号码抄了下来。

"记好了吗？"

"好了。"半夏回答。

"随便到外面帮我买一份饭，送到总裁办公室。"

"好。"半夏应道，可是马上反应了过来，赶紧又喊道，"可是我现在正在值班，没办法出去给您买饭，也没有办法给您送到总裁办公室。"

"那我的午饭怎么办？"男子哭笑不得。

"或者我打电话给您叫一份，让他们送给您，您觉得可以吗？"

"你……"男子无话可说，"啪"一下又挂了电话。

半夏得不到他的答复，也不知道他是同意还是不同意，犹豫着也不知道他是什么样的决定。总裁办公室，难道是总裁要吃午饭吗？那应该找他的秘书或者助理才对嘛。

犹豫了几分钟，半夏开始回拨那个手机号码。能打通，但是无人接听。半夏隔了两分钟打了一次，依然无人接听。拨了三次后，半夏放弃了。心中想着或许他自己出去吃了。

加之下午上班后的忙碌，半夏彻底忘记了这件事情。

可怜的总裁明朝，饿了一个中午。这个爱哭的丫头，自从她来这里上班还没空去看看她，现在不过是想叫她上楼来见见她罢了，她居然说自己在值班，不能离开。好吧，明朝自己下楼去看她。这丫头居然还在托腮苦思，手中拿着话筒犹豫不决，口中嘟囔："是同意还是不同意呢？还要不要帮他叫饭呢？"

明朝的手机放在办公桌上，没有拿下来。他一直站在一旁看了她十分钟。她打了三次电话后,就放弃了。

明朝摇摇头苦笑,心中想道:"我的手机号码想必她已经记住了吧。"

半夏和陆英下班后回到家里没多久,子扬就急匆匆地赶了过来。昨天陪陆英逛街,惹了她生气,今天他是特意赶来赔罪的。

"那好吧,原不原谅你,要看你的表现。"陆英说道。然后叫上半夏,一起继续出去逛街。哼,哪里美女多就去哪里。

子扬赔着笑脸,赶紧替陆英和半夏拎着包包。逛了半天,穿梭在人群之中,身材火辣的美女大街上太多了,可是子扬并没有流鼻血。陆英很满意,于是三个人一起去吃饭。

陆英今天心情好,决定去吃烤鱼。半夏很不解,心情好和吃鱼有什么关系吗?

三个人刚在椅子上坐定,子扬的鼻血突然涌了出来。而且越流越多,像决了堤的河水,止都止不住。

"你看,你看,"陆英一面急着给子扬止血,一面对半夏嚷道,"我就说他一见到美女就会流鼻血嘛。"

半夏被子扬这凶猛的鼻血给吓坏了:"赶紧到医院去看看吧。这和美女有什么关系,这会儿就你一个美女呢。"

陆英也很紧张子扬这样来势汹汹的鼻血,她心中也不安,担心子扬真的是生病了。

"我们快去医院吧。"半夏拎起两个人的包,叫子扬和陆英快点去医院。

子扬仰着头说道,"不用了,一会儿就好了。"

"真的不用?"陆英和半夏都很怀疑这血能不能止住。

"不用。在公司也流过几回,一会儿就能止住。"

没多久,血真的止住了。这顿饭于是继续吃下去。这餐饭三个人都吃得心不在焉。陆英和子扬不仅将一条鱼给挑得乱七八糟,还都被鱼刺给卡住了喉咙。

"子扬,我们还是去医院检查一下吧。"陆英的眼中有泪,不知道是不是被鱼刺给卡的。

"不用去,我的身体我还不知道吗?"子扬见陆英落泪,心中陡然一酸。他温柔地劝说着陆英,"不就是流鼻血嘛,小意思,谁还没流过鼻血呀。是不是?我没事的。"

陆英低头,不再言语。

"杜半夏。"突如其来的声音打破了三个人的沉默。

半夏抬头看去,原来是那天在公园里遇到的男子。

❽ 不用装作陌生人

明朝径直走到了半夏面前。

"你好啊,那天真是感谢你。"半夏赶紧起身,非常真诚地向他致谢。

"不客气。"男子微微一笑。

"他是?"陆英问道。

"他就是那晚我在公园里的'奇遇'呀。"半夏解释道。

"你们好,我叫明朝。"明朝正式地做自我介绍。

"你姓明?"陆英的应变能力很快,马上反应了过来。

"是的。"

"明氏集团和你有关系吧。"联系到前前后后,陆英笑了起来。

明朝点点头,转而笑问半夏:"杜半夏,昨天我叫你帮我送午饭,怎么直到今天你还没送到?"

半夏恍然大悟。明朝叫她的名字，跟别人叫她的名字时那种感觉很不同。"杜半夏"三个字，在他的口中变得很温柔，有那么一丝的霸气，但仍然是很温柔很温柔，就像唱歌一样的好听。

"总，总裁……"半夏立刻紧张起来，"非常，抱歉。我……昨天的那个电话您没有说清楚，我不知道到底要不要给您送。所以……"

明朝见半夏这么紧张，赶紧说："没关系，现在补偿我吧。我昨天可是饿了一个中午。这儿的烤鱼不错哟，闻起来就很香。"说着已经自顾自地坐在了半夏身旁的位子上。

陆英说："欢迎欢迎。如果明先生不介意，今天就当是半夏因为工作失误给您的赔罪吧。希望明先生不要放在心上。"

"叫我明朝就行了，不用如此客气。"明朝坦然说道，"我刚才只是开个玩笑罢了，杜半夏，你不要怕哟，我不会吃很多的，你可千万不要有心理负担啊。"

"是。"半夏依然很紧张。

"工作还习惯吗？"明朝问着半夏。

"还习惯。谢谢总裁关心。"

"唉，你直接叫我明朝就行了，现在是下班时间嘛。"

"好。"

"那你叫一下我听听，看你是不是不会说这两个字。"

"明……明朝……"半夏的脸被他的话噎得脸色通红。

"嗯。没叫错,我是叫这个名字。"

陆英和子扬哄笑起来。半夏也笑了,不再那么紧张。

"把你的手机给我。"明朝向半夏说道,"我的手机号码你一定没记住对不对?我得亲手存到你手机里才行。"

半夏愕然:"我没有手机。"

明朝目瞪口呆。

因为半夏还没有领到薪水,所以没有钱付这餐饭。最后是子扬付的。

"杜半夏,说好了是你补偿我的,怎么能让别人付账呢?"明朝问道。

半夏极其难堪:"对不起,下次我一定请。"

"下次是什么时候?"

"可能一个月后。"半夏想了想说道。

"那么久。"明朝可不想一个月后才再次跟半夏吃饭。

"呃,明朝先生。"陆英见明朝继续追问,怕惹得半夏伤心,于是说道,"谁付钱都一样,都代表了半夏的心意。因为半夏才上班,所以现在没有钱付账,请明先生不要介意。"

明朝原本不明所以,更不懂一个人没有钱时的困窘。他只是想拉近和半夏的距离,却想不到会让半夏如此难堪。他张口想说些什么,但到底是没说出来。

明朝陪着她们等车,四个人都沉默了起来。

"我送你们回去吧。"明朝打破了沉默。

陆英对半夏说:"我今天陪子扬回他家去,不然我不放心。他不肯我陪他去医院,我让爸妈陪他好了。"

"行。最好明天就去检查,不要再拖了。"半夏关切地说道。

"那就麻烦明先生送半夏回去了。"陆英说完,见有车来,便和子扬上了车,只留下了明朝和半夏两个人。

"住哪儿?我送你回去。"明朝对望着远去车子发呆的半夏说道。他见半夏有些迟疑,干脆牵起她的手,将她硬塞进了车里。

半夏说了地址,一路上再也没有说话。

两个人都沉默了好久,明朝终于解释道:"对不起,我不太了解你的情况,如果有让你不高兴的地方,希望你能原谅。"

半夏微微一笑:"没有关系。今天我确实没有钱请你吃饭,等我领了薪水后一定请你,以弥补昨天欠你的午餐。"

"好。"明朝笑了,然后说,"你笑起来的样子很好看。我最怕你不说话的样子了,害得我总是以为得罪了你。"

"那我再笑一个吧。"半夏说完大笑了起来。

气氛便这样活跃了起来。

"你和陆英住在一起吗?"明朝问。

"嗯。陆英是我最好的朋友。"

"他男朋友看起来精神不大好的样子。"

"他这些天老是无缘无故地流鼻血,可能元气大伤了。"

"你不会介意我下次请你吃饭吧?"

"呃?不会介意。只是目前需要你来付账。"

……

就这样,一路上明朝与半夏絮絮而谈,直到将半夏送到了家。半夏临下车时突然想了起来,"要是你明天的午餐仍然没有着落的话,最好提前和你的秘书说一下,不要又饿肚子了。"

明朝也想起了什么,他从钱包里拿出一沓红色票子,说:"忘了和你说,这些天恐怕都需要你帮我买午饭了,这些是我先预付的餐费,你不要多想。明天中午你可不能再让我饿肚子哟。"

"行,"半夏坦然接过钞票,"你喜欢吃什么?钱用了多少我会记账的。"

"你看着办呗,我很好打发的。"

第二天中午,明朝的电话果然很及时地打了过来,他特意提醒道:"杜半夏,不要忘了我的午餐。"

"是,请好好等待。"半夏笑道。半夏今天不用值班,挂了电话后就去附近的餐厅给明朝买了饭,然后送到他的办公室。

"怎么只有一份?"明朝问。

"是呀。"半夏应道，随即明白了过来，"对不起，我不知道你需要吃多少，是不是一份不够吃？"

"傻瓜。只有一份你吃什么？"明朝笑了起来。

半夏突然觉得很感动："我待会儿自己去吃。"

明朝眼看着她就要开门出去，赶紧喊："等一等。"见半夏停住了步子，他将自己的饭分成了两份，对半夏说道，"我吃不完，锄禾日当午，汗滴禾下土。浪费可耻，你行行好，帮帮忙吧。"

他的眼神楚楚可怜，看起来就像是做了错事的小孩子。半夏无可奈何，坐了下来和他分吃一份饭。吃完了饭明朝才放半夏出去。

世上没有不透风的墙，半夏没有想到自己这么快就会成为公司舆论的中心人物，不过才一个午餐的时间而已。背后议论的无非就是她中午替明朝买饭，在他办公室待了很久的事情。

呵，半夏长长地呼吸了一口气，想不到自己有一天也会被人八卦。

下午临下班时，明朝的电话又打了过来，"杜半夏，下班后不急着回家吧？我在那个公园等你哟。"

半夏不动声色地挂了电话，唯恐别人又因此将她推到八卦的风口浪尖上去。下班时走到公司门口，看见明朝的车停在那里。明朝站在车门口见到半夏时正想开口喊她，却见半夏像见到了鬼似的转身就跑。

明朝摇了摇头，这丫头居然把他当作陌生人。

半夏跑出了好远，确定周围没有公司的同事后才停止了奔跑。回家的路上经过那个公园时，半夏想了想，还是走了进去。

明朝早已经等在那里了，见到半夏慢腾腾像蜗牛一样走了过来，有些不悦地问道："刚才我想载你一程，你怎么一下子就逃之夭夭了？"

"在哪里？什么时间？我没有看见你。"半夏只好说谎。

"那么大个人，那么大辆车等在门口，你都看不见？"明朝一脸的委屈样。

"我想，我们还是保持距离的好。您是总裁，我是小职员，与您太亲近，这样不太好。"半夏说出她进来这个公园的目的。

"是不是有谁给你脸色看了？"明朝嗅出了其中的奥妙，"还是谁在背后议论你了？这些人看来是工作太轻松了，没事就八卦。"

"明总，我很感激您这样帮助我，给我机会让我能在明氏集团有一个工作。我不知道您是出于什么原因，可是我不想因此给您带来麻烦。"半夏想了想，镇静地说道。

"什么麻烦？你有给我带来麻烦吗？"明朝很不解，"不用理会别人的说法。如果再有人议论你，你就直接告诉他，'我和明朝是朋友,有问题吗?'"见半夏不语,明朝又说道,"你交朋友还挑身份的吗?"

"交朋友和身份无关。"半夏说道。

"那你觉得我适合做你的朋友吗?"明朝又问。

半夏不知道该如何回答。

"别想那么多,做人何须那么累。如果别人的话句句都要计较,那岂不是什么事情都做不成了。我今天约你,是因为妞妞想你了。"明朝赶紧找借口来缓和半夏要将他当成路人的情绪。

半夏很喜欢妞妞这个可爱的小孩子,想起上次和她一起做游戏时她可爱的模样,不禁笑了起来。明朝马上打电话叫司机把妞妞送来。

很快,妞妞就来了。和上次一样,半夏陪着她玩了一会儿游戏,这才回去。

明朝摸了摸口袋里新买的手机,到底没有将它拿出来送给半夏。她这样骄傲,这样敏感,明朝再不敢随意触动她的心绪,唯恐她真的当他是路人。

9 再见,陆英

第二天中午,明朝对半夏昨晚的话仍心有余悸,不敢再打电话提醒她买午饭。到了午饭时间,半夏却提着饭上来了。

明朝又惊又喜,显然感到很意外。半夏解释道:"你预付给我的钱还有很多,所以……"

明朝正欲给半夏分饭,半夏却拿起一个粉红色的饭盒扬了扬说道:"我自己准备了午饭,不用给我分了。"说完主动坐下,打开饭盒开吃。

饭是半夏早上起来做的,已经用微波炉加过热。打开饭盒,内容是白米饭配酸辣土豆丝和几棵小青菜。

明朝凑到跟前看了一眼半夏的饭盒内容,微微有些心酸。但半夏自己并不觉得有什么。"我喜欢吃素食。"明朝说道。他将自己丰盛的午餐推到半夏跟前,"我们交换一下吧,我比较喜欢你饭盒里的菜。"

半夏不同意。明朝又露出可怜兮兮的表情:"浪费可耻,拜托你行行好,帮帮忙啊。"半夏被他逗笑,只得随他调换了饭。

次日的中午,半夏替明朝买饭时牢牢记着他昨天中午说的话,于是特意为他买了素菜。饭送到明朝的办公室,明朝看着半夏饭盒里的土豆丝,又看了看自己饭盒里的大白菜、生菜、豆芽菜和豆腐,一脸哭笑不得的神情。

"这……"明朝实在是无话可说。

"你昨天中午说喜欢吃素食,所以我给你买了素菜。"半夏解释着。

"可是我今天……"明朝试探着说道,不知道说完后会不会被半夏骂,"比较想吃一些肉类。"

半夏非常好脾气地说:"嗯,抱歉啊,下次再买饭,我会提前问你的。"

这丫头……明朝露出一抹温柔的笑。这丫头竟是这么的好脾气。"这样好了,"明朝赶紧得寸进尺,"我买饭的钱还没用完吧?"

"没有,还有很多。"

"外面的饭不合我的口味,我觉得你做的菜倒是挺好吃的。不如你做午餐时,顺便连我的一起做了吧。为了弥补你费心费力做饭的辛苦,你的那份饭菜钱都算在我账上,怎么样?"

半夏抬起头看着明朝,连同他的饭一起做?算了,算了,不就是多加一碗米,多加一点儿菜嘛,反正都是做。半夏想了想,对他点点头。

"那么,是这样的,为了保证我的营养,还有我不知道自己当天到底是想吃素菜还是鱼类肉类之类的,所以建议你荤素合理搭配。没有问题吧?"明朝一本正经地说道。

"应该,没有问题。"半夏有些犹豫,"就是早上可能要起得更早一些。"

明朝听了这话,又有一些不忍心。正想说什么,半夏却又接着说:"不过早上的空气真是好啊,格外的清新。起早些倒是挺好的。为了保证上班不迟到,只做两个菜你能接受吗?"

明朝无论如何也想不到半夏的性格竟然这么好,他满脸的笑容,连忙说:"没有关系,没有关系,只做一个菜都可以。我完全能接受。"

接下来的午餐,半夏都连明朝的一起做了,拿到公司加加热,两个人一起吃。吃完饭就分道扬镳,各自回归自己的岗位。

周五的晚上,半夏分别接到了两通电话。一个是明朝打来的,问她周末可有空。半夏说要陪陆英去拍婚纱照。另一通是叔离打来的,问半夏周末能出来吃饭不。半夏说要陪陆英去拍婚纱照。明朝没有再问什么时间有空，可是叔离却说："我周六的晚上来看你。"

周六这天，三个人依约到了影楼。先拍了室内景，每一张子扬和陆英都一脸灿烂，笑得合不拢嘴。每一套婚纱都很漂亮，洁白无瑕的婚纱穿在陆英的身上，映得她肌肤若雪，恍如天仙。子扬一直傻傻地看着陆英，仿佛从来没见过她似的。

陆英打趣道："没见过美女呀？"

子扬笑着将她拥住，说："这可是美女呀，当然是百看不厌了。"

下午去拍外景。外景地是一处山地，风景美丽极了。碧绿如茵的草地上绽放着各种颜色的野花。黄的、紫的、红的、白的……大片大片的花海，漫天漫地地绽放着。花儿随风起伏摇摆，恍如无穷无尽的海水，在清风的吹拂下扬起一个又一个波涛。

子扬采了一大束花，送给陆英作为她的手捧花。他摘了一朵红色的小花，将它插在陆英的发上。他深深地凝视着她，真的是看不够。

这一刻，她的容貌，她的微笑，在他的心中化为了永恒。今生今世，他都不会忘记。陆英面对子扬的深情，同样也回以深情。如果可以，真想让时光就此停流，永远静止。即便这一刻两人都化为化石，融进晶莹的琥珀；即便是生命就此失去，都在所不惜。

陆英的心中隐隐生出一丝丝的不安。她用力地笑着,不想让子扬看出来。

洁白的婚纱在风中飘扬,陆英和子扬手牵着手奔跑在一望无垠的花海里。一个又一个倩影,一张又一张合照,在相机中诞生。

这一幕是如此的美,半夏直看得呆了。不知到底是风景如画,还是有了陆英和子扬在这里,才美得如画般不真实。

谁都没有多说一句话,摄影师无声地抓拍着。不用他去指导他们,他所拍下的每一张都是那样的美好。这两个人,仿佛是在跳一场绝美的舞,仿佛是在释放他们的灵魂——永远相依,永远相爱的灵魂。

万籁俱寂,泪水迷蒙了陆英的双眼。她闭上眼,任晶莹的泪水涌落下来。微风温柔地拂过,一如子扬对她的呵护。

摄影师已经收好了器材,今天的拍摄完美结束。

影楼的工作人员依照子扬的吩咐,已经开车先走了。此时这一幅如画的美景里,就只有他们三人。

"这样最好。没有谁来打扰我们,没有谁来打扰我和子扬分享这样静好的时光。"陆英想道。

"陆英,"子扬轻轻地唤着她的名字,"我们分手吧。"轻轻的一句话,却如千金那么重,他半天才能说出口。

这样淡若微风的语气，却令陆英的心如刀割般疼痛。今天的感觉这样幸福而又美好，美好得竟不真实，美好得令她心中生出异样。她想到了一切令她产生异样感觉的坏事情，比如说子扬被扣奖金了，把钱包弄丢了，被公司辞退了，他母亲腰痛的毛病又犯了，或者又闯了什么祸……可是想尽了一切，就是没有想到，子扬竟会提出跟她分手——在拍完婚纱照后。

"很快就要到九号了，不需要多久，我就是你的新娘了。"陆英轻声说道。

"我知道。"

"为什么？"陆英问。

为什么？子扬不知道该如何告诉她。他不想说出打击陆英的话，他不忍心看到陆英哭泣的脸，看到她伤心的样子，更何况令她伤心欲绝。可是……他必须得跟她分手，"没有为什么。如果硬是要把我们的分手追问出个为什么的话，那就是，我不爱你了。"

"我不爱你了。"这五个字，仿佛是一柄锋利的双刃剑，刺痛了陆英的同时，也刺痛了子扬。

"为什么？究竟是为了什么？"陆英摇晃着子扬的胳膊，"你是故意逗我的是不是？你知道九号就是我们的婚礼了。你是逗我的是吗？"

"不是在逗你，我们分手后，就不要再见面了吧。我不想再见到你。"子扬狠心说了出来。

陆英的泪顿时如倾盆的雨，簌簌地奔涌出来。"子扬……子扬……"她哭着喊着他的名字，她伸出手抓住他的胳膊，唯恐一个不小心，他就丢下她走了，"别离开我，别扔下我，别不要我，好吗？"

子扬伸出手，轻轻地拭着陆英的泪眼。她的泪水好多，怎么也擦不完。"再见，陆英。"子扬掰开陆英的手，转身欲走。

"不，不要走。"陆英自他的背后抱住他，将他紧紧地拥住，"不要走……子扬……如果我做错了什么，请你告诉我，我一定改，我一定改……只求你不要走……"

子扬的泪水滚滚而出，一串一串，滴在陆英的手上。他很想回转过身，将她紧紧拥在怀里；他很想抚着她的头发，告诉她，"我不会走"；他很想告诉她，"一生一世，我都不会离开你"。

可是他什么都没有说。

鼻子难受，那股温热的血流又快要冲过来了。子扬用力掰开陆英的手，脱下身上穿着的白色礼服，将它扔在了草地上。

不去听陆英的哭喊，不去理会她的绝望……子扬飞快地向前奔跑着。

直跑到听不到陆英哭喊的地方，子扬才停下来。他仰起头，将双手举到了自己眼前。双手染满了他的鲜血，血滴，向下滴落着。零星几滴，落在他的脸上。他看着满手的鲜血，泪，再次涌出。

鼻血一滴一滴地滚落在草地上，绿草不久就变了颜色。子扬无力地放下双手,谁说当你想哭泣时,只要仰起头就会好?这泪,和这鼻血一样,是这么难以止住。

天空中,轻快地掠过一只飞鸟。它以极快的速度从子扬的眼前飞过,飞向陆英所在的方向。

再见,陆英。有生之年,若能再见,那,该有多好。

⑩ 让我陪伴你

陆英一动也不动地站在那里,任凭半夏怎么哄劝,她的泪,都像断了线的珠子滚涌而出,怎么止也止不住。

她目送着子扬毫不留情地离去,直至他的身影在她的眼中变成了一个小黑点,他才停止下来。

子扬停下来的刹那,陆英的心紧紧地揪了起来。她在期待,期待着子扬会回心转意,会回过头来,向她飞奔而来,重新回到她的身旁。可是没有,他只是仰头看着天,看着天空中掠过的那只飞鸟,飞到了自己的身边。而后,再也没有丝毫犹豫,彻底地消失在她的视线里。

子扬,子扬……

陆英感到自己一丝力气也没有了,身体像是被抽空了似的。她像一朵棉花一样极其虚弱地跌落在草地上。

子扬，子扬……

是谁曾经在我耳畔说过，至死不渝，今生今世永不分离？

你的话，犹在耳旁。你的承诺，我仍记在心间。只是你却如此决绝地离我而去，不带丝毫的留恋。我们过去的时光，于你只是一场梦吗？

陆英坐在草地上，绝望地想着。无尽的酸楚在她的心中漫延，漫延。侵占了她所有的理智。

如果身边没有了你，我这样活着，又有什么意思呢？

陆英抬起了泪眼模糊的双眸，伸手拭了拭泪水。她四处望去，看到了一片光亮。她起身，脸上露出了微笑，突然就向着那片光亮飞奔而去，一如子扬离开时的决绝。

半夏看着陆英的笑容，没来由地感到心惊胆战。今天的一切来得如此突然，是不是世间所有的美好，都是如此的短暂？

她看到陆英飞奔着冲向一个地方。她赶紧急步跟在她的身后奔跑。

陆英的眼前，是一条长长的河。

陆英微微笑着，脱掉了脚上的鞋子。她一只手提起婚纱的裙摆，慢慢地向河水走去。她神色如同走在结婚的红毯上一般，郑重而又喜悦。

冰凉的水，漫过陆英的双足，漫过她的双腿。

"英子。"半夏跑过来时,见到水中的陆英,吓得魂飞魄散。她踉跄着冲入水中,将她一把拉住。

"英子,你在做什么?"半夏急急地问。

"你别拉我,别拉我。子扬在那里等着我。"陆英生气地说道,试图甩开半夏紧拉着她的手。

"没有子扬,那里没有子扬。子扬已经走了。已经走了,英子。"半夏哭喊着说道,从她的身后将她紧紧抱住,唯恐她挣脱了她的双手,走入了河水中央。"他已经走了。可是英子,你还有我。我会一直陪着你,不管有多艰难,有多绝望,有多么的坚持不下去,我们都要活着。没有什么人,没有什么理由,值得我们放弃生命啊。"

"不,我的生命里没有了子扬。我失去了他……失去了他,我活着还有什么意义……"陆英喃喃,恍如呓语。

河底的泥土里,夹杂着水底烂掉的贝壳,陆英踩在了上面,锋利的贝壳刺在了她的脚底,可她不觉得疼。

世间最疼痛的,就是这一颗心了呀。

"英子,你别傻了,你不要再走了。"半夏见拉不住陆英,她和自己反而靠河中央越来越近,她哭喊着哀求着陆英。

水,漫过了她们的腰际。缓缓地,继续一寸寸淹没着她们。

陆英不发一语,也不作丝毫的停留。

"英子,我求求你,不要再走了……不要再走了……"半夏哭着,哀求着,"英子,不要去送死,我们都不会游水。英子,我知道子扬对你很重要,可是我们的生命里还有父母,还有亲人。我会一直陪着你走过这一段痛苦的日子,一如你陪伴着我一样。英子,求你不要再走了,不要再走了,好吗?"

风,不通人意地吹拂着。

陆英的头发,被吹到了半夏的眼中。半夏只觉得好痛。

好痛,好痛。

亲眼看到自己的挚友如此绝望,生命中再也没有比这更痛苦的了。

阳光洒落在她们的身上,半夏有一瞬间的恍惚。

这人生的意义到底何在呢?

幼时,与陆英结伴上学,一同读书,一同游戏。

少时,继续求学,继续做伴。

那年,失去双亲,有陆英陪伴。

那年,遇见翁杞览,同陆英作别。

那日,离开翁杞览,与陆英相伴。

陆英,是她生命中仅留的一根支柱。陆英,陪着她一同走了二十几载。如果没有陆英,她该怎么办呢?既然如此,不如和她一起去吧。

⑪ 好好活着

"你们两个丫头在做什么？是要游泳吗？"明朝站在岸边，看着半夏与陆英手牵手向河心走去。

穿着婚纱去游泳，可真是新鲜，这是目前最新的流行趋势吗？

半夏和陆英没有回头，也没有听见他的话。晶莹的河水，渐渐淹没了她们的脖子，浸到她们的下颌。突然水底下暗流涌来，陆英的脚下一个站立不稳，两个人都淹没在了河水里。

明朝见到这样的情景，扑通一声就跳了下去。他身旁站着的另一个男子，也紧随着他跳了下去。

两个人快速地游到了她们身旁，将她们抱上了岸。半夏和陆英不识水性，都喝进去了很多的水，意识已经模糊。

明朝蹲下了身子，单膝跪在地上，另一只腿弯曲着。他将半夏放在了他弯曲的腿上，轻轻地拍打着半夏的后背，心中一片焦急。

"一非,你不要发愣,快点帮陆英把灌进去的水控出来。"

叫一非的男子应道:"我已经在做了。"他一面拍着陆英的后背,一面口中喃喃,"明少你可真行,敢情叫我出来就是为了英雄救美?"

明朝的心中全都是对半夏的担心,哪还顾得上与他耍嘴皮子,他不耐烦地说:"少废话!"

陆英吐出了很多的水,渐渐地,有了一些知觉。一非感觉到了陆英在动,立刻闭上了嘴,将注意力全都集中到了陆英的身上。救人,这可是他有生以来第一次,所以见到陆英在动,他产生了很大的成就感。

半夏体内灌进去的水已经吐得差不多了,可是仍然没有醒过来。明朝的额上渗出大滴大滴的汗,这汗水,却是冷的。

他将半夏平放在草地上,他看见她苍白的脸色,觉得鼻子在发酸。"杜半夏,你快醒过来。杜半夏,快点醒过来。"他在心中一遍一遍地祈求着。

明朝长长地吸了一口气,俯下身子将双唇印上了半夏的唇。他一遍一遍地给半夏做着人工呼吸,一遍一遍。从来没有任何一个时刻,令他感到如此的害怕。他害怕眼前的这个女人,从此以后,再也不会出现在他的眼前。

"杜半夏,你给我醒过来!"明朝大声喊着她。

一非学着明朝的样子,依样给陆英做着人工呼吸。

仿佛有半个世纪这样久,半夏终于清醒了过来。明朝看着她虚弱地睁开双眸,再也顾不得什么,将她紧紧地拥在了怀里。

等她醒来,仿佛已经等了她一生,等了她一世这样的漫长。

他将她紧拥在怀里,感受着她的心跳。一下,两下,三下……只有紧拥着她听着她的心跳,他才能相信,杜半夏她活过来了。

半夏眯缝的双眼间,只觉得太阳明晃晃的是那样的刺目。她感到呼吸有些困难,不由得说道:"陆英,我这是在哪?黄泉路上没有氧气的吗?"

明朝听着她虚弱的声音,又好气又好笑,他赶紧将自己的怀抱放松了一些。今天若不是子扬通知他到这里来接杜半夏,大概她们两个就都这样被淹死了吧?

"告诉我刚才发生什么事了?"明朝轻声问着她。

"陆英,陆英呢?"半夏听不到陆英的声音,着急地唤道。

许一非注视着陆英的脸。她躺在碧绿如茵的草地上,如此的惹人注目。只是她的脸上写满了无尽的伤心和绝望,他的心不由得对她产生了怜惜。围绕在他身边的女子多的是,却从没有见过这样一个只望她一眼,便令他心动不已的女子。

"我在这儿。"陆英也清醒了过来,她深深地呼了一口气,坐起身子,回应着半夏的话。

陆英环视了四周一眼,立刻猜出了整个事情的经过。自己被救了,可是,她并不感激他们!

她心如死灰,这样活着,还不如死去。

她走到明朝身旁,牵过半夏的手,轻声说:"半夏,我们走吧。"

明朝并不撒手,拥着半夏的双手更紧了。他怒视着陆英问道:"是你的主意是不是?是你想要去死,所以半夏才陪你的是不是?"

陆英不说话,只是握着半夏的手。

"虽然这是你们两个人之间的事,可我不得不提醒你一句,不管发生了什么事情,都要珍惜自己的生命。你知道吗?刚才差一点儿你们都活不过来了!"一想到半夏的样子,明朝就心有余悸。

"陆英,"半夏望着陆英,满眼的歉疚,"对不起。"她低声道歉,看着陆英那一张写满了绝望的脸,她忍不住啜泣。

不管别人怎么想,怎么看,可是她理解陆英,她知道陆英的那一颗心,是怎样的千疮百孔。她,只爱过子扬一个人。现在,子扬舍她而去,半夏明白重情重义的陆英,她的心,会有多痛。

"什么事情,值得你们放弃生命?"明朝望着陆英,没有了怒意,只是关切。他眼睛不眨一下地看着陆英,想要看穿她的内心,看透她此时的决定。

"半夏，还活着，这样很好。"

陆英此时此刻彻底清醒。自己死也就罢了，怎么能拖上半夏？她看着半夏的模样，对自己刚才的行为追悔不已。

她低下了头，坐在了草地上。无尽的伤心，又一次涌上了心头，她双手捂住自己的双眼，却依然止不住泪流。

太阳耀目的光辉悄悄退去，美丽的晚霞出现在了天边。

时光没有就此停留，一切还要继续。陆英和半夏牵着手，坐在明朝的车内。车子疾驶向前，山野的风景一晃而过，一切美景都抛在了身后，化为过眼云烟。

陆英，半夏，好好活着！

众里寻她千百度 12

明朝和许一非各自将外套给半夏和陆英两人穿上。

他们将半夏和陆英送回了家。

因为怕她们又会产生什么稀奇古怪的想法,明朝和一非坚持送她们进门。这是明朝第一次到半夏的住所。

趁着半夏和陆英换衣服的当儿,明朝前前后后、上上下下打量着这套小房间。他看着整洁的小小的厨房不禁哑然发笑。这厨房小得只能容得下一个人。

他想象着半夏在这里忙碌的身影。呵,她就是在这里给自己煮出午餐的吗?想到母亲厨房里那些全套的专门厨具,煮的、蒸的、烤的、煎的、炒的……五花八门的厨具,多得他都记不清了。光是烘焙用的模具就有几十种,他看着头都大了。所以他从不进家里的厨房,他想包括她的母亲,都是对那个厨房望而生畏的吧?那些个厨具，也都是保姆在使用。

可是半夏这个厨房却如此简单。小小的一个饭煲，黑黑的一口铁锅，一只勺子和一个锅铲，一台灶具，却也能制作出诸多的美味。他对半夏不是一般的敬佩。

许一非安静地坐在客厅里，随手翻看着桌子上的书。书的扉页上写着陆英的名字，书里的空白处，都认真地写着笔记。他不禁叹了一口气，如此枯燥乏味的经济学书，她居然看得下去？

书里面夹着的书签，想必是陆英亲手制作的吧。书签用白色的硬纸剪成长方形，顶部绑了一条蓝色和一条粉色丝带。书签上面用钢笔工整地竖写着小楷，写的是诗经里的《蒹葭》。

蒹葭苍苍，白露为霜。所谓伊人，在水一方。
溯洄从之，道阻且长。溯游从之，宛在水中央。
蒹葭凄凄，白露未晞。所谓伊人，在水之湄。
溯洄从之，道阻且跻。溯游从之，宛在水中坻。
蒹葭采采，白露未已。所谓伊人，在水之涘。
溯洄从之，道阻且右。溯游从之，宛在水中沚。

许一非将这枚简陋的书签拿在手中端详，默默地看着这些句子。这小楷字写得真是不错。他想道。

陆英换好了衣服出来,看到许一非拿着书签出神,才稍稍平复的情绪,突然又变得激动了。她冲上前去,一把抢过书签。

她低头端详着这书签上的字,眼泪又大滴大滴地落了下来。

这是子扬亲手为她制作的书签。这是他亲手写下的字,写给她的字!他说,这两条丝带,蓝的那条代表着他,粉的那条,代表着她。他说他们两个人要像这两条丝带一样,今生今世,永远都在一起。

往事又一幕幕地从心间划过,如锋利的刀刃,留下一片刺痛。她似乎能看到自己那颗血肉模糊的心,似乎能看到心中汩汩奔涌出来的血。

泪,大滴大滴地落在书签上。黑色的墨迹晕开,化作一团模糊的黑云。

许一非茫然地看着陆英,这女人不至于如此小气吧?不过只是摸了她的书签一下而已。

"你别再哭了,大不了我赔你一打书签好了。我又没有弄坏它。"许一非不明所以,一脸无辜地劝着她。

"这是子扬送给我的书签!你赔得了吗?"陆英歇斯底里地冲他喊道。心里好闷好闷,她太需要发泄自己的情绪了。这莫名其妙、突如其来的失恋,令她无所适从,她太需要发泄了!

"我……"从来都只有许一非这样吼别人,可没有人胆敢这样吼他。他吞吞吐吐了半天,素来口齿伶俐、嘴下不留情的他,却到底没有说出一句话来。她哭得楚楚可怜,仿如一树梨花带泪。他只是觉得这个女人是如此的惹人怜惜。

半夏见陆英哭,知道劝她是没有用的。就让她的悲伤好好释放吧。只是陆英一哭,她的泪水就莫名其妙地也跟着流出来了。她的愿望如此简单,她只是希望她和她身旁的朋友,都幸福快乐,怎么会这么的难。

陆英哭了半晌,哭累了,才终于止住。

"你们……"明朝和许一非对她们实在是无话可说。

"饿了吧?我去煮饭。"半夏问他们三人,她告诉自己要照顾好陆英。

明朝看着她和陆英各自红肿的眼,怎么忍心,立刻说道:"我带你们去吃好吃的。"

半夏和陆英不再说话,随着他们出门。

在车上坐定,陆英满脸歉意地对许一非说:"方才不好意思,看到那枚书签我就想起了子扬,所以……"

"没有关系,触景生情,我也有过。"许一非一笑而过。

许一非长得绝对比明朝帅,虽然两个人明显不是同一种类型。相比起来,许一非更加的风流不羁。因为人帅又多金,他自然成了许多女人追捧的对象。他在周围人的宠捧之下,已经养成了趾高气扬、不可一世的心态。

明朝暗自发笑,呵,这个许一非,也有对女人如此温柔的时候。

这顿饭陆英只象征性地动了动筷子,一口都没有吃下去。

她记得曾经听人说过,当你伤心难过时就拼命地吃东西吧,吃饱了,心情也就好了。可是她在此时才真正地体会到了食不下咽的滋味。

心口很堵很堵,她没法吞咽下食物。

可是她也不觉得饥饿。

明朝和许一非已经猜出了个大概。许一非忍不住调侃道:"不就是失恋嘛,失了正好,再恋一个呗,不至于连饭都不吃,连命都不要吧?你看我怎么样?考虑一下吧。"

明明在好心安慰,可是许一非说出来,却变了味。陆英听了他的话,满怀的恨意。她举起面前的筷子,愤愤地甩到了许一非身上。

"你真是……"许一非想吼她,但看到她满脸的怨气,想一想就算了,他幽幽地说出四个字,"不可理喻。"

陆英板起脸,装作没有听见。

"要不要喝一杯酒,借酒消消愁也好啊。"许一非见陆英不再理睬他,他又讨好地问她。

"不喝。"陆英哼了一声。

许一非将一只水晶玻璃杯推到了陆英的面前,玻璃杯里盛了大半杯的透明液体。

罢了。人生不如意事十之八九,既然无法排除心中的烦忧,且饮下这叫人醉生梦死的酒吧!陆英叹了口气,拿过面前的杯子,放入口中。

陆英一口气将这液体喝光,无色的液体涌入她的口中,这酒却没有一丝的酒味!陆英疑惑地抬起了头。

"在这种时刻劝你借酒消愁的男人绝对是不怀好意,我可是正儿八经的正人君子。你还是多喝一点水吧,有益身体健康。"许一非意味深长地说道。

许一非这个人说话亦庄亦谐,陆英的脸上露出一丝苦笑。

"对嘛,就是要多笑笑。就算是苦笑也比你皱着眉头好。"许一非说道。

陆英不再说话,低垂着头,眼中又是一片空洞。

每一个时刻,我都是那样地想你。

吃饭时,喝水时,说话时,微笑时……就连呼吸这维系生命的空气时,你也随着我的每一个呼吸,出现在我心底。

子扬……

陆英在心中呼唤着子扬的名字,心,又痛了起来。

这餐饭四个人都吃得很少,他们四个人之间仿佛形成了一条微妙的链条,半夏对陆英始终忧心忡忡,而明朝又对半夏担心不已。

许一非不知道自己为何面对着陆英的低迷，竟然会食不知味。

好不容易一餐饭结束，两位护花使者再次送半夏和陆英回家。

许一非和明朝在陆英的小房子里喝了一杯茶，才不得不离去。临离开时，明朝郑重交代半夏："杜半夏，明天上班，我会去查你的岗哟。不许不来上班。"他真的担心他一离开，这两个小女人又会想不开，做出什么事情来。一想至此，他又马上改了口，"今天太晚了，不如我在你们的客厅里借住一晚吧。"

陆英虽然心情不好，但清醒得很。她明白明朝对半夏的担心。她同样郑重地告诉明朝："你放心，我和半夏会好好地活着。"

"谢谢你。"明朝道了谢，这才和许一非一起离去。

许一非已经走出了门口，又推开门对陆英说："明天我请你吃饭吧。"

陆英淡淡地回道："不用了。"

许一非想了想，又说："要不我来帮你打扫卫生吧，你看地板今天被我们踩来踩去，肯定很脏。你们心情不好，一定不想收拾屋子吧。"他一脸的恳切，仿佛拖地是一桩极美的差事，得不到会很可惜。

陆英想不到他居然还有如此嗜好，想一想自己确实没有心情打扫卫生，但这关他什么事？她没好气地回道："随便你。"

许一非像是拿到了特许证，吹着口哨下了楼。

上了车,明朝一脸严肃地告诉许一非:"陆英是半夏最好的朋友,你小子不要打她的坏主意。"

"难道我的心里就只能打坏主意吗?"许一非打了他一拳,"我有一种非常好的预感,这个陆英,就是让我收心养性,一辈子从此只爱她一个的女人。"

"不管你心里到底怎样打算,假如她真的能爱上你,你要保证绝对不会辜负她。"

"我保证。只要有朝一日她爱上我,我绝对绝对把她捧在手心里,绝对绝对不负了她。"许一非一本正经地说。

"那样最好。"

"我说,你对那个女人可不是一般的紧张啊。"换到许一非来质问明朝了。

"哪个女人?车里还有女人吗?"明朝顾左右而言他。

"少再装了,我说的是杜半夏。你爱上她了?"

明朝听了许一非的话,面上浮出淡淡的微笑,沉默不答。

"哈,明少也有爱上女人的一天呐。我一直都以为你的性倾向有问题。"许一非大笑道。

明朝没有理会他的话,似乎也没有听到。他的眼前出现了半夏的笑颜,呵,他从来没有像现在这样地讨厌周末。如果可以,他希望半夏天天出现在他眼前,每个中午,都陪着他一起吃饭。

第二天陆英强打精神去上班。自工作以来,她第一次心不在焉,错误不断。被上司责备了几句,陆英突然觉得失去了子扬,她这样拼命地工作已经没有了意义。

她每天努力拼命工作的目的,是为了拿到更多的薪水,是为了她和子扬的那个家。可是现在子扬不在她身边了,她还要存那么多钱做什么?

她默默地打印了一份辞呈,递交了上去。

晚上再回到家时,陆英已经算得上无业了。不知怎的,这一天没做多少事情,却感到异常的疲惫,人倦倦的,打不起精神,她只想好好睡一觉。

陆英摸出了钥匙,钥匙相互碰撞,发了叮叮当当的脆响。

听到钥匙响动的声音,许一非从沙发上一跃而起,飞快地跑去开门。虽然只见了陆英一面,他却迫不及待地想再与她见面。他下午五点钟就等在了楼下,傻傻地靠在车门上盯着小区的大门,直到半夏下班匆匆回来,才"捡"了他进门。

许一非打开了门,见到陆英竟然毫无反应,眼神呆滞,只盯着手中的钥匙。他从陆英手中抓过钥匙,钥匙圈上,有一枚比一元硬币稍大的水晶牌子,那里面是一对男女的合照。

他认识合照中的女子,纵然他不曾看过她如此灿烂的笑容。那女子是陆英。"他就是子扬?"许一非问道。

陆英被他抢了钥匙这才惊醒过来,她伸手就要去拿回钥匙,却被许一非握在手心不肯给她。

"还给我!"陆英喊道。

"不就是一个男人吗?至于你这样寻死觅活的吗?"许一非的心中生出了莫名的怒意。他将钥匙紧紧地握在手心,就是不给陆英。

陆英捏住他的手,用力掰着,却怎么也掰不开。钥匙硌得许一非手掌生痛,但他毫不理会。陆英愤怒了,她大声说:"你给我滚!"

"我就是不滚。"许一非还以颜色,说话的神情却如同一个要糖吃的小孩子。大人吼他,不给他糖吃,他却执拗地说:"我就是要吃。"

你争我抢,陆英始终拿不到钥匙。这样的争抢之间,却仿佛消耗了极大的体力,陆英觉得头晕,突然之间身体竟变得软绵绵的。"你还给我。"她无力地说道,声音明显低了很多。

许一非以为陆英是在哀求他,可是却见到陆英蹲了下去。

陆英捂住胃部,低低地啜泣起来。胃好痛,心也好痛。

"还给你,不就是一串钥匙嘛,我要它有什么用!"许一非蹲下身子赶紧哄她。他松开手心,将钥匙递给陆英。陆英没有伸手去接,她觉得胃部翻江倒海似的难受,她已没有力气再去计较这串钥匙。

许一非扶起陆英进屋,让她坐在沙发上。见陆英对自己无动于衷,许一非颇有些沮丧。他拿了纸巾试图去给陆英拭泪,陆英却别过脸去。瞬间的时刻，陆英的眼泪滴落在他手上，他感到掌心有一种刺痛。展开手掌来看，发现掌心处竟有一处皮肤破了。想来是钥匙尖儿给刺的。

"有墨水吗？"许一非问向半夏。

半夏进屋给许一非拿了一瓶黑色的墨水。

许一非拧开墨水瓶子，用笔尖占了一滴墨水滴到了他掌心皮肤破损的地方。墨水在那里滴成了一个黑色的点。

"你？在做什么？"半夏问道。

"过几天你就知道了。"许一非看着墨水一点一点渗透到他破损的皮肤里去，而后将多余的墨水擦掉。

"英子，你是不是没吃午饭？"半夏见陆英半躺在了沙发上，身子快要弓成了虾米，双手捂住胃部，她突然意识到。

"昨天没怎么吃饭，今天的早餐你也没吃，怎么能连午饭也不吃呢？"半夏紧张起来，赶紧跑进房间去找胃痛药。

她将药片放到陆英嘴里，一边喂她喝水，一面忍不住地说："你有胃病，一定要好好吃饭，你这样子……"半夏忽然止住了口。下意识的她想说"子扬知道了会有多担心"，可她还是很快反应了过来。

子扬已经离开她们的生活了。他再也不会知道了……

"我去熬粥。"看着陆英吃完了药,半夏说道。

"那要等多久呀。"许一非说道,"交给我来办。"许一非说完便往外走,边走边打电话。

十五分钟后,许一非已经拎着餐盒回来。

餐盒打开,是清淡的白粥,配了几样开胃小菜。

半夏拿了小碗替陆英盛好,送到她面前,陆英却没有心情吃。

"无论如何,你吃一点吧。"半夏好说歹说,劝着陆英,陆英却始终不想吃。

"我来。"许一非强行让陆英坐了起来,他从半夏手中接过碗,用小匙盛了一勺,命令陆英,"把嘴张开。"

陆英一脸的茫然,仿佛没有听见他的话。

"乖,把嘴张开。"许一非开始哄她。

见陆英依旧无动于衷,许一非坏笑起来:"我还有一种方法,保管你肯吃下。你想不想试试?"说罢他将那口粥送到了自己嘴里,而后放下粥碗,双手抱着陆英的身子,要强行将自己口中的粥喂给陆英。

陆英怎么肯,可是她又没有足够的力气反抗他。被他这样一弄,陆英稍稍恢复了些精力,"我自己可以吃。"她轻轻说道。

许一非满怀得意地将粥吞进自己肚子,重又拿起粥碗,盛了一勺粥送到陆英面前,陆英无奈地张开了嘴。

许一非耐心地一匙一匙地喂着她,直至陆英将一碗粥吃光。他又故技重演，哄着陆英又吃了一碗才肯罢休。

休息了一会儿，胃不再痛，陆英已经恢复了过来。许一非见此，神秘地从他的口袋里拿出一个长方形的精致盒子。盒子的上下面上，都是绣着祥云图案的红色缎布，锁扣是铜色的，锁由玉石雕刻而成。盒子打开来，里面黑丝绒上躺着的不是珠宝，居然是一枚书签。

半夏望着那枚做工粗糙的书签，忍不住扑哧一声笑了。这个锦盒和这枚书签，真的有几分买椟还珠的味道。

许一非小心翼翼地拿出那枚书签，将它送到了陆英面前，认真地说："昨天你的那枚书签被泪水弄模糊了，为了避免你看书没有书签用，我再送你一枚好了。"

陆英接过书签，书签同样是用白色纸板制作的，剪成了长方形。四周都画满了一颗颗小小的"心"。心形包围着一些黑色的字，字迹很潦草，陆英看了一眼，没看出那都是些什么字。这样的一枚书签，就像是小孩子的作品，充满了童真童趣，居然还俗套地画了那么多颗心。

要那么多颗心做什么？心不要多，只一颗就足够了。

陆英看完将书签还给许一非。她看书并非没有书签不可，只是因为那书签是子扬亲手制作的,在她眼中可比珍宝。可是许一非的这枚书签,在她看来,和一张白纸有什么区别呢?

珍宝和白纸的区别,只在于这当中的情谊。而她,只对子扬有情。

"我,"许一非吞吞吐吐地解释道,"我手比较笨,可为了制作这枚书签,也是费尽了心思。这上面的心都是我一颗一颗画上去的。这上面的字也是我亲手写的。我从小就不喜欢背那些古诗词,可是有一段词我却记住了。我常常在想,什么时候我能够遇见能打动我心的女子呢?到时我一定把这一段词告诉她,让她知道我等她出现等了多久。"

许一非从来不曾对哪个女孩子这样真情告白过。他被自己打动,他看着陆英,心想她一定也会被自己的深情打动吧?

陆英对他的真情告白没有丝毫的反应。

"送出去的东西,我不会再收回来。随你扔了它也好,烧了它也好。"许一非将书签塞在了陆英的手里。他起身准备离开,"我走了。"他说完这句话,就走了出去。

陆英的反应令他失望至极,他从来没有受过这样的待遇。有生以来的第一次真心告白,竟然是这样的结果。许一非突然体会到了伤心的滋味。

陆英呆呆地看着那枚书签,很不明白许一非是什么意思。看着看着,那些潦草的字,她居然看懂了。是辛弃疾《青玉案·元夕》里的句子。

众里寻他千百度。
蓦然回首,那人却在,灯火阑珊处。

13 舍弃一切照顾你

夜已深了。

半夏睁开眼睛望着天花板。关了灯的房间里一片漆黑，事实上她看不见什么，只是她无法入睡。她能听到陆英又在低低地啜泣，像过去自己三年间的夜晚，一想起伤心的事情就会泪流满面。只是陆英与她当初不同，翁杞览根本不值得自己为他哭。可是子扬，他是多优秀的一个人啊，与陆英是那样的般配。只是造化为何会如此弄人？

半夏觉得以子扬的人品，不像是这么不负责任的一个人，突然就无缘无故地和陆英分手了。半夏觉得这其中存在隐情，她在想有没有必要和子扬见一面？告诉他陆英的痛苦，陆英的伤心，问清楚他到底是怎么一回事。

"英子，快睡吧。"半夏对陆英说道。

"我已经辞职了,明天不用上班了。"陆英的声音在暗夜里幽幽响起。

"辞职?"半夏感到很惊讶,但她没有表现出来,她知道一个依靠自己薪水生活的女人,工作是多么重要。她劝慰着陆英,"休息一段时间也好,你工作起来太拼命了。"

陆英不再说话。两个人都沉默了下来,慢慢地,都睡着了。

第二天趁着午休时间,半夏拨打了子扬的手机。一遍一遍的提示声音传来:"您所拨打的用户已关机。"

半夏知道子扬工作的单位,打过去说找穆子扬,接听电话的是一名女子,她告诉半夏,"穆子扬已经辞职了。"

半夏又问她有没有联系子扬的方式,可这个女子所知道的唯一联系方式,也只是子扬那个已经关机的手机号码。

子扬也辞职了!

半夏挂了电话,心情坏极了。这两个人居然如此心有灵犀,都辞职了!

她不知道子扬父母家中的电话,更不敢问陆英。想找子扬谈一谈的想法,只能就此作罢。

这两天下班半夏都是用赛跑的速度往家中赶的。明朝知道她在担心着陆英，原本想与她约会的，也只能先暂停。

　　半夏往回赶的路上，顺便买了些菜。她已经想象到了陆英饿了一天的模样，陆英有着胃病，这令她颇为担心。可是回到家里，桌子上已经有热气腾腾的饭菜在等着半夏。半夏觉得很安慰，从这些菜肴的丰盛程度可以判断出，陆英的心情已经有所好转了。

　　于是她高声喊道："我回来了，英子，可以开饭了。"

　　陆英半晌没有应她。半夏进卧室去找她，陆英却恹恹地窝在被子里，也没有梳洗，仍穿着她那套维尼熊的睡衣睡裤，看样子仿佛一整天都没有起床。

　　"饭不是你做的？"半夏的心情雀跃起来，这么说是子扬回来了？！半夏激动得差点要哭出来。"英子，桌子上的那些菜是……"半夏还没有说出子扬的名字，陆英已经接过她的话说道："是叔离做的。"

　　"叔离？"半夏的心又从高空落入了低谷。今天又不是周末，叔离应该在上班才对。他从城北跑到城南，就为了给她们做一餐饭？

　　"他回去拿东西去了，等一会儿就来。"陆英又说道。

　　"回城北去拿东西，等一会儿就来？"半夏更加疑惑了，"汽车也没有这么快的速度，难道是直升机？"

　　陆英掀开被子下了床，说："他说他现在是我们的邻居。"

半夏觉得自己今天大脑有一些不够用，不是叔离太反常了，就是自己太笨了。好半天她都没有理解陆英的话。

门外响起了敲门声。"是叔离，你去开门。"陆英说道。

半夏茫然地去开了门，门口站着的可不正是叔离，他手中拎着一个纸袋，面带笑容。

"想着你也该回来了，我们吃饭吧。"叔离以一副轻车熟路男主人的姿态进了门，自顾自地进厨房拿出碗筷，一一摆放好。

"你去洗手吧。英子，你快出来，吃饭了。"叔离一边忙碌着，一边指挥着她们。

半夏梦游似的去洗手，陆英也换好了衣服出来。

"英子的心情好像很不好，生病了吗？怎么某人也不来关心一下？"三个人坐定，叔离问道。

半夏生怕他提起子扬又惹得陆英伤心，正想对叔离使眼色，陆英已经自己说了出来："我和子扬分手了。"

"分……"叔离识相地将最后一个字吞进肚子里，"真不好意思。"

"和我分手的又不是你，为什么要说不好意思。"陆英拿起筷子，夹起一筷子菜送进口中，对叔离露出一个像哭一样的笑容，"我饿得实在是难受，仿佛肚子里还有一张嘴巴似的，我可不客气了啊。"一口菜吃进去，陆英不由得赞叹道，"看不出来你这个大律师也煮得一手好菜啊。我说这年头的男人，怎么一个个都这么优秀。"

陆英今晚的状态有一点点反常，半夏很担心地望着她。

"你看着我干吗，快尝尝叔离的手艺。你以为我离开了子扬就活不了了吗？不，我会好好活着。我会很快开始一段新的恋爱，彻底忘记他。"陆英笑着说道。

"那就好，你能开始新的感情，那最好不过。"半夏轻声说道。

"我会的，你看，优秀的男人有这么多，我总能再遇到一个。"陆英今晚的话特别多，她告诉自己一定要振作，振作，一定要忘记子扬！"我们家里有酒吗？今天心情好，我要喝酒。"陆英问道。

"没有。"半夏根本就不想让她喝。

"我记得还有。"陆英起身翻箱倒柜，回来时手中拎了一瓶白酒。

"这是烧菜用的。"半夏一把抢了过来，不让她喝。

"就喝一点点。"陆英祈求。

半夏奈何不了她，只能给她倒了个杯底。别看平时陆英喝起啤酒像喝水一样，可是却不胜白酒之力。只杯底那么多的酒入肚，已经醉意醺醺了。

"叔离，你告诉半夏，你今天怎么到我们这儿来了。"醉了，不能明着说出的话，也敢说了。陆英还记着要撮合叔离和半夏。

"是呀，英子怎么说你是我们的邻居？"半夏也问道。

"城北的那个事务所租的房子不是到期了嘛，所以我就搬到城南来了。你们住的小区正好有空房出租，我就租了下来，这不就成了你们的邻居。"叔离说得轻描淡写,陆英却问道:"真的有这么简单吗?叔离,我告诉你,优秀的女人和优秀的男人一样多,错过了就一辈子错过了,别指望好马还能吃回头草。"

　　半夏和叔离都知道,陆英是在说她自己。可是假若子扬回头,她真能做到不回他身边吗?

　　叔离简直就是子扬的翻版,有一瞬间半夏在想,是不是上天看子扬离开了陆英,所以派了叔离前来?

　　吃完饭后半夏还来不及动手收拾,叔离已经手脚麻利地收拾了碗筷进厨房清洗。一切收拾完毕,他从带来的纸袋里拿出礼物——派发给半夏和陆英,说:"这是给你们的礼物,说起来我还从来没有送过礼物给你们。"

　　送给陆英的礼物是一幅十字绣。绣品是一幅长近两米的富贵牡丹图,假如绣成之后,一定会很美很美。只是指望陆英来绣,那真不知何年何月才能完工。

　　陆英接过礼物看了一眼,马上将它扔在了沙发上,她瞄了一眼半夏的礼物,口中嚷道:"关叔离你也太偏心了,送半夏的礼物多漂亮呀,马上就能戴在手上。你竟然送给我一件半成品!我鄙视你。"

　　半夏的礼物是一串白菩提手串,很温润的感觉。半夏将它戴在了手上,对这件礼物极为欢喜。叔离确实很有眼光,这手串很衬半夏的气质。

叔离很冤枉,可又不知道该不该向陆英解释,犹豫了半天还是说道:"其实这是给你的结婚礼物,成品绣出来之后,配了框挂在你们客厅的墙上,一定很漂亮。我原本想着你不喜欢这些东西,但假如你亲手绣好了,子扬一定很感动。不过扔了也好,现在,你也不需要了。"

又提起子扬。

陆英望着沙发上的那幅十字绣,又发起了呆。酒不能消愁,却使愁更愁;酒不能令思念减淡,反而使思念更浓。陆英眼眶一红,忙说:"我去睡了。"赶紧进了卧室。

半夏轻叹一口气,对叔离低声说:"也不知道她什么时候才能好。她这样子,我真担心。"想了想又说道,"你来了正好,可以多安慰安慰她。你不要介意英子和子扬的事,现在子扬和她分手了,你要好好照顾她。"

叔离明显感觉到半夏对他和陆英之间有一些误会,可又不知道该怎么跟她解释。作为一个素来条理分明、口齿伶俐的律师,此时此刻,他却怎么也说不出来想对半夏说的话。

他在心里痛恨自己的胆怯,心有一些微痛,就像被一根针猛然刺了一下一样。

"不早了,那我明天再来。"他走了出去。

屋子里一片安静,半夏望着那扇缓缓关上的房门,默默地在心中祈求:"希望陆英幸福,希望子扬幸福,希望叔离幸福,希望帮助过我的明朝和一非都幸福,希望我也能幸福……"

⑭ 不是冤家不聚头

事实上半夏和陆英对一非都还不怎么熟悉,所以当第二天晚上一非敲开房门的时候,屋子里的三个人都感到很惊讶。

"你怎么又来了?"陆英一脸的严肃,看见许一非就想起他强迫自己吃粥时的可恶行为。

"来看看你,听说你辞职了,那正好,我也整天无所事事,不如我们一起去旅游吧。"许一非一脸轻松的笑容。他说完这番话,看了看桌子上的菜,又扬了扬手中的餐盒说:"我给你带了粥来,养胃最好不过了。"说罢他便坐在了陆英的身旁。

"这位先生,你是哪一位的护花使者?"许一非坐定之后,问向叔离。

半夏看着许一非和叔离,心里暗叫不好,真是不是冤家不聚头,她怕许一非会和叔离打起来。

叔离笑而不答,进厨房去拿了一副碗筷,对他说:"既然来了,就一起吃饭吧。"

"我先告诉你,不许你打陆英的主意。"许一非含笑提醒道。

"那么你呢?"叔离问道。

"我是唯一的例外。"许一非一脸的自信。

"我是陆英的同学,算起来认识她,也有……有几年了,英子?"叔离故意逗他。

"许一非谁叫你来的?"陆英却火了。

"我来给你送粥啊。"许一非赶紧解释。

"谁稀罕你的粥。"陆英夹起一根青菜吃下去,"我最讨厌吃粥。"

"那行,明天我给你带好吃的菜来。"许一非厚颜无耻地笑道。

"没有明天!"陆英毫不留情。

"求求你给我一个明天吧。"许一非继续厚颜无耻。

陆英被他的搞怪表情逗乐,忍不住笑了起来。半夏和叔离也不由得笑了。

"菜真好吃,我打电话叫明朝也来吃。"许一非将每盘菜都尝了一口,而后说道。

"不用吧?"半夏说道。等明朝赶来大概只有剩菜了吧?请上司来吃他们剩下的菜?

"明朝不会介意的。"许一非很肯定地说，而后拨通了明朝的电话，"明朝，我们正在陆英家里吃饭，你快点来。"

"半夏也在家？"明朝问。

"是呀，除了我之外还有一个大帅哥。"

明朝已经在家里吃饭了，接了许一非的电话，他放下筷子立刻飞车而来。好在他住的地方离半夏这里很近，不到十分钟，他就出现在了门口。

"这位是？"和许一非一样，明朝进了门见到叔离，立刻表示好奇。

"我叫关叔离。"叔离自我介绍道。

事实上明朝和许一非想听的不是这个，他们想知道他跟半夏或陆英有没有什么感情上的关系。

"呃，是陆英的新男朋友？"明朝悄悄地问半夏。

半夏摇了摇头。在还没有明朗化之前，她不要随便乱说话的好。

"是你的男朋友？"明朝紧张起来，声音不由得提高。

其他人都抬眼看着半夏，还不待半夏回答，叔离已经接过了话，因为他知道半夏仍会是摇头。他将一块鱼放进半夏碗中，说道："半夏，这是你最爱吃的糖醋鱼。"

"陆英也喜欢吃。"半夏说道。

许一非听了半夏的话，赶紧也夹起一块鱼肉放到陆英碗中，还小心翼翼地将鱼刺给挑出来。

明朝听了叔离的话，也夹了一块放到半夏碗中，同时以比叔离更细心的态度替半夏挑出了鱼刺。

一场没有硝烟且战况复杂的战争，正悄然开始。这是很复杂的多边形关系，许一非显然怀疑叔离对陆英有企图；陆英知道叔离喜欢着半夏；半夏希望叔离能代替子扬弥补陆英的伤痕，而明朝已经隐隐察觉到了自己的对手。叔离已经看出来许一非是为了陆英而来，却也隐隐担心因半夏而来的明朝。

三个男人各自献着殷勤，只可怜半夏和陆英的碗中堆满了鱼。

陆英好不容易吃完了碗中的鱼，许一非又继续殷勤问道："需不需要喝一点汤？"说着便满桌子地寻找汤。

"我没煮汤。"叔离说道。

许一非有一点沮丧，这么好吃的菜居然是叔离做出来的？煮饭做菜他可不会，连厨房他都没进过。看来在这方面，自己是必输无疑。"没煮没关系，只要你想喝，我马上为你变出来。"许一非讨好道。

"谢谢，我很饱了。"陆英说道。

"那么，你要不要来一点水果？"许一非继续讨好，而后四处张望，"水果呢？水果在哪里？"

"饭后就吃水果,很伤肠胃的。"陆英没好气地说道。

许一非想不出别的方法,只好安静了一会儿。

当饭后叔离收拾碗筷拿去厨房清洗时,许一非和明朝彻底地沮丧了。他们这两位大少爷可是十指不沾阳春水的,更别提洗碗了。

"没关系,我们可以学。"许一非和明朝相互交流着眼神,于是两个人挤在厨房的门口参观叔离洗碗,清洁厨房。

陆英被子扬这样宠惯了,并不觉得什么。只是可怜了半夏坐立不安,叔离好歹算是客人,怎么能总让他干这些活。但厨房门口已经被挤得水泄不通,她无法进去,只能和陆英坐在沙发上。

"半夏说你是她的大学同学?"明朝问道。

"是的。"叔离很友好地回答。

"你,对半夏……"明朝想知道他是不是在追半夏,好确定作战方案,以免误伤了人。

叔离装作没听懂他的问话,谁让他只说半句呢。他说道:"陆英说你是半夏的上司,谢谢你对半夏的关照。"

"呃,应该的。半夏的厨艺也很好,她每天都给我带午餐的。"明朝特意说出来打击叔离。

"今天早晨她做饭时和我说过了。怎么样,今天中午的饭菜还合胃口吗?"

"是你做的？"

"我想让半夏多睡会儿，所以就替她做了。等你放在半夏这儿的钱用完，我就不用帮忙了。"

明朝突然意识到另外一个问题："等等，今天早上？"

"是啊。"叔离奇怪地看着他。

明朝心中暗叫不好，但以他的修养，他实在问不出他心里想知道的话："莫非你住在这里？"因此只好满怀忧郁地站在那里，想了一想又心有不甘，继续说道："我记得上个周末来，你还没有在这里的。"

"没错，我昨天才搬来。"

叔离的话不仅令明朝情绪低沉，也令许一非着急。他脱口问道："你和她们住在一起？"

"差不多算是吧。"叔离答道。邻居之间也算得上是住在一起的吧？

许一非痛苦地拍打着自己的脑袋，走进客厅对陆英说："我明天也要搬进来，不，今天晚上就住进来。"

陆英抓起沙发上的抱枕就往他身上扔："许一非我告诉你，我和你不熟。希望你明天不要再来了。"

"就来。"许一非赌气说道。

陆英干脆将手中的遥控器也扔到了他身上，懒得再理会他。

明朝听见许一非这样说，也赶紧跑了出来，说："不如你们换套大房子吧,我也可以住进来。"

"为了叔离的饭菜?"半夏好奇地问,看来叔离做的饭菜太好吃,太有吸引力了。

"是的。"许一非和明朝不能说出真实目的,只好这样回答。

"我失业了,将来吃饭都成问题,换套大房子是想让我早点破产吗?"陆英问道。

"呃,房租我们会付的。或者我还有几套空着的房子,不如你们搬过去吧。"明朝小心地征求意见。

"不用了,这里很好。"半夏客气地回答。

眼看已经九点钟了,许一非和明朝仍赖着不走。两个人明明都对电视剧没有兴趣,却偏偏絮絮叨叨地借故跟半夏、陆英讨论着,连中间插播的广告也不放过。从一则广告的创意到拍摄效果,到参演的明星,再到这个明星的八卦花边新闻,无一不谈。

只可惜每一个讨论的话题都是驴唇不对马嘴,除了他们认识的那些女明星之外。

这两个男人今天出奇的聒噪,陆英终于忍无可忍。她"啪"的一声将电视机关掉,宣布道:"已经很晚了,我们要休息,请你们各回各家去吧。"

"那他呢?"许一非指着叔离。

"他家在楼上,可以晚一点回去。"陆英答道。

"哦。"明朝和许一非还是有一点不放心,为了进一步证实到底是否属实,许一非对叔离说道:"不如到你家去参观一下吧。"

陆英和半夏也确实没去叔离的住处看过,于是四个人就跟着叔离一起上了楼。

直到参观完了叔离的房间,明朝和许一非这才离去。

"我明天给你带好吃的来哟,除了鱼之外你还喜欢吃什么?"临下楼时许一非问向陆英。

"许一非你明天再来我就搬家!"陆英极不耐烦地说,而后毫不留情地关上了门。

"唉,可怜我这个人见人爱,花见花开的大帅哥呀!"许一非有气无力地下楼,仰天长叹,"竟奈何不了这个小女人。"

他能随便扰乱别的女人的芳心,陆英却纹丝不动。

⑮ 我愿意一辈子被你伤害

此后接连几天,许一非都风雨无阻地提着餐盒,不厌其烦地敲着陆英家的房门。

无一例外,陆英再不给他开门。

陆英这些天总感觉精神倦怠,病恹恹的。从不赖床的她,现在每天都要睡到十一点。中午半夏不在家,她胡乱吃一点饭又接着睡,仿佛要把从前的睡眠都给补回来似的。所以很多次,许一非敲门的时候她睡意蒙眬,也根本就没听见。

许一非这个公子哥儿,不用上班,他父亲与兄长管理着他们家族的企业,作为家中的老二,凡事都有父亲与大哥顶着,他的人生任务就是想着法子花钱、享受。

只可怜这些天他像一只流浪的小猫,可怜兮兮地坐在陆英家的门口,怀中抱着一个餐盒,等待着主人开门放他进去。因为怕餐盒里的食物变冷,他只好把它抱在怀里。风度翩翩、潇洒倜傥的许一非在这种时刻,格外的好笑。他自己也痛斥自己:"看,报应来了吧。"

这样的一坐,通常都得坐到半夏下班。许一非再可怜兮兮地哀求半夏几句,半夏无可奈何之下将他"捡"进门。

陆英看起来确实对他没有好感。许一非能一眼看穿女人的心事,所以当然也看得出来陆英对他的态度。他有时候也想就这样算了吧,比她漂亮比她温柔的女人多的是。可是只需一分钟,他就又念起陆英的好来,将她从河中救出来时,她睁开双眸时那一瞬间的模样,总出现在他的眼前。

只是那样的一刹那,就仿佛是一生一世,深深地烙在了他的心里。他承认自己栽在了这个女人的手里,可是他愿意。他心甘情愿地沉入这万劫不复的一厢情愿里去。

这些天叔离忙着四处看写字楼,以准备他的律师事务所开业,因此他回家的时间也很晚,通常都是在半夏回了家后。无一例外,他敲开半夏家的房门时,许一非总是坐在沙发上,他的旁边是陆英。许一非有时候是在给陆英削水果,有时候在逗陆英说话。陆英通常都是阴沉着脸,直接无视他。

半夏回来得早，会先做饭，叔离进屋后会在厨房帮他。明朝似乎和许一非约好了似的，天天晚上都在半夏家中混饭吃。渐渐地半夏也习惯了，晚饭总会多炒几个菜，为他们两个准备。

"我说陆英，就算不做情人，我们做个朋友也行呀，至于你一天到晚这样鄙视我，好像我欠你钱十年都没还似的。"许一非实在是忍受不了陆英给他的待遇，在饭桌上哀求陆英。

陆英想一想也是，怎么说他对自己也有救命之恩，自己对他确实有点不厚道，于是仁慈地说："好吧。那就做个朋友吧。"

许一非很满足，仿佛拿到了免死金牌一样高兴。

这个周六，是影楼通知去取婚纱照的日子。半夏知道陆英不会去，也不想让陆英触景生情，所以决定替她去。

叔离仍然在挑选他事务所的地址，便与半夏一道出门。

到了影楼，半夏归还陆英的婚纱时，将子扬那天扔下的上衣也一并归还了。看完了相片，半夏准备结未付完的余款，影楼的工作人员笑眯眯地告诉她："新郎早已经来结清了。"

"什么时候？"半夏赶紧追问。

"前两天吧，他已经取走了一本册子。怎么，新娘子那边还不知道吗？"

"噢，可能他们忘了和我说。"

半夏取了相片，心不在焉地走着。子扬来结付了余款，子扬取走了一些照片……这件事情令半夏在心头不断地琢磨着。

　　越想她越觉得，子扬和陆英的分手一定有着隐情，他一定还是爱着陆英的，不然为何要取走部分相片？可是到底是怎样的隐情呢？半夏却又猜想不到。

　　叔离本来有一辆代步车的，但今天他没有开出来。他喜欢和半夏一起走路，慢慢步行，享受两个人在一起的恬淡时光，就像从前在校园时的日子一样，浅笑轻语，温暖心扉。

　　"半夏，你还记得我们上学时吗？那时候你最喜欢吃的零食居然是爆米花。"叔离回忆道，"你说等你毕业了想开一家专卖爆米花的店，把爆米花做成各种各样的颜色，各种各样的口味，各种各样的形状。要做出苹果味的，草莓味的，菠萝味的……除了玉米之外，还要研究一下用别的材料制作。"

　　"记得。"回忆起从前的时光，半夏不由得笑了。只是从前的日子距离现在是如此的遥远,远到恍如天边的白云,可望,永不可即。

　　过去最单纯的时光再次被提及，叔离和半夏都沉浸在了回忆里。曾经他们一起逃课，晚上呼朋唤友一起去唱歌，上自习时他总是帮她占座位……

　　回忆是世界上最残忍的东西，它让你清楚地意识到现实与梦想永不可能交汇。关于那个爆米花店的梦想，也只能成为一个梦想，现实之中靠一个爆米花店养自己,大约是不可能。

这一天许一非敲门已经敲到了手发软。他嘴巴里咬着一枝"蓝色妖姬",双手并用,终于唤醒了陆英。

陆英揉着惺忪的睡眼问向许一非:"你怎么又来了?"

许一非进门找了一只花瓶,将"蓝色妖姬"插了进去,他半晌没有说话,良久,才说道:"陆英,我想和你谈谈。"

陆英坐下,示意许一非说话。

许一非犹豫了一会儿,闭上了双眼不去面对陆英,他背诵文章一样地说道:"陆英,我觉得你应该给我一次机会,不管你今后会不会喜欢我,都请你给我一次机会。我知道你分手后很伤心,不想再谈恋爱。可是你有没有听说过一句话?'要想忘记一个人,最好的办法是爱上另一个人。'你愿意给我一次机会,也顺便给你一次疗伤的机会吗?"

许一非说完了这番话才睁开眼睛,他从来没有向别人表白过,他怕自己看着陆英时会语无伦次,会说不清楚。

陆英默默地听着,没有回答他,自己想了很久很久。

"好。"她答道。

她知道自己无法忘记子扬,清醒着的每一分每一秒,她无不生活在对子扬的思念里,就连午夜梦回,在迷乱的梦里,她都以为子扬仍在她的身边。

这屋子里充满了关于他的回忆，随处都飘荡着他的气息。墙上有他亲手钉上去的墙画，厨房里有他与她一同买回来的餐具。她床头桌子上的相框里，是子扬拥着她的相片，电脑里是一张张他们合照的如花笑靥。

点点滴滴，不是说忘就可以忘掉的。

可是，不管子扬到底是出于什么目的和她分手，是真的不爱自己了也好，还是恋上了别人，她陆英都绝不会再回头，再回到一个曾经放弃了自己的人身边去。所以，陆英告诉自己，不管有多痛，都必须忘了子扬。

她答应许一非，愿意和他在一起试试，她说："只是我不能保证自己会爱上你，或许这一生，爱也好恨也好，他都会在我的心中留有一席之地，如果伤害了你，请你原谅。"

"没关系，只要你肯在我身边，一辈子被你伤害我都愿意。"许一非一脸的真诚。

陆英微微一笑，眼睛却酸得难受。"谢谢。"她说道。

"永远都不用对我说谢谢，为你所做的一切，我都心甘情愿。"许一非正视着她，缓缓说道。

陆英低下头，默默听着。

"花店的人告诉我，单枝蓝色妖姬的花语是：'相守是一种承诺，人世轮回中，怎样才能拥有一份温柔的情意。'如果可以，我真想自己就是这一朵花，让我把自己送给你吧。"许一非愈说愈加动情。

陆英没有开口说话，她还无法让自己坦然面对许一非的深情。

"我今生今世，从没有对哪一个女人说过这样的话，现在我发誓，除非你放弃了我，除非你赶我走，否则一生一世，我都对你不离不弃，绝不放手。"许一非郑重说道。

"别再说了。"陆英想要哭出来，她慌忙止住许一非，她轻声说道，"过去，他，也对我说过类似的话。可是，这些话就像微风，就像浮云一样，飘过去，就成了过眼云烟，再也回不来了……该走的还是会走，该分手的还是会分手，山盟海誓成了回忆里莫大的嘲讽……"

许一非伸出了右手，将掌心伸到陆英面前，说："你看，这是我留下的关于你的记忆，我每天都会看见它，看见它我就会想起你。今天我对你的承诺就和它一样，永远都不会消失，永远。"

陆英看着他的掌心，他的掌心有一颗小小的黑点。"是什么？"她问。

"是那天被你的钥匙刺破后我涂上的墨水，愈合后就成了这样。在我的心中，也有一颗，那是你。如果可以，我愿意把心中的那颗掏出来给你看，让你相信我。"

"你不要再骗我……"陆英忍不住哭了起来，"我已经无法再忍受又一个男人对我的欺骗……无法再忍受……我只求你不要像他一样骗我……朝朝暮暮,相濡以沫……曾经说过的话,却转眼就忘……抛弃了我,离开了我……我别无他求,只是不愿再次尝到被人抛弃的滋味……"

"我不会,我不会……"许一非被陆英的哭泣弄得心慌意乱,他试探着握住了陆英的手,他掌心的温暖传递到了陆英掌心,他一再地向她保证,"我不会,永远不会……"

⑯ 只要赖上我就行了

半夏和叔离回到家时,许一非已经好说歹说请了陆英一起出去吃饭。陆英整天闷在家里,也确实需要透透气了。

两个人的晚餐,叔离叫半夏好好休息休息,等着他去煮饭。半夏坐在沙发上,电视开着,正在播放一个搞笑的综艺节目。傍晚的暮色来临,橘黄色的灯光暖暖地照着整间屋子,客厅里的淡绿色窗帘,在晚风中轻轻摆动。半夏看着叔离在厨房里忙碌,一种久违的幸福、温暖、安定的感觉,突然在她的心中升起。人世间最幸福美好的爱情,莫过于这炊烟中的一餐饭吧?

只是这样的幸福,却从来都不属于自己。

半夏想至此,又想起子扬曾经在厨房里的身影,又想起他对陆英的好了。"其实叔离和陆英很配,就像子扬当初和陆英一样。"半夏在心中想,生出几许莫名的酸涩。过去叔离就对她和陆英两个人很好,将来,他会全心全意只对这世间的某一个人好。人总是要面对分离,总要面对身边好友的成家立室、婚嫁生子……

总会有一个人替代自己曾经的位置,陪着自己的朋友走过一生。

是该祝福他们的。

"怎么了,突然这么伤感?"叔离偶尔转身,看到半夏发呆的表情。

"我在想,你一直都对我和陆英这么好,假如有一天你结婚了,就不会再对我们这么好了。"半夏说道,突然又觉得自己这种自私自利的小心眼很可笑,"我这样想,是不是很自私?"

"不会的。"叔离答道。有一句话他很想说出来,"只要你愿意,我愿意一辈子对你好。"可是他不敢说。他怕万一半夏不肯接受他,知道了他的心意后会不会从此再不理他?

"以后我就赖上陆英,享受一辈子她的照顾。"半夏咯咯笑着说道。她没有听明白叔离说"不会的"是什么意思。是不会结婚,还是不会不对她们好,还是不会嫌她的想法太自私?

"你不用赖上陆英,只要赖上我就行了。"叔离笑着告诉她。

"女人比较容易吃醋,赖上你的话,有一天你生命中的另一半会憎恨我的。"半夏开玩笑地说道。这样轻松的对话,一如她们在学校时的互相取笑。

"我相信她永远都不会。"叔离回她以一笑。

"但愿吧。"半夏说完这话,拿出了陆英和子扬的婚纱照,细细翻看着。他们真的是世界上最般配的情侣,如果人的心能够永远停留在最纯最美的那一瞬间就好了。

"这么些年你怎么不找陆英?"半夏抬起头问道,"这样她就不会受到现在的伤害了。"

"我听陆英说那一年你结婚了。"叔离的话在半夏听来,却是答非所问。

半夏不懂他这句话的意思,又继续说:"如果你有机会,我请你今后一定要好好对待陆英,不能再让她伤心。"

叔离拿着锅铲的手停留在半空,他心中堵得慌,但他无法说出口。"我对陆英,不是你想的那样,我只当她是妹妹。"

"好可惜……"良久,半夏轻轻叹了一声。

"别再瞎想了,就算如此你也不用可惜呀,我一样会煮饭给你吃的。"叔离走出厨房,在半夏身边坐下,伸手将她额前的刘海儿拂到一边去,轻声对她说道,"你也该多考虑考虑自己,你还很年轻,该从那段失败的婚姻中走出来。"

"我会的。"半夏浅浅一笑。

"半夏……"叔离面对着半夏的微笑,有些动容,"其实,这么些年……"该说出口的话,叔离却始终说不出来。他真的怕极了半夏会拒绝他,怕极了从此以后半夏再也不见他。

"怎么了?"半夏见他久久不说出下文,便问道。

"锅里的汤该好了,我去看看。"叔离急急站起,躲进厨房。

半夏很好奇他未说完的话,她跟着走进厨房,看见叔离望着锅里的凉水在发呆。

"这么些年你怎么了?也很辛苦是吗?"半夏猜测道,"毕业后刚开始工作那一段时间,一定不怎么顺心吧?你真的很棒,毕业两年时间就开了自己的事务所,继续加油哟。"半夏见他不闷闷不乐,猜想他或许是想到了过去的艰难经历,便安慰着他。

"这么些年,我很想念你……"叔离突然就说出了口,但他马上改口,"很想念过去和你和陆英在一起的时光,你知道,以前你们每次都把碗里的肥肉给我吃的。"

"哈哈。"半夏大笑了起来,"对呀,因为我们两个都不喜欢吃肥肉。"

"看来我打扰你们了?"不知何时,明朝已经站在了他们身后,意味深长地说道。

叔离和半夏惊讶地看着他,问道:"你?怎么进来的?"

"我打电话给陆英,陆英说她和一非在一起,猜想你可能在家。怕你晚上一个人吃饭寂寞,我就向陆英拿了钥匙来陪你。是不是我多余了?"

"没有,怎么会。"半夏为了打破僵局笑着说道,"你是会轻功吗?怎么没有声音?"

"你们讨论得太专注了,这可不怪我。"明朝一脸的不高兴。他从自己带来的袋子里拿出一个纸袋,"给你买了烤鱿鱼须,快来吃吧。"

半夏很喜欢吃这种食物,马上乐滋滋地接了过来。"辛苦你了。"

"确实很辛苦。"明朝应道。他为了照顾她这点喜好,站在拥挤的街头,在炭火的烟熏火燎之间耐心等待着,直到鱿鱼须烤好。这可是他有生以来第一次在街头买吃的东西,本来想象着半夏喜欢的样子是满心欢喜的,可是一进门,就看到她和叔离两个人在厨房里相谈甚欢。

"真不好意思,"半夏过意不去地说道,"其实你不用帮我买的。"

"我愿意。"明朝淡淡说道,见半夏依旧满脸的过意不去,便微笑着说道,"快吃吧,凉了就不好吃了。"

半夏这才坐下来开吃。

叔离站在厨房里守着那锅汤,他不愿意出去面对明朝。从明朝进门后开口说的第一句话起,他已经感觉到了明朝对他暗藏的敌意,同样,他也不喜欢明朝。

明朝喜欢半夏,叔离看出来了。同样的,他也喜欢着半夏。公平竞争,自己没理由退缩。叔离告诉自己,"曾经错失过一次,这次我再也不愿意错过。"

半夏,她是那样的美好,安静如一朵莲花。他曾经亲眼看着她被别人娶走,现在他重新获得了机会,这是天赐的机缘,他不会再错失。他相信只有自己懂得她,懂得她是多么美,多么好。

"半夏,吃完了帮我拿一个汤碗。"叔离想至此,对半夏说道。

"好。"半夏吃完东西,跑进厨房,从橱柜里拿出汤碗递给他。叔离没有接过汤碗,只是说:"你帮我捧着,捧好了哟,当心烫着你。"

半夏赶紧捧好碗,看着叔离将汤一勺一勺盛进去。

"好了,你去摆碗筷吧,我来端菜。"叔离又说道。

半夏取了碗筷一一摆好,叔离已经将菜端了上来。

"家常便饭,随便吃点吧。"叔离对明朝说道。

明朝的心中一腔怒火,眼睁睁看着他们一起煮饭,配合得天衣无缝。他只恨自己不会煮饭。要学,一定要学!无论从哪一方面,都要将这个关叔离给打败!

今天晚上半夏觉得浑身不自在,虽然三个人有说有笑,却总觉得气氛浓重,充满了火药味。看来这个家中没有陆英就是不行,自己压不住这个气场。

"好想念陆英呀。"半夏叹起气来。

"你千万不要想念她,她好不容易才答应和一非约会。"明朝说道。

"你不是说许一非是个花花公子,叫我提醒陆英当心的吗?"半夏听此,顿时担心起来。

"花花公子也有结婚成家的那一天,也有收心的那一天呀。一非总会碰到一个能降得住他的人,陆英就是那个人。"

"花花公子……花花公子……"半夏念叨着,心中不安起来,"我好担心陆英。"

"不要担心她了,我以我的人格发誓,许一非对她真的是认真的。"明朝向她保证。

"但愿如此。不管是谁,我唯一的希望就是愿他好好对待陆英,不要再让她伤心,珍惜她,疼爱她。"

"许一非会做到的。"明朝继续替许一非保证。

半夏见他说得认真,一颗心这才放下了一半,还有一半仍悬着,要看了陆英的反应才能决定放不放下。

叔离夹了一片半瘦半肥的肉给半夏,明朝盯着那片肉说道:"你刚才不是说不喜欢吃肥肉的吗?"

"呃?"半夏一脸疑惑地看着他。

"你没发现其实我也挺瘦的吗?"明朝说道,"我不介意吃下这片肉,再长胖一些。"

半夏只得将这片肉再转移到明朝的碗里,明朝得意地吞了下去。

"没关系,这肉我先煮过才炒的,不会油腻,你吃一下试试看。"叔离又夹了一片,并不放进半夏碗里,直接送到了半夏口边。半夏只得张开嘴,吃了下去。

"是不是一点都不腻?"叔离暧昧地问她。

"是的。"半夏点头。

明朝好想拍桌子,好想好想拍桌子。

他的牙齿咬得咯咯作响,忍了许久才平静下来,他满面笑容地望着半夏,说:"半夏,明天去我家吃饭吧,我们家厨师做的菜特别好吃。"

"半夏,别忘了你明天得陪我出去。"叔离提醒道。

"嗯,是的。"半夏满脸歉意地看着明朝,同时心里在呐喊,"英子你快回来,快回来吧⋯⋯"这场面她实在是无法应付。两个男人在一起就是一个没有硝烟的战场!

"明天周末,你们出去有事吗?"明朝不悦地问道。

"我要帮叔离看房子。"半夏说道。

明朝听得心惊肉跳："你们？要买房子？"事情发展得这么快吗？他的心脏有些承受不了。

　　"不是买房子，是叔离要开律师事务所，我陪他看地方。"半夏耐心地解释道。

　　"那我陪你们去，我知道有好多合适的写字楼。"明朝说道。

　　"怎么能劳烦你呢，你一定有很多事情要处理吧？"叔离开口问道。

　　"不劳烦，半夏，你说我陪你们一起去怎么样？我可以帮你拎包，还可以排队买你喜欢吃的东西。"明朝直接问半夏。

　　半夏好为难，不知道怎么回答才好。

　　"不说话我就理解成同意了哟。"明朝得意地说。

　　叔离不想让半夏太为难，只得同意。同一时间，明朝也不想让半夏为难，于是两人不约而同地开口说道："那好吧，你也一起去。""我开玩笑的呢，你们两个去吧。"

　　半夏不自在了很久，陆英这个救星才终于回来。方一进门，她就飞快地冲入了洗手间，接着开始干呕起来。

　　"英子怎么了？"半夏担忧地问着许一非，"你让她喝酒了？！"

　　"没有……喝多少，就一点点红酒……"许一非面对半夏质问的目光，有一点点心虚。

"以后不要再让她喝酒了,她不怎么会喝酒。"半夏提醒道。

"好。"许一非乖乖地答应,谁让她是陆英的闺密呢。陆英的话就是圣旨,陆英闺密的话,那也得听才行。

⑰ 每个人都有不想提起的过往

第二天半夏陪着叔离出门继续寻找合适的写字楼。下午的时候,他们看中了一间。无论是地理位置还是租金,各方面都很满意,当下叔离就决定选这里。他准备取了钱先付了订金然后就签订合同。

叔离带着半夏去取款。

"取四万。"叔离对银行工作人员说道。

"你的卡里只有八千块。"银行工作人员回答。

"怎么会?"叔离感到很惊愕,"这张卡明明是有五十万的。"

银行工作人员听了他的话也有些愕然,赶紧帮他查询取款记录,然后打印了一份清单给他,告诉他:"你卡里的五十万,在一周前于城北支行被分次取出了,只留下了八千块。"

叔离拿着那份清单，那些个数字在他的眼前划过的瞬间，他仿佛看到了取走这笔钱的人，那一张愤怒的脸。他记得他向她告别的时候，她咆哮着说道："关叔离，你离开了这里，你什么都做不成！你的事务所不会再开起来的！"

当时叔离还不明白她话里的意思，但现在他懂了。是的，她拿走了他的钱。没有钱，他确实再没有别的办法开事务所。

叔离默默地走出银行，该来的到底还是来了。

半夏在门外等他，见他并没有取到钱，便问他怎么了。

"没什么，钱没有了，写字楼租不成了，事务所也没法开了。"叔离缓和了一下情绪，佯装平静地对半夏说道。

"钱没有了？"半夏不太懂他这话的意思，她关切地问，"是被人盗了吗？我们要不要报警？"

"不用报警。我知道是谁取走的。她想要，就拿去吧。"叔离有些伤感地说道。

见叔离不愿多说，半夏也不再去问，免得令他更难过。她想，每个人都有自己不愿提起的过往，就像自己不愿再提起翁杞览一样。想必取走叔离银行卡里这笔钱的人，就是他不愿提起的一段过往吧。

"明天起我得去找工作才行。"叔离苦笑着说道。

"加油，你一定行。"半夏鼓励他。

这一天就此仓皇结束,回家的路上叔离一直都心事重重。如果她只是拿走这笔钱就此罢休的话,那他非常愿意。如果她还想要,他愿意把他的那辆车也给她,包括其他几张卡里为数不多的钱。却只怕依她的个性,还要再闹出是非来。

　　叔离默默地看着半夏,心中一片忧愁。可他不想让半夏知道这些,他不希望影响到她。

　　半夏打开了房门,居然看到陆英和许一非正在厨房里。陆英正耐心地指导着许一非煮一锅鸡汤。

　　"今天回来这么早?"陆英转身问半夏。

　　许一非笨手笨脚地系着维尼熊的围裙,回头对他们做了一个鬼脸。这围裙是陆英的,系在他身上非常之滑稽。

　　"嘀,"半夏仿佛看到了外星人,"许一非,你居然也肯进厨房?我听明朝说你从小到大,连厨房的门都没踏进过。"

　　"呃,那都是以前的事情了,现在我要为了陆英而改变。我要学会煮饭,天天做给陆英吃。今天晚上你们就尝尝我的手艺吧!这鸡汤闻起来就很香。"许一非有些尴尬地回答,他以为半夏和叔离会晚些回来,所以就缠着陆英教他煮汤,却没想到学艺的第一天,就被他们看到了,他有些想钻进地缝里去。不知道他们会不会嘲笑他呢?

"事情办好了？"陆英继续问。看来今天由许一非陪着她，她的情绪还算不错。

"没办成。"半夏答道。

"还是没选到合适的地方？"

"叔离的钱没了。"半夏将叔离告诉她的话说给了陆英听。陆英一听就有些着急了，又看叔离一副无关紧要的样子，不由得问道："是什么人取走了那笔钱？银行卡在你手里，又是怎么取到的？"

"这件事情你们就别再问了，钱没了就没了，我不计较。"叔离请求道，生怕陆英这一追问就没完没了，最后自己不得不说出真相。

"关叔离，你是不是得罪什么人了？"陆英考虑的事情永远都比别人要多一些。

"算是吧。不过不用担心，不存在任何人身安全的问题。"

"总之你凡事当心一些，不要给自己带来麻烦。"陆英劝道。

"你们放心好了，我自己会处理好的。"

陆英看了叔离一眼，仍然有点不放心，她犹豫了一番还是问了出来："叔离，你不会结婚了吧？是不是你妻子把钱给拿走了？不然你怎么一脸的无所谓？"

"我结婚还能不告诉你们吗？"叔离着急了，"陆英你又不是不知道我。"

"我也就随便问问,还不是担心你们嘛。"陆英歉意地笑着。

"不许你担心他。"许一非偏就听到了这句话,从厨房里跑出来,手中扬着汤勺冲陆英嚷嚷。

"许一非你登堂入室的速度也太快了吧?"陆英质问他。

"哈哈。"半夏大笑了起来,取笑着他,"许一非你管得太多了!当心陆英忍受不了休了你。"

"好怕怕,陆英你要答应我,永远都不能休了我。"许一非故作害怕状向陆英哀求。

半夏看着陆英开怀大笑的样子,替她放下了心。看起来陆英已经开始慢慢地接受许一非了。

只是当她安静下来的时候,子扬是否又会出现在她的世界呢?

半夏的心又揪了起来。

日子便这样缓缓地过去。

这样的日子到底是令半夏放心的。许一非终日里无事可做,唯一的工作就是陪着陆英。他看来是真的对陆英动了心,他一个堂堂大少爷,往日里花天酒地,出门有司机,回家有用人,现在却肯放下一切来陪伴陆英,这多少令陆英和半夏感动。

他比半夏上班还要准时。每一天早晨,在陆英起床梳洗好后,差不多该吃早餐的时间,许一非就提着带给她的早点敲门了。

中午,陆英和他窝在家里煮饭。许一非在陆英的调教之下,真的能做出几个还算过得去的菜。

晚上,两个人等着半夏下班。叔离白天出去找工作,晚上也会过来和他们一起吃饭。这样平静的生活,平静得令半夏觉得有一些感动。陆英很好,不再那么悲伤,能渐渐接受许一非,这令半夏已经很满足了,她觉得很幸福,很幸福。该忘记的人,总是要忘记的,不是吗?这么久子扬都没有联系过陆英,他显然是不可能再回心转意了。

许一非几次三番邀请陆英和他一起出去旅行,陆英却已经习惯了这种"宅"生活,怎么也不肯。事实上这些天她的身体一直感到不舒服,但她心想或许是因为天天不工作,游手好闲的缘故,以至于身体也因为这种惰性而开始变得"懒惰"了,因此一直没有放在心上。

这一天早晨,半夏正在盥洗室洗脸,陆英突然火急火燎地冲了进来,趴在马桶上拼命地呕吐。呕吐了半天,却什么都没有吐出来,只是觉得异常的恶心。

"英子,你怎么了?"半夏关切地问。

"我也不知道,这段时间都这样的干呕,最近几天好像更加严重了。"

"可别是胃又犯病了,去医院瞧瞧吧。"

"不想去。"陆英无精打采地说道。

"我下班了带你去。"

半夏下午下了班后,就硬拉着陆英到了医院。这会儿医院里人不多,很快就轮到陆英。半夏替陆英挂的是内科,胃病嘛,看内科不会错的吧?

内科医生听了陆英的描述,并不去关心她的胃病问题,直接就问:"例假有多久没来了?"

陆英在这一刻恍然大悟,心一点一点地沉了下去。她无力地报上了日期。

医生头都不抬地开了一张验尿化验单,叫她先去做化验。

半夏犹豫地问向陆英,"该不会是?"

陆英一脸惨白,双腿虚弱无力,身子一软就要倒下去。半夏紧紧地搀扶住她,轻声安慰道:"或许不是,你别着急。"

等待化验结果的过程中,陆英和半夏都一遍一遍在心中祈求,但愿这一切都是一场误会,不会的,不会这么巧合的。

就让子扬在陆英的生命里从此成为过往吧,不要再出现在她的生活里。

"陆英。"护士喊着她的名字。

几乎是颤抖着的，陆英接过了化验单。那上面昭然显示着的汉字，令她绝望。在她的子宫里，真的悄然孕育着一个小生命。

可是这个小生命来得这么不合时宜，他的父亲，已经不要他了！已经抛弃了他的母亲了！

陆英捧着化验单默默地流泪，半夏扶着她，也一样难过。现在子扬就是陆英不愿提起的一段过往，可为什么，偏又不得不提起来？

内科医生看了化验单后，建议她去挂妇科，告诉她如果打算在这里生产的话，可以去建一份产检档案，定期来做检查。

就这样，原本以为只是胃病的陆英，到了妇科门诊。

妇科医生开了一张B超单给她，建议她先做一个B超，以确定那个小生命是不是安全地生活在她的子宫里。

躺在B超室的床上，陆英绝望地闭上了眼。医生将润滑剂涂在她的腹部，这滑滑黏黏的液体像那一日在河水中一样的冰冷，刺激着她的腹部，陆英不由得颤抖了一下。

"别紧张，放松。"医生安慰她。探头游移在她的子宫位置，每一次滑动，都几乎令陆英窒息。她很紧张，很紧张。她仍在心中祈求："但愿这是一场误会，化验单弄错了……但愿……"

"嗯，很好，是宫内孕，单活胎。"做检查的医生告诉她。又再次问了她最后一次例假的时间，她告诉陆英，生活在她肚子里的这个小生命大约已经七周了。

陆英感到一种撕心裂肺的痛……原本她将会是一个幸福的新娘呀……原本，她的孩子是会有父亲的啊……

拿着化验单，陆英跌跌撞撞地走出B超室。半夏接过她的单子，一样的心中惶惶。她不敢多说话，唯恐刺激到陆英。只是紧紧地牵着她的手，陪她走着。

重又回到妇科医生那里，医生看了看化验单，告诉她一切都很好，回去后要多加注意，因为前三个月胎儿是很不稳定的。要她等到四五个月的时候再来检查一次，下次来就可以建立一个产检档案。又叮嘱她回去后转告家人，要替她多注意一下营养，尤其是前几个月孕吐反应可能会比较严重，有可能吃不下东西，但一定不能不吃。

陆英盲目地点着头。

一路上陆英都强忍着泪水，进了门她马上跑进盥洗室呕吐。她拼命地呕吐着，如果可能，她真想将腹中的那个小生命给吐出来。他现在躺在自己的子宫里，听医生说只像一颗小小的豆芽。

陆英一语不发地进了卧室，脑中一片混乱。

半夏默默地走了进去，不敢去吵她。陆英的泪水终于肆无忌惮地流了出来，越想越伤心。半夏那天取回来的婚纱照，因为怕陆英看到了会伤心，早已经将相片藏了起来。她以为陆英连一次都没见到，可是这时，陆英却从枕头下扯出了一张相片，疯狂地撕扯着。

这是那一天在山野里拍摄的，半夏也不知道陆英是怎么知道她藏的地方，怎么翻出来的。可是她一下子明白了，这么久的日子，她以为陆英已经淡忘了子扬，却从来都没有过呀！

每一个深夜，在她睡去后，陆英都在一遍一遍地看着那些相片，一遍一遍，回忆着她和子扬的过往。

半夏觉得很心酸。

"为什么会这样！为什么会这样！"陆英狂乱地撕着那张相片，口中喃喃喊着。相片过了塑，她撕不破。

"我已经快要忘记你了。我已经快要忘记你了，子扬！可是为什么和你相关的事情却仍会发生？仍然要来纠缠我？你知道吗？许一非对我很好，我和他在一起很开心，和他在一起我会慢慢地把你忘记，忘掉你带给我的伤心。可是为什么呀，为什么……你走了，却留下了他……他活在我的肚子里，让我怎么办？……让我怎么办？……"陆英哭得泣不成声。

半夏的泪，也无声无息地流了出来。她上前握住陆英的双手，叫她停止去撕扯那撕不破的相片。

"英子……"半夏哽咽着唤她。

幸福眼看已经那么近,那么的近,明明就在眼前,可是为什么却突然又出现一道天堑?一道永远也越不过去的天堑?

喜欢你,半夏 ⑱

陆英哭了很久很久,直到哭累了,她才沉沉地睡了过去。

半夏坐在她身边,看着她熟睡的样子,心中下了一个决定。这件事情非常有必要告诉子扬,无论他到底是怎么想的,这个孩子都是他的,他必须负责。

第二天陆英醒来后,半夏已经替她弄好了早餐。看着她吃完了早餐,半夏才试探着说道:"英子,你把子扬家的电话号码告诉我。"

陆英抬起头望着她,淡淡地说道:"你想打电话给他?不用了,一个抛弃了我的人,我不会回过头去找他。"

"英子,这个孩子是子扬的,他有权利知道。至于他怎么决定,那是他的事情,但我们一定要告诉他,不然你怎么办?"

"随便我怎么办,他都不会关心的。他已经抛弃了我,和肚子里的这个孩子。"

"你把他们家的电话号码告诉我。"半夏坚定地说道。

陆英奈何不了她,只得告诉了她。半夏拨打了那个号码,电话嘟嘟地响着,没有人来接听。半夏心有不甘,又拨第二遍。

终于有人接了电话,听声音是子扬的母亲。半夏简单地问候了她之后,说道:"阿姨,我找子扬。"

"子扬他不在。"

"阿姨,我是陆英的朋友,找子扬有很重要的事。"

"子扬真的不在。"

"那么您能告诉我他的联系方式吗?或者请您告诉他一下,回来后打个电话给我。"半夏仍不死心。

"孩子,你转告一下陆英,我们子扬对不起她,请她以后都不要再来找子扬了。"子扬的母亲有些伤感地说道。

"阿姨,真的是很重要的事情。"

"我真的没有办法,子扬这样要求我和他爸爸,我不能告诉你们子扬的去向。"

"不要再说了。"陆英见半夏又要苦苦哀求,顿时生起气来,她一把从半夏手中夺过手机,狠狠地按了挂机键,口中愤愤地说道,"他已经不要我了,你没听他妈妈在说吗?他已经交代了他们不要告诉我他的去向,他永远都不会再回到我身边了。他甚至不给我去寻找他的机会!"

"英子……"半夏见她情绪激动,不知该如何安慰她才好。半夏也没有想到,子扬竟会如此的绝情。

门外响起了敲门声,半夏知道是许一非来了。她起身去开了门,在门口悄声告诉许一非,叫他好好地陪着陆英,最好寸步不离。

"她怎么了?"许一非紧张地问。

"我刚才……"半夏很担心陆英因为腹中那个小生命的事情,再次想不开,但又不能和许一非明说,只能歉意地告诉他,"我打了电话到子扬家里,惹她生气了。"

许一非奇怪地问:"好端端地你怎么想起来打电话给子扬了?以后有什么事情打给我就好了,子扬能做到的,我也一定能做到。"说完他又意味深长地告诉半夏,"半夏,现在我是陆英的男朋友,虽然她还没有承认,但总有一天我会成为她正式的男朋友。关于她的前男友子扬,他在陆英的生活中已经是过去式了。请你以后都不要再提起了,好吗?"

半夏明白许一非的意思,可是这件事情,却是你无法解决的呀。半夏很想告诉他,但这是陆英的私事,现在陆英和许一非之间到底发展到了何种程度,她根本不知道,所以她不能告诉他。

"我知道了。"半夏答应了他。

一整天半夏都在盼望着下班。昨天晚上没有睡好，早上又起来忙着给陆英准备早餐，半夏连午饭都没有做。中午的时候，明朝照例打电话给她，她告诉他，很抱歉，今天没有为他准备午餐。

明朝挂了电话下楼来，看到偌大的一楼大厅，就只有半夏一个人孤零零地坐着发呆。她看起来是如此的落寞。

"走吧，我们去吃饭。"明朝唤她。

"不想吃。"

"我饿了呢，快走吧。"明朝哄劝着她。

总不能让明朝也饿着肚子，半夏站了起来，和他一同出去。

"是有什么烦恼吗？"明朝关切地问着她。

"没有。"半夏说道。陆英的私事，是不能告诉他的，他到底算是外人。

"看看喜欢吃什么，哪一家的菜能打动你的胃？"明朝带着她一家一家餐馆地看着，征询她的意见。

半夏实在没有胃口，但她也不能让他一直这样逛着，便随便挑了一家走了进去。

"那个，"明朝试探着问她，"叔离最近是不是还天天晚上去你那儿吃饭？"

"嗯，还有许一非。"半夏说道。

提起许一非，明朝由衷地说："真羡慕一非呀。"

"他有什么好羡慕的?"半夏莫名其妙。

"一非能天天陪在陆英身边,难道不值得羡慕?"

"也是哟,英子这些天对他态度好多了。你知道吗?许一非居然在学烹饪。"半夏想起他在厨房里笨拙的样子,心情才稍稍有些轻松起来。

"羡慕,太羡慕了。"明朝的双眼都快放出光彩来了,"如果我也像一非一样不用天天上班就好了,我也可以去学烹饪。"

半夏不明白这个烹饪有什么好学的,堂堂总裁居然对这个羡慕不已。

"你别笑,"明朝认真地跟她说,"说实在的,我看着叔离在厨房里帮你煮饭,我真的很恨自己居然不会。"

半夏想不到他会这样说,她有些难堪,便装作没有听见。

明朝见半夏不回应他的话,也不好意思再说下去。他捉摸不透半夏的心思,暗暗地猜想那个关叔离是不是和半夏走得更近?

提起叔离,他这些天一直忙于找工作。找工作真的是一个漫长的过程,好在叔离有耐心,很轻松,并不着急。

这些天晚上,叔离仍和往常一样帮她一起煮饭。在叔离没搬到这里以前,都是陆英和半夏一起做的。但这些日子陆英一直闻不得油烟,不然便会忍不住作呕,半夏就不让她踏进厨房半步了。

这段日子里的朝夕相处,半夏觉得她和叔离之间仿佛产生了一种极其微妙的情愫。虽然她还没有捕捉到这种情愫到底是什么。两个人的浅笑絮语,一起煮饭做家务的平淡时光,令他们彼此都仿佛回到了学生时代。但他们之间的感情,却显然超出了那时。

半夏有时候会忍不住贪恋和他在一起时,这种平淡的时光。

这些平淡的时光,自然是明朝不曾和她拥有过的。明朝其实也明白,但他身处高位,每天要处理的事情已经很多,他实在是不能像叔离那样每天晚上陪着她一起煮饭,吃饭。

很多时候他都想扔掉手头上的事情,厚着脸皮去半夏家中蹭一餐饭。可他实在是没有办法抽开身。

这种家族给他的责任,令他感到沉重,但作为家中独子,他必须承担起这种责任,继承家族中庞大的产业,根本不能抛弃。

下午下了班,半夏急匆匆地往回赶。她不知道陆英会不会做出什么傻事来。

太坚强的人,心却往往脆弱,极其地易碎。

赶到了家,谢天谢地,陆英好端端地坐在沙发上,正和许一非一起看一部喜剧。一切看起来都和往常一样,半夏提起的心总算稍稍放下。

敲门声照例响起,半夏去开门。她知道这个时候敲门的是叔离。门开了,还未见到人,便有一束满天星送到了半夏面前。

白色的小碎花星星点点,仿如漫天的星子,美丽极了。这是半夏喜欢的花。

"送给你。"叔离站在她面前笑着说道。半夏接过了花,心情顿时变得好起来。

"哈哈,"陆英看着半夏怀中的花,对着叔离大笑起来,"叔离,这算是表白吗?"

叔离对着半夏绽出一个羞涩的笑,竟像是未曾涉世的小男生一样。半夏的脸却蓦地通红。

"如果我没有记错,满天星的花语应该是真心喜欢吧?"陆英爽朗地笑着,"叔离,光靠花来表白可不行,要你亲口说出来才算有诚意。"

这束花来得这么突然,令半夏的心怦怦乱跳,如小鹿在怀,而陆英的话又令她愈加的紧张。"英子,别胡说八道了。就随便送一束花罢了,在你眼里就有那么多事啊?"

"半夏,"在陆英的鼓励下,叔离终于下定了决心,"我喜欢你。"

简单的四个字,在叔离的心中已经盘旋了多年。在半夏听来却觉得不可思议。是真的吗?这四个字真的是叔离向她说的吗?

她抬眸望着叔离,叔离鼓起勇气继续说道:"我喜欢你,很久很久了。从大一时开始,半夏,这么多年我终于有勇气说出来了,你,肯接受我吗?"叔离伸出了手,等待着半夏的决定。

半夏呆呆地愣住了,真的是太突然了,她措手不及,不知道该如何是好。

"半夏,答应他。"陆英说道。

许一非一脸紧张地看着半夏,仿佛半夏的决定和他有关似的,事实上他在替明朝揪心。

"答应他呀,半夏。"见半夏继续发呆,陆英又说道,"答应他,半夏。"

半夏看了看陆英,陆英点头对她示意。半夏轻声问道:"我的过去,你不介意吗?"

"我不介意,我怎么会介意。这么多年,你还是你,一点儿都没有改变。半夏,你不要因为这个有丝毫的顾虑,我愿意当着陆英的面向你发誓,向你保证,我不会介意一丝一毫你的过去,那是你的伤心往事,我向你保证一辈子都不会提起。我会呵护你,保护你,再不让你受到一丁点儿伤害。我要让你开心、幸福地生活。"叔离真诚地向她表白。

半夏微微地笑着,伸手握住了叔离的手。

她也不曾想到自己会这么快喜欢上一个人。前一段的感情带给她的是伤心的泪,她以为自己从此以后不会再次为人心动,可当叔离出现在她身边,带着她重新返回校园里的清新美好、单纯的生活时;当他在厨房里和她一同忙碌着,准备着一餐饭;当他带着她感受这人间烟火的气息时,令她觉得这才是真正的生活。纵然平淡如水,却幸福。

⑲ 叔离未婚妻的兴师问罪

明朝站在门口静静地听着叔离对半夏的承诺,隔着一道门,却仿佛千山万水,隔断了他和半夏之间的距离。

他轻轻地放下手中的花束,十二朵黄玫瑰。对你的爱,与日俱增,从此以后,却只能留在心里,再没有可以表白的机会。

他默默地下了楼,坐在车里,他突然感到无比的疲惫,疲惫得想落下泪。他躺在座椅上,任心里的伤怀一丝丝漫延开来,直至将他的整颗心完全淹没在这悲伤里。

如果还有来生,他希望他能一早遇见半夏。与她同窗,陪她煮饭,陪她散步,陪她说话……所有叔离能为她做的,他都为她做到,所有叔离做不到的,他也能为她做到。

只是今生,能带给她所向往的生活,能令她感到幸福的人,在她还没有弄明白明朝的心意之前,她已经选择了,是叔离。

很久很久，明朝才坐直了身子，他望了一眼半夏的那间屋子，橘黄色的灯光从窗子里透了出来，明亮而又温暖。

他微微笑着，轻声说道："杜半夏，祝你幸福。"

许一非准备回家的时候，打开房门，他发现了门口安静躺着的十二朵黄玫瑰。他知道这是谁，明朝下午和他说过，晚上他会过来。他一定是在门口听见了叔离和半夏的话。

许一非默默地拾起了花束，转过身将花拿进屋子，找了个空花瓶插了进去。他没有告诉她们这花是谁送的，他只是希望明朝这一份心意能陪伴着半夏，就算她从来都不知道。

所谓人逢喜事精神爽，叔离今晚的表白，令三个人都很开心。陆英和半夏心头的阴郁似乎都一扫而光了。

看着好朋友开心，是一件很美好的事。陆英嘱咐半夏："你们快点发展，早点结婚。"

"你这么快就想赶我出门了？"半夏问。

"不是赶你出门，是我好永远蹭饭。"陆英嬉笑着说道。

"就算我一个人，也还是会煮你的饭。"半夏不平地回驳。

"那不一样嘛，有人陪着你煮饭，你不会寂寞。"

半夏任凭陆英取笑，总之是很开心，很开心。喜欢和被喜欢的感觉，都是很美好的。这就是为什么人人都喜欢恋和被恋。

两个人都不去提起陆英腹中的那个小生命,那是她们的禁区。似乎她们不提起,这个小生命就不存在。但事实是,每一分,每一秒,这个小生命都会在陆英的腹中不断生长。

陆英不提,半夏也不提。她想等陆英平静几天,再好好和她商量该怎么办。

夜里,半夏从迷蒙的睡梦中醒来,听见房间里传来低低的啜泣声音。她不敢睁开双眼去看,她知道那是陆英在哭泣。

陆英就是这样,愈是脆弱,她看起来愈是坚强。可是她心中的哀伤,在无人时,却一发不可收拾。她的伤,她的痛,她宁愿自己慢慢忍受着,也不愿意身边的人为她担心。

半夏再也睡不着觉,她替陆英忧虑,她知道陆英心中的挣扎和矛盾,她了解陆英的难以抉择。如果九号的婚礼能够如期举行,那么这个小生命的出现会是多么大的惊喜呀。可惜……

第二天早上半夏起床时,陆英才睡着。半夏担心惊动她,想让她多睡一会儿。虽然许一非每天会准时带早餐来,但半夏仍然会替陆英准备。她不知道陆英的胃口好不好,早餐想要吃什么,所以都会在前一天问许一非第二天带什么早餐来,然后再准备一份和他不一样的。

这天早晨许一非来的时候,陆英还没有睡醒。半夏叫许一非不要吵她,说她昨天睡得很晚。许一非点头,两个人都轻手轻脚的,唯恐吵醒陆英。

可是这时候陆英的手机却不合时宜地响了起来。半夏准备进卧室把手机给拿出来,陆英却已经开始接听了。

"杜半夏!"方一按下接听键,陆英就听见一个尖锐的声音在吼叫。

陆英以为是找半夏的,于是走到了客厅,对半夏说道:"找你的。"

陆英还没有来得及将手机递到半夏手里,就又听到刺耳的女声在咒骂,原来她将自己当成了半夏:"你这个不要脸的狐狸精!不得好死的第三者!杜半夏,你这个贱女人,刚离婚就来纠缠我们家叔离,是不是世界上没有男人了?!"

"你说什么?"陆英心中的火焰顿时冒得三丈高,这些天她的心情本来就不好,但是一直强颜欢笑,压抑着脾气,这会儿大清早的听见这个女人莫名其妙的咒骂,且是关于叔离和半夏的,就再也压抑不住心头的怒气,也怒斥着她,"神经病,你在说什么?"

"我在骂你啊,白痴!"那女人继续说着恶毒的话,"想不到你这种弱智叔离也看得上,是不是人长得美一点、白痴一点,男人就格外喜欢啊?!怎么样,主动投怀送抱,抢走了叔离,是不是很有成就感啊?!"

"你是谁？"陆英也忍不住声调提高了。

许一非和半夏见陆英的情绪突然这么激动，心中猜想一定是不好的电话，于是都凑到了她身旁去听。

那女人说道："我是关叔离的未婚妻！小狐狸精你给我听好了，不要再那么下贱，快点离开叔离！不要等我把你的丑事给捅出来。"

半夏见这通电话是关于自己的，于是从激动不已、情绪愤怒的陆英手中拿过了手机，她对那女人冷冷地说道："我是杜半夏，你和关叔离的事情我不清楚，你如果有这个骂人的时间，不如去问关叔离。"

"叔离是被你迷惑的，冤有头债有主，这事情我自然是要找你的！你不要以为搬出叔离来，我就会放过你！"

"那你想怎么样？"

"今天下午三点，我会到城南去见你。说个地点吧，咱们谈谈。"

"下午三点没空，七点钟。"半夏说道，而后挑了间茶室的地址告诉她，不待她再说话就按下了挂机键。

"关叔离！"陆英气愤地喊道，"这个混蛋居然敢骗我们两个！昨天还信誓旦旦地向你保证，今天未婚妻就找上门来了！"

半夏呆呆地坐在沙发上，半天没有回过神来。原来自己以为的好事，从来都是一场假象。想到陆英接听电话时替自己受的委屈，又想到这一切的委屈是源于自己，半夏的眸中就忍不住泛起了泪花。

"对不起，陆英。"她向陆英说道。

陆英的情绪依然很激动，她说道："对不起我们的人是关叔离！我现在就打电话给他，叫他说清楚。"

"晚上我去见了那个女人再说吧。"半夏幽幽地说道。

"好，晚上我和你一起去。"

"我也去，这个女人，看我不修理她！"许一非也愤然说道。

"你不用去了，又不是去打架。"陆英劝说他，许一非于是听话地默认。

但许一非还是通知了明朝。或许人的本性都是自私的，不知道怎的，许一非一听到叔离是有未婚妻的，在替半夏感到悲哀的同时，他又庆幸着明朝终于又有机会了。作为明朝的铁哥们儿，他自然是希望明朝幸福的。许一非于是很不好意思地在心中窃喜了一番，而后将这个消息通知了明朝。

明朝听了许一非的转述，心中极为担心。光听那个女人在电话中那些骂人的内容，明朝都可以想象得到那女人是一个十足的泼妇。她约了半夏见面，明朝还真是担心半夏会受欺负。

下了班，陆英已经等在了明氏集团的门口，她见到半夏，便直接拉了她到百货商场。一个专柜一个专柜地逛着，陆英叫半夏挑一身漂亮的衣服。

半夏看了一眼衣服上的价格标签，摇摇头叫陆英作罢。曾经她拥有无数件价格不菲的衣服，可是却过得并不幸福，反倒是现在衣着朴素，她觉得比以前快乐多了。所以一个人幸福与否，与穿什么衣服，住什么房子，拥有多少钱，真的无关。

陆英见她对衣服上的价格望而生畏，便对她说："放心好了，我带了卡来。"

"真有必要这样吗？"半夏怯怯地问。

"当然有必要，就算不为今天这个见面，你也有必要购置一些新的衣物了。你看你的衣服都有几套？"陆英坚定地说道，继续替半夏挑选衣服，又告诉她，"你不要有心理负担，等你发了薪水，这钱可是要还的。"

半夏嘻嘻笑着，终于挑定了一套喜欢的，而后两个人又去买了鞋子和相配的包包。

一切购置完毕，看看时间也差不多了，两个人决定先到约会地点去，先入为主，等那女人到达时，经过一番心平气和的休息，她们的气场会强过她。

半夏和陆英的面前各自放着一杯绿茶，她们静静地看着碧绿的茶叶在清水中翻滚，到底是一场误会还是确有其事，半夏的心中已经做好了两种结局的准备。

一杯茶还未饮完,陆英的手机便响了。"我已经到了,你们在哪儿?"是那个女人的声音。

陆英抬起了头环视四周,看见了那个打电话的女人,她面前的茶杯已经空了。陆英不禁哑然失笑,看来这个女人也是一早就到了。

"右边靠窗的位置,你过来吧。"陆英说罢便挂了电话。

那女人也看见了她们,片刻,便有一阵馥郁的香气袭来,一个一袭红色裙装的女人坐在了她们对面。

"杜半夏,你就是杜半夏?"那女人坐定,抬眸打量了半夏几眼,面无表情地说道。

"正是,请问你如何称呼?"半夏彬彬有礼地问道。

"王落雪。"

"你好。"半夏向她问好。

"少废话,我没兴趣过问你好不好,"王落雪不屑地说道,"杜半夏,我之所以花费时间来和你见面,是想告诉你,你不是我的对手,赶紧趁早离开关叔离吧!"

这个女人的相貌美丽,穿着打扮也不失端庄,可言谈举止之间,却透露出来她的嚣张气势和咄咄逼人。

"今天接到你的电话我很茫然,不知道你所说的到底是怎么一回事。叔离是我的大学同学,我与他认识的时间也不算短。他和我说过他没有女朋友,更不存在有未婚妻,王小姐你的说辞,实在是让我迷惑。"半夏悠悠说道。

王落雪一脸的不耐烦神色:"你的意思是说我在无理取闹喽?真可笑,不过我也可以理解,所有抢了人家老公的小三,都会一脸纯情、一脸无辜地说:'我好茫然,我好迷惑,你说的是真的吗?'杜半夏,我想你应该清醒清醒了,如果不是确有其事,我会花费时间约你见面吗?你知道我看着你这一张貌似纯情的脸有多恶心!"

"我想这件事有必要和叔离说清楚。"半夏说道,"如果叔离亲口承认,我自然不会有别的话说,我一定会退出来祝福你们两个人。"

"哼,少在我面前拿叔离来压我!"王落雪见她提起叔离,顿时心头恨意增深,"关叔离要不是被你迷惑,怎么会离开我!你问他他会承认吗?现在真的是世风日下,小三横行,随随便便就能遇到。我说杜小姐,你貌美如花又青春可人,虽然是离了婚,可也不至于饥渴到抢别人老公的程度吧?大街上单身的男人多了去了,再不济你也能捡到一两个流浪汉呀!"

"王小姐,请你自重。"半夏从来没有向人说过粗话,也没有被别人这样讥讽过,此时听见王落雪这样说她,胸口顿时变得很闷,几乎要喘不过气来。

"该自重的应该是你!"王落雪突然举起她面前的茶杯,扬手就往半夏的脸上泼。

茶是新泡的,水很烫,好在陆英眼疾手快地推开了半夏,但仍有热水溅到了半夏的脸上。半夏不想生事,便对王落雪说道:"王小姐,你需要冷静一下。"

"我冷静,我怎么冷静?你抢了我的老公让我怎么冷静?"王落雪的声音突然提高了起来,她大骂着站起了身子,抡起右手就是一巴掌,在陆英和半夏都还没有反应过来的时候,那重重的一巴掌就落在了半夏的右颊上。

半夏的右颊上顿时一片通红,五个红红的指印烙在了上面。不等半夏回过神,陆英就一语不发地站了起来,同样也是重重的一巴掌打在了王落雪脸上,"王落雪,你以为就你会打人是不是?"陆英冷然说道。

"哟,两个打一个。别以为你们两个人我今天就赢不了。"王落雪嘲讽地笑着,"我要是没有准备,也不会来找你这个狐狸精兴师问罪。"说罢她便拿起手机开始拨打电话,电话通了,她吼叫着,"你们进来吧!"

王落雪挂掉电话,指着陆英说道:"方才是哪一只手打的?姑奶奶我今天让你加倍还回来,一看就知道你和杜半夏是一样的货色,都是贱女人,小三!"

如果王落雪只是侮辱半夏,半夏还能够忍,可是让陆英也跟着她受这种侮辱,半夏便再也无法忍耐了。"你确实需要清醒。"半夏举起她的茶杯就往王落雪脸上泼,一杯不解恨,又举起陆英的茶杯继续泼。她们的茶水已经变温了，而且水已经不多，王落雪并没有被烫着，只是一脸的水，湿淋淋地往下滴。

"小三，贱女人！"王落雪歇斯底里地吼叫着，走到了半夏的身边去扯半夏的头发。这时候有两个男人走了过来，站在王落雪身边问道："王姐，就是这个女人吗？"

"就是她！"王落雪恨恨地说道。

"王姐尽管吩咐，怎么解恨我们怎么做。"其中一个男人说道。

"你们什么都不用做，就看着我打，要是她敢反抗，就帮我把她往死里打。噢，要打她的脸，看她还怎么勾引人！"王落雪吩咐道。

茶室的人见突然生出这样的事，赶紧拨打电话要报警，却已经被另外两个男人给制止住了。他们对想报警的人说："借你的场地教训一下人，不会出多大的事儿，但你要是敢报警，那可就难说了。"

茶室的老板不在，只有几个年轻的女服务员。她们受了威胁，也不敢再报警。

王落雪死死地揪着半夏的头发，扬起巴掌就又往她脸上打。半夏挣扎着要脱离王落雪的双手，可是半夏的身材娇小，而王落雪却长得很健硕，半夏明显处于劣势。陆英眼看着半夏吃亏，在一旁看得着急，她不顾一切地冲上去同样扯着王落雪的头发，另一只手去捉王落雪的巴掌。王落雪身边的两个男人见陆英去帮忙，就将她狠狠地推到了一旁去。

陆英被推得踉跄几步,站立不稳,腰部撞到了身后桌子的边角,而后跌坐在了地上。

"英子。"半夏见陆英摔倒,又见陆英捂着她的小腹,一脸的痛苦。半夏突然很想哭。刚才这一摔是伤到了那个小生命吗?虽然陆英对他的到来不满意,可到底还是在意他的啊。半夏强忍着,不让泪水落下来。

陆英挣扎着起身,要再次冲上前,却又继续被两个男人给推开,再次重重地摔倒在地上。

"英子,你不要管我。"半夏看见陆英再次在两个男人的手下摔倒,心如刀割,痛得难受。她用尽全身的力气,一只手挣脱了王落雪的束缚,伸手拿到了桌子上的玻璃杯。她用力地将玻璃杯撞在墙柱上,玻璃杯四分五裂,她的手中残留着杯底。

半夏将碎裂的玻璃杯底扬到了王落雪面前,她并不想伤人,只是威胁着王落雪:"你松手,不然我就刺下去了!"

锋利的玻璃碴子晃在王落雪的面前,王落雪有一丝的犹豫。趁着她这一丝的犹豫,半夏彻底地挣脱了她的双手。半夏面对面地站在王落雪面前,说:"王落雪,不管你今天约我出来到底是什么目的,是出于劝我离开也好,是出于教训我一顿也好,我告诉你,犯贱的事我不会做,但你这样耍横,对我没用!"

"是吗?"王落雪冷冷一笑,对她身旁的两名男子呵斥道,"你们还站着干吗,我怎么跟你们说的?"

两名男子立刻冲到半夏跟前,将她拿着杯底的手给捏住,要从她手中夺下杯底。半夏反抗着,却敌不过他们的力气。

半夏被两名男子给制住,他们各自钳住她的一只手,令她不能动弹。王落雪阴阴地笑着,走到半夏跟前。

"啪",一声沉重的响声响起,王落雪重重得一巴掌打在半夏左脸上。

陆英着急地站了起来,冲上前去要保护半夏,她挡在半夏身前,王落雪冲陆英冷冷地说道:"怎么,你等不及了吗?放心,我一样不会放过你!"

"你们打我就行了,不要去碰她!"半夏生怕陆英再次受到伤害,她更怕陆英腹中的那个小生命受到伤害,"这与她无关,你们不许去碰她!"

"她不是很赞同你去做小三吗?"王落雪得意地笑着,"为虎作伥,她就该尝尝这种滋味。哦,我忘了,刚才她是打了我一巴掌,对吗?"

"这一切真的与她无关,你们不要去动她!"半夏看见她笑中的冷意,心里担心极了,"你打我吧,她是为我才动的手,你就报复在我身上吧。"半夏哀哀地请求着。

"你呀,敬酒不吃吃罚酒,非要弄到这个份上才肯服软是不是?"王落雪冷笑着嘲讽着半夏。钳住半夏的两个男人将陆英给推开,半夏只能眼看着陆英踉跄着又摔倒,她绝望地闭上眼,任凭王落雪的巴掌落下，任凭她的冷言冷语。是的，这一切确实是自己咎由自取，结束掉一段痛苦，却又陷入另一段痛苦。叔离，她看到的关于他的一切，正直、善良、诚恳、真挚，这一切一切的美好品德，真的只是一个假象吗？

　　他只是虚有其表吗？杜半夏，你又错了啊！只是这回却把陆英给牵连了进来，伤了无辜的她呀……半夏闭上双眼，一片绝望。

　　陆英已经顾不上半夏，顾不上报警，她只觉得腹中一阵痛过一阵，是这个小生命要没了吗？她说不出话来，紧紧地咬着牙齿，没有来由的，她希望这个小生命不要离去，不要离开她。

20 没有开始,就结束了

明朝七点钟准时出现在这间茶室,他以为自己来得很准时。可当他看到那一片混乱时,立刻就慌了。

他看到那个红衣女人揪着半夏的头发,令半夏不能动弹;他看到那女人的巴掌重重地落在半夏的脸上;他看到半夏无声地忍受着。他冲上前去要推开那女人,却被守在门口的两个男子给制止住。

明朝立刻开始打电话,两分钟左右,他家的保镖赶了过来。来了五个保镖,制止住了王落雪。

明朝看着半夏红肿的脸颊,心痛得无以复加。他不忍再去看她,只想把她拥进怀里。他紧紧地拥着半夏,用手指轻轻地梳理着她那凌乱不堪的头发。"杜半夏……"他轻声唤着她的名字,"你还好吗?"

半夏窝在他的怀里,脑中一片混乱。她听见明朝的轻唤,想张口,可却说不出话来。"陆英……"半夏的嘴角生痛,含混不清地唤着陆英的名字。有两名保镖搀扶起了陆英。

陆英已经无法直起身子,她被一名保镖背起来送到了车上。半夏看着陆英的样子,无声的泪,在这时再也忍受不住,像决了的堤奔涌而出。

"英子……"半夏冲到陆英的跟前,轻声喊着她的名字,"英子,你忍耐一下,我们马上就去医院。"

陆英望着半夏,对她绽出一个无力的笑容。"你还好吗?"她痛苦地说出这四个字。

"我还好。"半夏痛哭起来。

"那个小生命呢?"陆英的眼角突然也涌出了泪。

"他还在,他还在。"半夏伸手放在陆英的小腹上,奢望能安抚她所受到的惊怕,她连声安慰着陆英,"他一定还好好的,他一定和你一样的坚强。"

陆英闭上双眼,任泪水横溢,一个决定,悄然无息地落在了她的心头。

明朝的司机送半夏和陆英去医院,明朝留下来处理这件事情。

十分钟后,警察赶到,明朝将王落雪和她叫来的人交给了警察。

车子很快便驶到了最近的医院,陆英躺在床上,看着医生给她做各项检查。突然之间她很怕很怕,怕极了这个小生命会消失。

医生检查完毕,叫护士马上给她打点滴。

"他是不是不在了?"陆英颤抖着声音无力地问道。半夏紧紧地握住她的手,安慰着她。

"他还在,你放心,不要紧张。现在给你用的是保胎药,打完后再观察观察,如果一切正常,就没事了。"医生告诉她。

陆英用力地点头,心中期盼着这个小生命平平安安。不管自己后面将做出怎样的决定,至少在没有做决定之前,她希望他平安,好好地成长。

"你不用陪我了,"陆英苍白的脸上露出一个笑容,她对半夏说道,"你去叫医生处理一下你的脸吧。"

半夏也绽出一个笑容,松开她的手,向另一个科室走去。

半夏走后陆英的手机便响了,陆英接听,是明朝打来的。他非常焦急地询问陆英她们两个人的情况如何,有没有什么大碍,需不需要住院。

陆英一一回复着他的问话,告诉他没有什么大碍,她和半夏都很好,半夏现在去看医生了,不在她身边。

明朝仍然很紧张,告诉她:"你们在那里等我,不要走,我马上就赶过来。"

陆英不想让明朝来。其一，半夏此时面对明朝一定会感到很难堪；其二，陆英不希望明朝知道她的事情，在她还没有下定决心要如何做之前，她不希望有别人掺和进这件事情，来左右或影响她的想法。她能想象得到若是明朝知道了这个孩子的事情，那许一非一定也会知道。许一非会如何反应？陆英不愿意去想。于是她告诉明朝："你不用过来了，我们没有什么大碍。再说，你这会儿过来，半夏面对你也会觉得难堪。"

明朝一想也是，而他自己真不愿意看到半夏受伤害的样子，见陆英一再地向他保证她们很好，他才勉强说："那我让罗司机在医院等你们，然后送你们回家。"

陆英应下，他才放心地挂断电话。

点滴打了很久，陆英感到自己的腹部不再疼痛，那个小生命似乎正沉沉地睡着。

打完点滴后，已经快九点了。医生准许她可以回家，又开了一些药，嘱咐她一切行动都要小心，最好卧床休息。陆英点头，决定回家之后依言静养。她感觉到一种莫名的恐惧在自己心头滋生，她不明白自己为什么会在无形之中保护这个小生命。起初自己不是很不喜欢他的到来吗？

罗司机依旧等在医院门口，他按照明朝的嘱咐，将陆英和半夏送回了家。下了车半夏伸手去搀扶陆英，陆英笑着说："哪还用得着，医生说了，问题不大。"

半夏满怀的歉意，轻声向陆英说道："英子，我差点害了你。"

"嘘，"陆英示意她不要再说下去，"害了我的人不是你，今天这件事情的起因是关叔离。不管那个女人到底是不是他的未婚妻，都可以肯定是与他有过纠葛的，他不该没有解决好与她的问题就来找你。我当初问过他是不是有未婚妻，他清楚地说没有，我们相信他，他不该欺骗或者隐瞒我们。这件事情，我一定要向他问个清楚。"

见陆英提起叔离，半夏的心情顿时沉到了谷底，怏怏地没有了精神，她提醒陆英："我刚才在楼下的停车场，看见许一非的车了。"

"唉，许一非，我的事情，该怎么对他说？"陆英有些发愁地说道。

两个人才走到门口，坐在门口等着她们的许一非，已经迎了过来，他看见半夏的脸，立刻就察觉到了事情的严重性，"怎么了？还真的打起来了？"又转而问陆英，"陆英你没事吧？"

陆英摸出钥匙，边开门边说："你看我又没有挂彩，当然是没事了。"

"那半夏呢？怎么脸都肿起来了？"许一非继续问道。

"还真是打起来了。那个女人太野蛮了，肯定是早有预谋要来报复半夏，她还带了两个打手过来。"这件事情陆英已经不想再提起，打人能解决问题吗？这个王落雪她以为把半夏给痛打一顿，解了她心头的恨意，离她而去的关叔离就会回到她身边，半夏就会乖乖地退出吗？关叔离就能不再爱半夏吗？

陆英嗤之以鼻，不屑一顾。一个靠武力来解决问题的女人，她以为这是古代的江湖吗？

"她是混黑社会的？"许一非皱起了眉头。

"不知道什么来头，这个关叔离最清楚。明朝在处理后面的事情，我想他应该都了解清楚了。"陆英说道。

半夏自进了屋后，就坐在沙发上开始发呆，陆英回答完许一非的话，也坐在了半夏的身旁，她故意逗半夏笑，戏谑地问她："怎么样，医生有没有说你会毁容？"

"怎么会。"半夏苦笑着说道，"想不到我也会有这么一天，居然也会被人称为'小三'。"

"说起这个，关叔离今天怎么一天没有出现？"陆英不满起来。

"哦，"许一非说道，"他今天晚上来了一下，见你们不在就走了。没有你们的指示，我没有告诉他你们去和那女人见面的事情。"

"他早晚会知道的。"半夏背靠在沙发上,长长地叹了一口气。想起了什么似的,她又坐直了身子对许一非说:"今天多亏了明朝及时赶到,要不然我和陆英还不知道会怎么样。"

许一非不好意思地傻笑了一下,"我怕你们被欺负,所以告诉了明朝,你不会怪我吧?"

"谢谢你。"半夏真诚地说道,"你和明朝都很关心我们,非常感谢你们的照顾。"

"瞧你说得跟临终遗言似的,可别是心里想不开呀。"许一非担忧地说道。

"乌鸦嘴。"陆英嗔怪他一声,安慰着半夏,"不过就是一个关叔离嘛,才向你表白一天而已,又没有发展到生死难分的地步。再说,就算真的是生死难分,该分的还不是分了。"陆英说了这话,又想起了自己,心不由得也低沉了下去。

"饿了吧,我去煮饭。"半夏不忍心再和陆英谈论这么沉重的话题,于是起身向厨房走去。

许一非前前后后地打量着陆英,担心她受伤了却不告诉他。陆英看着他一脸关切的神情,鼻子和眼睛都开始发酸,她说:"许一非,你坐下,我有话和你说。"

许一非乖乖地在她面前坐了下来,抬起眼眸望着她,等待着她说话。

陆英不忍心去面对他,不忍心看到他眼中失落的神色,她低下了头,几乎是咬牙切齿地说道:"许一非,你以后不用再来看我了,我很好,我会好好地活着,不会再自杀,你从此不需要再为我担心。"

"你这话是什么意思?"许一非隐隐感到不安,但却仍抱着一丝侥幸。

"我是说,你以后不要再来找我了,我不想和你来往了。"陆英提高了声调,更加清晰地告诉他。

"你是说,我们还没有开始,就这样结束了?"许一非不敢置信地问道,"你一丁点儿的机会都不愿意给我了?"

陆英不再说话,只是点着头。

"你今天受到打击了是不是?"许一非仍幻想着劝陆英回心转意,"是不是你以为我花心滥情,有一天也会有陌生的女人找上门,说你是第三者?"他见陆英始终低垂着头,便又郑重地向她保证,"陆英,我向你保证,绝不会有这样的事情发生在你身上。陆英,你抬起头,你看着我的眼睛,我说的一切都是发自真心的,我对你是真心的。陆英……"

陆英轻轻地抬起了头,她看着许一非郑重地向她表白。

"陆英,我对你是真心的。你令我不顾一切,你令我放弃了我从前的生活。遇见了你之后,我的生活里便只有你。我每天早上一睁开眼,就想马上见到你,每天晚上躺在床上,都希望天快点亮,天一亮我又可以见到你了……我喜欢和你在一起的任何时光,无论你是对我什么样的态度,我都能接受。每天和你一起煮饭,陪着你一起过着最平淡的生活,对我来说,都是幸福快乐的。陆英……"许一非从来没有如此地动过情,从来没有向一个女人这样发自肺腑地表白过。以前,他认为说这番话的都是小男生,虽然他心里很想说,但一直都不肯说出来。现在,他突然不顾一切,他只想让陆英知道他的心意,不要赶他走。

陆英的泪,忍不住淌了下来,她不知道该怎么跟许一非说。他们之间是不可能的,这一生都是不可能的。她已经怀孕了,她已经有了子扬的孩子……无论她将做出什么样的抉择,终究都不可能与许一非有关。

"一非,"她泪眼模糊地对他说,"放弃我吧,你会遇到比我更好的人。她会比我更适合你,她会比我温柔,她会很爱很爱你……可我已经不能这样对你了,子扬比你先了一步,我不能和你在一起,我不能让你受这样大的委屈……我……"陆英再也无法说下去。

"我只认定了你。我不管我会不会遇到更温柔的女人,我不管我会遇到什么样的女人,我只认定了你!"许一非强硬地说道,"我不会放手的,陆英。"

"我……"陆英轻轻啜泣着，"有一天你会发现我的另一面，并不是像表面这样好。有一天你会痛恨我……你家世好，自小没有受到过委屈，你以后遇到的女孩，她或许比我纯真，或许比我美丽，她的生命里只有你一个人，你就是她的整个世界……一非，可我已经不是了。我和子扬订了婚，我们早已经同居了。我不希望看到今后你伤痛绝望的那一天。"

"我不介意，我真的不介意，"许一非轻轻地拭着她的泪，苦苦劝说着她，"我从前花天酒地，朝三暮四，情无所定……你肯原谅我吗？"

"我没有这个资格，一非，我永远都没有这个资格……只有你的妻子，才有这种资格呀……"陆英痛苦地摇头。

"陆英，"许一非握住了她的手，陆英的手一片冰冷，"你不要担心，一切都不用担心。你相信我，陆英，我会替你解决一切令你烦恼的事情，你一切都不要担心……陆英，我不能离开你，我离不开你。"许一非的双眼微微地发红，陆英不忍心再说下去，只是无声地流着泪。

"我只求你不要赶我走，无论是以什么样的身份，我都愿意。如果你实在是不喜欢我，无法忍受有我存在的生活，我会远远地看着你，悄无声息的，绝不惊动你。陆英，如果你还能接受我的存在，就让我陪在你身边吧。如果有一天你的生命里重新出现了能令你爱他的男人，我也会悄悄地离开，成全你们的幸福，我愿意从此只和你做朋友……哪怕将来你和别人结婚,看着你找到幸福,我也放心了。现在,就让我守候着你……"

许一非已经将自己放得这么低,低到了尘埃里去。陆英除了流泪,只能点头。

三个人的纠葛 ㉑

半夏在厨房里煮一锅面。她默默地听着许一非和陆英的话，一面替陆英欣慰，子扬离她而去，又有许一非出现在她的生命里。他和过去的子扬一样，那么爱她；一面，她又替陆英纠结，她已经猜测到了陆英的抉择，如果那样，许一非会多么难堪，多么痛苦啊！那时候，他能坦然接受这个事实吗？而陆英又该怎么面对他？

吃过饭后，因为时间已经很晚，许一非只逗留了一会儿便被陆英劝回家。要回家时他再次小心翼翼地征询陆英的意见："明天一早我给你带早餐来，好吗？"

陆英无法对他说出"不"字，点点头同意了。许一非这才放心地离开。

开车回家的路上,许一非和明朝通了电话,知道明朝已经将王落雪交给了派出所,犹不解恨地说,这种女人应该狠狠地惩罚才行。

明朝问他:"你知道这个女人的身份吗?"

"什么身份?管她什么身份,难道你和我还摆不平吗?"许一非不屑地说道。

"她是青城法院院长的女儿,她本身就是一个律师。她的姥爷是丰达集团的开创者,她母亲是现任总裁。将来继承丰达的人,就是王落雪。"

"那这更好了啊,身为一个律师,知法犯法,情节更严重更可恶,更应该严惩。"

"我看这件事情恐怕只是到派出所走个过场,最后简单处理了事。"明朝叹了一口气,情绪低落,他说道,"算起来我们家和王家也有一些交情,就是你们许家在生意场上也和王落雪父母打过交道。就算我们想要和王落雪撕破脸,也要顾忌上一辈的交情。再加上……"

不待明朝说完,许一非便冷笑了起来,他抢过他的话,说道:"再加上今后做生意或许还有需要她父亲的时候,就更不能撕破脸了,是吗?呵,明朝,你现在也变成他们那样了。"

明朝无言以对,唯有沉默。

许一非又说道:"半夏被打成那样,你就不心疼,不生气吗?"

"我和你的心情一样,我和你知道陆英受伤后的心情一样。"明朝低低地说道。

"陆英也受伤了?"许一非极为惊讶。

"她当时摔在地上站都站不起来,还是被背上车的。怎么,她没有告诉你吗?"明朝也很惊讶。

"没有,她说她没什么。"许一非担心起来。

"那就应该是没什么大碍,"明朝安慰他道,"罗司机送她们回去时,陆英已经能走路了。既然她不想告诉你,就是不想让你担心。你不要胡思乱想了。"

"可是王落雪这个女人……"许一非仍心有不甘。

"不提这个了。"明朝有气无力地说道,"这个世界上总有一些事情是无法让你满意的,不管你是谁,是什么身份。一非,但愿你永远都不会明白这世界上的无奈。"

第二天早上,明朝打了电话到家中找半夏。他告诉半夏好好在家休息几天,他已经替她请了假。半夏松了一口气,她昨天晚上一直在担心今天上班可怎么办。

叔离晚上回来在门外敲门的时候,许一非也在。

半夏猜想到是叔离,便没有去给他开门,陆英和许一非见半夏不开,也只能随她。叔离敲了几次门见毫无反应,便喊道:"半夏,你在家吗?"

一连喊了好几声,同层的邻居开了门又"砰"的一声将门重重关上,半夏见此只得把门打开。

"半夏,你怎么了?"叔离看着她的脸,担忧地问道。

"托你的福。"半夏淡淡地说道。

"怎么回事?"叔离仍然不解。

"有一个女人,叫王落雪。"半夏站定,抬眸看他。

"她来找你了?"叔离极为惊讶,眼神之中闪过一丝惊慌失措的神色,"你和她见面了?"

"她说她是你未婚妻。"半夏尽量保持冷静。可是每说出一个字,她的心就多痛一分。

"她不是。半夏,你不相信我?"叔离满脸的忧虑和失望。

"我相不相信你,已经不重要了。对了,你的那一笔钱也是王落雪取走的吧?"半夏苦笑着问他。

"是她取走的,我以为她会就此罢休。她带人打了你是吗?我早该想到……"叔离失魂落魄地跌坐在沙发上,半晌回不过神来。许久,他才又说道:"她打了电话给我,告诉我她取走了那笔钱,她要我回心转意,不然就让我难堪。我想尽了一切她会怎么对我,就是没想到她会将矛头指向你。她自小就骄纵蛮横,她一定为难了你……半夏,我对不起你。"

半夏望着叔离一脸沉重的神色,心中隐隐地有一些不忍。叔离在她的面前一直都是以一个保护者的姿态出现,他从来没有像今天这样的脆弱过,无助过。

"叔离,我不知道你和她到底是什么关系,之间有什么纠葛。所以请你告诉我,说给我听,我愿意相信你。如果你们两个真的有婚约,我绝对不会为难你。"半夏坐在他身旁,缓缓对他说道。

"好,我告诉你,这件事情我一直不想和你说,是不想让你担心,不想让这世间的阴暗面影响到你的心情。我希望你永远都生活在阳光下,无忧无虑,自由自在。我不想让你知道我原来,原来也有……也有会逃避的时候……"叔离痛苦地说道,向她讲述他的那一段经历。

"你知道,我家境普通,出身平凡。毕业之后我到一个律师事务所实习,新人,一切不堪回首。后来我遇到了王落雪,我也不知道她当时是出于什么心态,她竭尽所能地帮助我。她把我介绍给她父亲,她父亲对我也不错。我的情况渐渐好起来,最后她出资帮我成立了自己的事务所。我以为一切只是因为她欣赏我而已,但后来她说她要和我结婚。这么多年,我的心里只有你,我没有答应她,虽然今生今世我或许再也不可能遇见你,但我仍然愿意等。再次遇见你,我很激动。只要能和你在一起,我愿意放弃一切。王落雪见我一意孤行,和我翻脸了。因为事务所是她出资帮我开的,这些年赚到的钱我一直算她一份,所以她手里有一本存折。前几天她拿走了那笔钱,试图让我因此重新回到城北,我没有理会她……然后,她就找到你……整个事情就是这样,半夏,你会不会看低我?"

半夏摇头,凄凉地笑,她想和他说些什么,但又不知道该怎么说才好,微微张了张口,终又闭上。

"我会处理好这件事。"叔离又说道。

"恐怕有点难度。"许一非插嘴说道,"昨天晚上我回去后,也打听了一下王落雪这个女人的情况。她嚣张跋扈,她看上了你,就势在必得。我看你很难逃出她的'魔掌'了。"

"许一非,你正经一点。"陆英一整天都按医生要求的躺在沙发上休息,此时她坐起身子冲许一非说道。

许一非一本正经地说:"我说的都是事实,不信你问叔离他有没有信心处理好这件事。"

"叔离,你说?"陆英问他。

"我,绝不会娶她,只是要委屈半夏等我,等我处理好这件事。"叔离犹自嘴硬地说着。

半夏突然觉得她心中有一处地方在刹那之间瓦解,被叔离喜欢是幸运的,可是,如果要他承受那么多的为难和难堪,让他在王落雪的气焰之下因自己而低头,半夏的心中,很难过很难过。

这一晚叔离走出这个房间的时候,背影寂寥,竟有些萧索的味道。半夏看着他的背影,突然想哭。

许一非临离开时劝陆英和他一起到楼下走走,说她窝在沙发里一整天,就不闷得慌吗?陆英冲他做了一个"再见"的手势,微笑着告诉他:"你自己去兜风吧,我不奉陪了。"

许一非不满地嚷着:"陆英,跟着你这个宅女,我都变成宅男了!"

"所以我都劝你不要跟着我了。"陆英嘻嘻笑着说。

"你又说!"许一非不高兴起来,"我就跟着你,就跟着你,看你怎么办!"说罢嘿嘿笑起来,"我看你是逃不出我的'魔掌'了!"

陆英抓起沙发上的抱枕,扔在了他身上,冲他嚷着:"就算你是万能胶水,我也能把你给消灭掉,只是时间早晚的问题。"

许一非见她这么说,又不放心走了,干脆又坐了回去,他望着陆英,严肃地说道:"陆英,你别老是再说让我走啊离开啊之类的话了,我听了会心惊肉跳,睡不着觉。"

陆英的笑容刹那之间消失,忧愁重又扰上心头。她将手放在了自己的腹部,现在这里看起来还和平常无异,可是再过几个月,一个孕妇的体态就会呈现在他眼前。是现在就伤害他呢,还是到时候再伤害他?这只是一个时间早晚的问题,伤害却是板上钉钉,改变不了的了。只是他将自己放得那么低,那么低,令陆英无力去拒绝他,可是该来的终究是会来的,他该知道的终究是要知道的,不是吗?陆英思虑了片刻,对他说道:"许一非,如果我怀了别人的孩子,你会怎么反应?"

"呃?"许一非一脸茫然。

"我说我怀了别人的孩子。"

"别开玩笑了,"许一非站起了身子,笑着说道,"和你说话越来越没意思了,你一点都不信任我的感情,老是找一些莫名其妙的话题考验我,我才不会上你的当。好了,我走了,明天再来接受你的另一波考验。"说罢便走了出去。

"我说的是真的。"陆英哀哀地说道。可是许一非已经关好了门离开了,他不会听到,他也不愿意听到。

叔离这些天一直没有找到合适的工作,心情本来也不好,他不知道王落雪这个疯狂的女人,接下来还会做出什么事情。他的心里充满了对半夏的愧疚和因为王落雪的出现带来的不安。

王落雪是个非常强势的女人,虽然她从来没有对叔离使用过她的那些手段,但叔离毕竟与她接触过两年多,在她帮助叔离开事务所的过程之中,叔离已经领教过她用她那些手段去对待别人。此时他极其担心王落雪会继续为难半夏。

整整一夜叔离都没有睡着,该起床时,叔离发现自己似乎是在发烧。他懒得理会自己,有一瞬间他似乎还在想,干脆让自己发烧至死算了。但这并不是一个男人的担当,他于是又强打起精神,鼓励自己继续向前。

他起床后觉得自己烧得实在是厉害,全身已经有些发软,家里面什么药都没有,他决定去医院一趟。走到半夏所在的楼层时,叔离望了一眼她的房门口,心中隐隐地发痛,扭过头,他不再去看。

走到了楼下却仍是遇到了半夏,她正买菜回来。她望了叔离一眼,见他脸色有异,不由得关切地问他怎么了。

"没什么,就是有点发烧。"叔离淡然一笑。

半夏伸手摸了摸他的额头,温度高得惊人。"我陪你去医院。"半夏说着便跑上了楼,将菜放好后又一阵风似的跑了下来。

叔离要去开他的车,半夏劝说道:"你这样子不好开车,我们打车去吧。"

极其寻常的一句话,叔离却蓦地很感动,他心中发酸,却笑着对半夏点头。到医院量了一下体温,已经烧到了三十九摄氏度。半夏又陪着他一起打点滴。

透明的液体自玻璃药瓶里一点一滴地落下,就像古时候的沙漏,每一点每一滴,都是一寸光阴的离去。叔离很倦,渐渐地就睡了过去。半夏坐在他身旁守着他,她侧身看着他,他睡着了,脸上却仍是满满的倦意。

如果一切能够回到从前多好。如果真的能回到从前,她一定让自己变得敏感一些,再敏感一些,一定要早早就捕捉到叔离对她的心意。如果叔离还胆小，还不敢向她表白，那她就主动和他说，她会郑重地问他："关叔离，我喜欢你，你喜不喜欢我？"

可是，那些离去的光阴永远都不会回来，就像水泼洒在了地上蒸发而去，就算有化成雨回落大地的那一天，却不再是当初的水了。半夏突然觉得她和叔离都是这样的凄凉。

明朝心事终明了 ㉒

    半夏伸手去拭叔离的额头，很庆幸，温度很快就降下来了。叔离从迷糊的睡眠中醒来，却不愿睁开双眼。他感觉到了半夏的手背放在自己额头中间的温度，她的手很凉，贴在他的额头上，顿时便有一丝丝的凉意四散到他的整个额头上。他不是不后悔从前没有向她表白，只是后悔已经晚了。他只希望王落雪肯放过他，肯收手，肯成全他和半夏。

    打完点滴已经是中午时分，两个人走出医院往回走。一路上彼此都没有说话，突然之间，似乎生疏了许多。可他们心里都明白，不是生疏，只是不知道该如何面对。

    那天叔离得知王落雪取走了那笔钱之后，一直没有收到王落雪的消息，他心中暗自高兴，以为王落雪是放手了。他向半夏表白，只是因为他以为从此之后不会再与王落雪有纠葛，再不会伤害到半夏。可是半夏的的确确受到伤害了，她会相信自己的心，理解自己吗？

叔离不知道。

半夏也很彷徨，她自然相信叔离，相信他是真的爱她。可她很担心他，担心王落雪会伤害到他。

两个人，两种心事，却谁都不肯和对方说。便这样走着，一路沉默着，各自想着……

明朝边开车边苦笑，古人说得真是不错，一日不见，如隔三秋。他对半夏的思念不止一点两点，真的是度日如年。趁着中午的时间，他想去看看半夏。

不知道她好一些了没有，心情怎么样呢？自己要不要送她一束花呢？他犹自想着。行到一个十字路口，突然他的目光停住。

他看到半夏和叔离一前一后地走着，半夏似乎在发呆，已经是红灯了，她却仍向前走着。一辆车自半夏的眼前驶过，明朝正提心吊胆的当儿，他看到叔离伸出手，一把将半夏拉进了他的怀里。他看到半夏拍着心口，对自己差点撞上那一辆车而心有余悸。

半夏，明明叔离令你受到了这么大的伤害，这么大的侮辱，为何你仍要和他在一起？你知道王落雪并不会就此罢手吗？

明朝觉得自己的心仿佛被开水给烫了，木木的，钝钝的，却吃吃地痛。车速未减,明朝木然地继续往前行。不知不觉之间已经快要行驶到他所居住的半山别墅,再前行不远,就是半夏的住处了。明朝在心中挣扎,还要不要再去看她。

眼前是一个急转弯,若再不转,就会撞上山。明朝意识到的时候已经晚了,只是在电光火石之间的事情,车子重重地撞了上去。

这样也很好,不必再为她担心,不会再这样辛苦地爱她。混浊的意识之间,明朝想着,而后他失去了所有的知觉。

半夏坐在车上,双目望向远处,叔离坐在她旁边微闭上双眼,不知道该和她说些什么,索性装睡好了。

车子快要行驶到半山别墅的时候,半夏看到转弯的路口围观了许多人。的士司机看了一眼,说:"又出车祸了。"

不知道怎的,半夏下意识地向人群之中看去,霎时间她的心便狂乱地跳了起来,神情呆滞。那一辆车如此的熟悉,那个车牌号她不会忘记。那是明朝的车!

"停车,快停车。"半夏颤抖着声音喊道。

的士司机见半夏一脸紧张,赶紧停下了车。半夏跌跌撞撞地下了车,向人群之中奔去。

120急救车已经来了,正将明朝放在担架上往车上抬。半夏看到他满头的鲜血,已经昏迷了过去。

"明朝……"真的是明朝,半夏害怕极了。

叔离也赶了过来,看到是明朝,也担心不已。"你先回去吧,叔离。"半夏轻轻地向他说道,恍如梦呓一般。而后她握住了明朝冰冷的手,低声呼唤着他:"明朝,你还好吗?你能听到我说话吗?"

"你是他什么人?"救护人员问道。

"他的朋友。"半夏仍然没有回过神来。

半夏跟着一起上了救护车,她看着救护人员忙忙碌碌地抢救着明朝,一句话也不敢说,唯恐影响到了他们,唯恐一说话,他们就告诉她,这个人他回不来了。

半夏不住地祈求着,希望明朝快点醒来,以赶走自己脑中这些可怕的思绪。

救护车鸣叫着驶进了医院,早有等待在一旁的医护人员快步跑了过来,将明朝送进了急救室。

半夏游魂似的坐在长椅上,心中一遍一遍地为明朝祈福。仿佛是等待了一生那么长的时光,那扇紧闭着的门才打开。半夏抬起脸,满心满怀的期待。她不敢去问。

医生取下口罩对她说:"病人情况还算稳定,肋骨断了一根,脑部受到了一些撞击,目前还处于昏迷之中。"

还算稳定,半夏松下一口气,却又忍不住提心吊胆,胡思乱想。她跟在护士的身后，推着明朝进入病房，又和护士一同将明朝弄到床上。

明朝脸上的血迹都已经被擦去，他看起来就像是睡着了一样。半夏坐在床边目不转睛地看着他。她轻声唤着他的名字："明朝，快醒来吧……"

不知道坐了多久，病房的门被急急地推开，接着走进来一个五十多岁的男人。他径直走到明朝面前看了他一会儿，才问半夏："我是明朝的父亲明嘉诚，你是谁？一直在这里照顾明朝吗？"

"我叫杜半夏。"半夏礼貌地回答。

半夏没有回答他的后半句话，明嘉诚也不再问，更不去管半夏的来历，只是向半夏说道："谢谢你照顾明朝，现在这里没有你的事了，你先回去吧。"他说话的语气很严肃，举手投足之间都带着浓浓的威信，令人无形之中觉得一定要听他的安排。

半夏虽然很想留在这里等着明朝醒来，但也不敢拒绝明嘉诚的要求，于是只得走了出去。走到门外，半夏看到有几个人守在那里，想必是明嘉诚带来照顾明朝的。江婆婆也在门口，她正透过门缝向里张望，见到半夏出来，她向半夏打招呼，问她："你是半夏吧？"

半夏看着她想了半天才记起来，自己曾在公园门口替她擦过草药，于是回答道："是的，您好。"

"明朝他怎么样了?"江婆婆关切地问。

"还没有醒来。"半夏将医生的话转述了一遍给她听。江婆婆连声念佛,念完之后又对半夏说:"老爷叫你先回去是吧?那你就先回去休息吧。"

半夏才走到医院门口,就看见许一非也着急地赶了过来,半夏简单地和他说了几句,叫他有什么消息赶紧通知她,又想着陆英一个人在家,就回家去了。

回到家里半夏一直心神不安,这些日子和明朝朝夕相处,明朝对她极其照顾,半夏本来就很感激他,再加之意气相投,明朝虽然是她的老板,但两个人却已经以朋友相称。现在,明朝昏迷不醒,半夏真的无法不担心。

和陆英一起长吁短叹了许久,门外响起了敲门声,半夏开了门见是一脸焦急的许一非,不待半夏开口,许一非就说:"快跟我一起去医院,明朝一直喊你的名字,明伯伯叫我来接你。"

许一非又向陆英喊了一句:"你不要担心,我会给你打电话的。"而后就带着半夏急急往医院赶去。

下了车,半夏一路小跑着进了病房。明朝仍然没有清醒,他的双眼依然紧闭,只是他却辗转不安地发出一声声呓语:"半夏,半夏……"他伸出一只手四处在被子上摸索着，仿佛是在找半夏。

半夏眼眶发热，俯身在他床前，伸手握住了他的手，她轻轻地应着他："是我，我在，我在……"

明朝握住了她的手，仍在昏迷之中，却已经安静下来。

明嘉诚看着自己儿子终于安定下来，他看了半夏一眼，从这短暂的接触之中他已经从半夏的穿着打扮、言谈举止之中将她的家世猜测到了大半。低廉的衣料，普通的打扮，寻常的举止，这女子不是什么大家闺秀，豪门名媛，绝不会和明家门当户对。她的脸红肿着，结着一些血痂。是怎么回事？撞墙了？被人打了？虽然看不出她的真实容颜，但想必也不会多美丽。

他转而对许一非说道："明朝的事情不要让你伯母知道。茜红好不容易才说服了她，要她一起去美国玩一段时间，不要让她担心。"

许一非应了下来。

"一非呀，"明嘉诚注视着握着半夏的手一脸平静安定的明朝，叹了一口气说道，"李家的千金茜红，你也认识吧？"

"认识。"

"她是你伯母替明朝选的女朋友，是当作未来儿媳来对待的。"

许一非不再说话，他知道明嘉诚这一句话是说给半夏听的。半夏素来敏感，在明朝安好与否的这种时刻，明嘉诚却说出这样的话，她明白他是什么意思。半夏的心微微颤动，她感到胸中闷得慌。

"我只是明朝的朋友罢了。"半夏低低地说道。

"那就好，这样对谁都好。"明嘉诚说罢便走了出去。

半夏惨然一笑，他是什么意思？他以为自己是明朝的女友？以为自己会纠缠上明朝？半夏想抽回明朝握着的手，但明朝握得很紧很紧，她无法抽回。

许一非见明嘉诚走远，这才向半夏说道："明伯伯的话你不要介意。"

"我不会介意，他原本就是误会了。"半夏说道。

"也不算误会。"许一非想了想，还是说道，"你知道吗，刚才明朝醒来了一次，虽然还没有完全清醒，但他环视了一周却知道这里没有你，再次陷入昏迷时，他不停喊你的名字，我知道他很想见到你。实在没有办法，明伯伯才让我去接你。他自然知道明朝的心意，半夏，你不明白吗？"

许一非的话令半夏如芒在背，坐立不安。她半跪半蹲在地上，任明朝握着她的手，看着他头上缠着的白色纱布发呆。

半夏没有回应许一非的话。

她在心里默默地想着，明不明白，重要吗？最好自己不要明白,她宁愿明朝也不会明白他在这昏迷之中透露出来的心意。

谁是他的女友,谁是他的妻,原本就是一早就定好了的,会与自己有关系吗?

而自己,已经答应了叔离,虽然被王落雪找上门来,目前却也还是叔离的女友。且不管今后她与叔离会如何,但也终究不会与明朝相关。

23 那些微风明月的日子

许一非叹了一口气,也不再说话,陪着半夏一直等到了快傍晚,才向半夏说道:"我先走了,陆英一个人在家,可能不会好好吃晚饭。明朝有任何消息,你都告诉我一下。"半夏回首对他微微一笑:"谢谢你,一非。"

"谢什么?"许一非不明所以。

"谢谢你照顾陆英。"

"谢谢你和陆英给我机会,让我明白真正爱一个人的感觉。"许一非也对她微微一笑。

明朝一直没有醒来。半夏便那样呈着半跪半蹲的姿势一动也不动地任他握着,连起身坐在椅子上都不敢,唯恐又令明朝不安。

晚饭时分,江婆婆来给半夏和明朝送饭,见明朝仍然没有醒来，江婆婆不由得叹气。她劝半夏过来吃饭，在她的好说歹说之下，半夏试着从明朝手中抽出手来，就像是溺水的人抓到了救命稻草，明朝死死地握着她的手，就是不肯放松，半夏对江婆婆摇了摇头，劝她不要担心，自己不饿。

见半夏对明朝这般尽心，江婆婆不由得说："半夏，我看到你就感到很亲切，就实话和你说吧，少爷很喜欢你，经常在我面前提起你。可是今天老爷回去后很不高兴，唉，明朝是我一手自小带大的，我希望他高兴，但到底他是明家的儿子，得听命于老爷、太太，他也为难啊。所以，半夏，要是有什么让你受委屈的地方，你可一定要担待啊。"

半夏默默地听她说着，不发一语。江婆婆走到一旁握住明朝的另一只手，轻声念叨着："少爷，你醒来吧。我知道你不愿面对，但总该要面对的呀。你这样子不肯醒来，我很着急。老爷也很担心，要是太太知道了，就更担心了。少爷，你不要放弃，不要绝望，慢慢和老爷、太太说，他们会答应你的。"

江婆婆絮絮地和明朝说着话，半夏只是安静地听着。江婆婆年纪大了，禁不起今天这样的折腾，过了半个多小时她就回去了。病房里又只剩下了半夏和明朝。

半夏痴痴呆呆地看着明朝，心里想着今天明家所有的人想必都在猜测她和明朝之间的关系吧？明嘉诚这样说，江婆婆也这样和她说。人人都以为她会缠着明朝不放,她要是辩驳他们也不会信,那就罢了吧。等明朝醒来,她就会如明嘉诚所期望的那样,离他远远的,不再与他打交道。她会和别的职员一样,可能一年都见不到明朝一面。

没有错,这原本就只是一场误会。

直到夜半时分,明朝才悠悠醒来。

这长长的一段时间,明朝不停地做着梦,他沉浸在梦境里走不出来。他看到半夏挽着叔离的手离他而去,只留给他一个背影。他看到父亲的脸,母亲的脸,茜红的脸,一一从他眼前晃过。茜红对他笑,伸出她的手递给他,要他挽她的手,母亲在一旁说:"明朝,这是你的未婚妻。"

可是明朝不想看到她,不想看到她!他只想看到半夏,于是他喊她的名字:"杜半夏!"半夏回过了头,迷茫地看着他。突然她松开被叔离牵着的手,向他跑了过来。半夏跑到了他面前,轻轻地握住了他的手。他与她相握,紧紧地,再也不想放开。就这样,他与她静静地握着,谁都不说一句话。他能感受到她的呼吸,能听到她的心跳,他知道她会一直这样在他身边,永远都不会弃他而去。这样的恬静,这样的美好。

他愿意永远在这梦里,不再醒来。

可是他听到有人在唤他,在和他说,醒过来吧,该面对的早晚要面对。不要放弃,不要绝望,他们会答应你的。

　　半夏目不转睛地看着他,眼睛已经模糊。她在模糊不清之中看见明朝睁开双眼望着她,她犹在梦中一般轻声问道:"你醒了吗?明朝?"她不敢大声,唯恐惊醒了这场梦。

　　明朝抬起握着半夏的那只手,送到自己眼前,他看着半夏被握得通红的手指,露出一个虚弱的笑,而后松开。

　　"你醒了,就好。"半夏说着说着竟有些哽咽,于是起身去给他倒水,以免让他看到。保持同一个姿势太久,蓦然起身,她全身酸痛,有些站立不稳。

　　明朝想起身,半夏慌忙制止住他,让他就这样躺着喝。明朝就着吸管一口一口地吞咽着水,看着半夏,看不够似的。"你的脸还疼吗?"明朝终于开口说话。

　　"不疼。"半夏低声应着他。

　　"杜半夏。"明朝唤她,可是却再也说不下去。

　　"怎么了?是不是不舒服?我叫医生过来。"半夏见他看起来不太好的样子,便温柔地问道。

　　"我很好。"明朝说道。再次望了望半夏那被自己握得通红的手,又轻声唤:"杜半夏。"

　　半夏抬眸看他。明朝动了动嘴唇,含混不清地说道:"让我抱抱。"

半夏听清了,她回答:"你伤到了肋骨,不能抱。"

"轻轻抱一抱。"明朝像一个执意要糖吃的小孩子,撒着娇,央求着。

半夏走上前俯下身子,伸手轻轻环抱住他缠着纱布的脑袋,尽量不去触碰到他受伤的身体。明朝双手环着她的身子,眼眶中有清泪缓缓滴出。

抱了一分钟,明朝松开了手。半夏站起身子,明朝已经擦去了眼中的泪。

"想吃东西吗?"半夏问他。

明朝点了点头。

江婆婆送来的粥已经凉掉,好在明朝住的是贵宾病房,有微波炉可以加热。半夏加热了粥,盛在小碗里用小勺弄凉了再送到明朝面前。明朝的手可以活动,能自己吃饭,但半夏没有意识到,只想着他是病人应该照顾他。

明朝任半夏一口一口地喂着他,像小孩子一样乖巧听话。她真的很温柔。他在心中想道。

明朝的身体很虚弱,吃完粥不久,虽然很想多看半夏一会儿,可还是渐渐地睡着了。睡眠中不知道是不是做了噩梦,又喃喃呓语着唤着半夏的名字,伸出打着点滴的右手在空中乱抓着。半夏赶紧握住他的手,他才平静下来。

半夏心头一热，蓦地便有几行清泪落下来。半夏不让自己去想什么，伏在床边，握着明朝的手，渐渐地也睡着了。

一夜终于过去，第二天清晨，明嘉诚将明朝转到了一家非常有名的私立医院。这里环境幽雅，服务周全，各种医疗设备也都是当今世界上最为先进的。因此这家医院是许多名人富豪生病住院、看病、疗养或生产的首选。

明嘉诚早晨来的时候，看见明朝已经醒来，而半夏依然还在，一喜一忧之间，他也没说什么，只是叫半夏回去休息，说即将转去的那家医院有二十四小时的看护，不用再麻烦半夏了。

可是明朝不肯。他紧握着半夏的手，唯恐她跑掉。他不去看他的父亲，只是以这样无声无息的方式挽留半夏。

明嘉诚叹一口气，他现在是病人，能拿他怎么办？也只得随了明朝。

半夏推着轮椅，跟着医护人员一起带明朝进入这家私立医院的贵宾病房。明朝赶走了明嘉诚替他安排的看护，他只要看到半夏一个人就很满足了。

半夏正忙着摆放明朝的洗漱用品，却听见明朝的轻声呼唤："杜半夏。"

半夏停下动作，转身看他。

"我手疼。"明朝冲她略带委屈地说道。

半夏只得走到他身边去,问他哪一只手疼。

"这只。"明朝抬了抬他打着点滴的左手。

半夏俯下身子凑到他的左手跟前,仔细地查看他的手背,而后疑惑地问道:"没有看到什么异常呀,没有肿,也没有出血,怎么会疼呢?"

"就是很疼,可能你揉一下就好了。"明朝一本正经地说着。半夏不由得苦笑,她伸出手放在他的左手背上,轻轻地揉了揉。明朝像是一只得到了主人宠爱的小狗似的,露出了满意的笑容。

"那我去干活了,把你家里给你带来的用品摆放好。"半夏见他笑了,于是便说道。

"不要离开我,"明朝伸出右手扯住她的胳膊,"等会儿会有人帮忙收拾的,你不用管,你只要好好地坐在我身边就行了。"

"那好吧。"现在的明朝特别黏人,可能是在病中吧,心理会有些脆弱。半夏便听任他的吩咐,搬了一只凳子坐在他的身边。明朝垂下眼帘,可是却透过余光悄悄地注视着半夏,半夏觉得无聊得很,他又不说话,于是便伸手到床头柜的果盘里拿了一只苹果,认真地削着皮。

半夏默默地削好了皮,又用水果刀将苹果分成一小片一小片的,用餐叉叉起来送到明朝嘴边。

"张口。"她嘻嘻笑着说。

明朝乖乖地将苹果吃了下去。

"这样子才是乖宝宝,来,姐姐再喂你一片。"半夏取笑着他。

明朝闭上了嘴,不肯再吃第二口,几秒钟后对她说:"杜半夏,我又不是小朋友。你还想做我姐姐?太过分了。"

"谁叫你这么孩子气嘛!扎个针还要揉揉,小孩子才会这样子。"

明朝自知理亏,不再争辩,将嘴巴张开,却不说话。

"干吗?"半夏不解地问。

"等着苹果飞进来。"明朝做出一脸憧憬地说道。

半夏笑得不行,又叉了一片苹果放进他嘴里,大笑着说:"想不到堂堂的明大总裁,也有这么幼稚的一天啊!"

"在你面前我愿意。"明朝轻声说道。

半夏说道:"那看来我这个姐姐是当定了。没办法,我只好委屈一下了。"

"杜半夏,我也会生气的!"明朝喊道。

叔离透过房门上的玻璃,看着半夏与明朝这样说说笑笑的温馨情景。虽然他知道明朝出了车祸,半夏是来照顾他的。可是看着他们如此的亲昵,他心里面觉得不是滋味。今天早上他得知半夏一夜未归,便打听到了明朝换了医院后的地址,特意来看看他。可是此时此刻,他却不想敲门进去。

他静静地看着半夏微笑的脸,转身离去。

明朝和半夏浑然不觉叔离来过,仍是轻松地说着笑着。中午的时候许一非和陆英一起来了,许一非买了许多好吃的,他一一地将那些食物摆放在桌子上,边摆边对明朝说:"嘿嘿,有些人只能看不能吃哟。"

"不能吃就不能吃,我吃苹果都吃饱了。"明朝回道。

"不是我说你,这么大个人了,开车也不专心一点。那么大一座山立在那儿,又没招你又没惹你,你怎么偏往那上面撞呢?"许一非见他今天状态不错,便开起了玩笑,"难不成是你的宝马想吻一吻那座山,看它会不会变成王子?"

明朝回想到出车祸前的情景,沉默不语。那原因他不想说出来。若半夏知道他出车祸竟然是因为自己,她一定会自责。

"好了,别耍嘴皮子了。半夏饿坏了吧?快去吃东西吧。"明朝催促道。

"饿坏倒是没有,只不过陪着你这个童心未泯的成年人,我感觉自己有点老气横秋了。"半夏取笑着他,走到桌前去吃饭。

陆英这些天除了去医院那一次外,还没怎么出过门,一直窝在家里。这一次肯出来,许一非开玩笑说是明朝的面子大,平时任他怎么哄劝,陆英都不肯出门的。

明朝只笑不语,静静地看着她们三个人吃饭说笑。

"叔离今天来看你了吗?"陆英问。

"没有。"半夏回道。

"他今早问了明朝的病房,我以为他会来呢。你们现在怎么样了?"陆英关心地问道。

"不知道。"半夏也弄不清他们之间现在算是怎样的状况,"昨天买菜回来,在楼下刚好遇见了他,看他发烧了,我便送他去医院。我们之间从来都没有像昨天那样生疏过。唉……他生病了也不告诉我,你说我们之间现在算什么呢?"半夏叹了一口气。

明朝听见半夏的话,心蓦地一动。不知道为什么,他竟觉得心底的那一片阴影霎时便消失得无影无踪了。"原来是因为他病了,原来是陪着他去看病的。"明朝在心里想着,自己也很奇怪自己的这种心理。

"拜托你,许一非,扶我到轮椅上吧。"明朝喊道。

"你想做什么?"许一非问。

"我和你们坐在一起。"

许一非起身去帮他,一边对他说:"坐一起你又不能吃这些饭菜,你可要管好自己了,不要让口水流出来。"

"我看着你们吃。"明朝笑着说。

四个人围坐在一桌,明朝丝毫不为眼前的美食所动,只看着她们吃饭。"今天很开心。"明朝叹道。

"觉得开心就快点养好身体,我和陆英商量好了,等你身体好了我们出去郊游一下。"许一非说道。

"好啊。"

陆英和许一非一直在这里待到晚上才回去。这一天他们过得都很开心,竟比平日里聚在陆英和半夏的小屋里还要惬意。或许是因为明朝病着,陆英和许一非连同半夏都在迁就着他吧。也或许是因为明朝病着,他自己也放下了平日里的那一副做派,变得温和可亲起来。

"杜半夏,帮我把窗子打开。"明朝说道。

半夏于是走到窗子跟前,拉开厚厚的窗帘,打开了窗子。今天晚上月色很好,透过窗子能看到一轮明月正挂在天上。

明朝关了灯,皎洁的月光穿了进来,映照在房间里,一室的月之柔光。

"杜半夏,你看那月亮像不像你?"明朝轻柔地问她。

"月亮怎么会像我。"

"月亮很温柔,杜半夏也很温柔。"

"你一定是语文没有学好,那应该是'杜半夏很像月亮'才对。"半夏认真地纠正着他。

"是的，杜半夏很像月亮，她像月亮一样温柔。"明朝悠悠叹道，"明月皎皎，柔情似水。"

半夏任他发着痴，只静静地听着他在那里自言自语。

月的光华照在他们身上，他们沉浸在一片柔光里。抬起头，那轮明月静静地看着她们，仿佛是在微笑。月亮走，我也走……月亮跟着我们走……风，也轻柔地吹拂着，带给他们一室的清凉。

"可是我到底不是月亮，我只能伴你度过这一段时光，等你康复后，我就不能再像月亮这样陪着你了。"半夏幽幽地想着。

明朝看着月亮，渐渐地睡着了。半夏也渐渐困意上升，伏在明朝的床头睡着了。

半夜里又是被什么声音给弄醒，半夏屏息倾听，发现是明朝在说着呓语："杜半夏……我好喜欢你……杜半夏……你不要走……"

半夏抬起睡意蒙眬的双眼，在月的一片光华里凝视着明朝的脸。他的脸在月色下发着亮光，他长得真是英俊，浓浓的剑眉，高挺的鼻梁……半夏轻轻地伸出手，抚摸着他的眉毛，抚摸着他的脸颊，听着他的梦呓，半夏的眸中突然渗出了泪水。

她收回手，转过身面对着窗子。月亮真好。

她走到窗边，注视着月亮，看了好久好久，她始终看不透月亮为什么会这样美好,她高高地悬挂在天上,带给暗夜无限光华。或许月亮上面全都是水吧,不然她为何看起来是如此的温柔?

　　半夏猜测着,关上了窗,拉上了窗帘。月亮,被关在了窗外。

贪恋这一分一秒的时光 ㉔

清晨七点钟医生来做例行检查的时候,发现明朝正发着高烧。

半夏惊吓不已,自责地看着医生护士忙来忙去。真糟糕,或许是昨夜关窗关得太迟,令他受了风寒。半夏猜测着。

正在医生护士忙碌的时候,明嘉诚来了。他照例询问医生,医生将明朝的状况告诉了他。"怎么回事?"明嘉诚很不高兴地问医生,"为什么会突然发起高烧?"

"可能是感冒。"医生告诉他。

"怎么会感冒?"明嘉诚仍追问不休。

"对不起,我昨天晚上开了窗子。"半夏歉意地向明嘉诚说道。是半夏的错,她没理由叫这位医生替她承担。

"你是怎么照顾他的?"明嘉诚原本就对半夏留在这里有意见,这会儿终于找到了一个合理的理由赶她走,于是便得理不饶人地责问道,"明朝赶走了看护,只信任你一个人,可你就是这样照顾他的吗?!晚上风凉,你居然还大开着窗子!杜小姐,你做事怎么这么马虎,凡事都不经大脑吗?没有一丁点的细心。"

素来教训属下的时候,明嘉诚说话都是丝毫不留情面,此时他把教训属下的那种做派用在了半夏身上,半夏默默地听着,看着他暴跳如雷的态度,心头有些发酸。

"爸爸,"明朝喊着明嘉诚,向他说道,"这与杜半夏无关,是我让她开的窗子。"

明嘉诚看了明朝一眼,说:"你现在是病人,她既然照顾你,就应该凡事为你着想。"

"爸爸,您不能这么说杜半夏。她不是我的女朋友,更不是您的儿媳。她与我们明家没有任何关系,出于一片好心,她才来照顾我的。我们没有理由责怪她,让她受委屈。"明朝完全理解他父亲为什么对半夏这种态度,尽管他的心很痛,可半夏是叔离的女友,这是事实,他无法不令自己承认。这件事更应该让他父亲知道,父亲不能这么自作多情,以为半夏是自己的女友而故意为难她。

"她不是你的女朋友?"明嘉诚不可置信地问他。依他在商场这么多年练就的观人猜心的本领来看,他这个儿子绝对是爱着这个杜半夏的。这么说是杜半夏看不上他儿子啦?明嘉诚想至此,竟觉得有些可惜。

"爸爸,您不要再乱猜了,杜半夏是有男朋友的。您要为您刚才责备她的话向她道歉。"

"好,那我道歉。"明嘉诚的怒气全消,走到半夏跟前真的向她道起歉来,"对不起,杜小姐,让你受委屈了,不要和我一般见识啊。"

"不敢当。"半夏恭敬地说道。

明嘉诚走后,半夏也想回去,于是便对明朝说道:"这里有人照顾你,我回去了。"

明朝的心中生出难过之意,若是在平日里半夏这么和他说,他一定不会为难她,一定会让她回去。可是他知道,他以后再也没有机会可以这样和半夏在一起了。现在半夏已经是叔离的女友,他以后再也没有理由享受和她在一起的时光了。

明朝真希望自己的伤永远都不要好,这样便可以永远地要她陪着自己了。然而伤口总是会愈合的,明朝只能贪恋着这一分一秒有半夏在身边的时光。他央求半夏留下来陪他,找出各种借口,他说看护没有她有耐心,又说看护没有她和他亲近,总之离开了半夏,他无法在医院继续住下去,更无法安心疗养。

半夏头一回知道自己还有这么重要的作用,被他可怜兮兮的央求给弄得心软,只好继续陪着他。

明朝赶紧趁热打铁，打电话给许一非，叫他让陆英收拾一点半夏的衣物，带到医院来。看情形是真的打算让半夏长住在这里了。

许一非和陆英一个小时之后到了医院，除了半夏的衣物之外，陆英还带来了一本书。她告诉半夏："这是叔离让我给你带来的，说你空的时候看看，打发一下时间。"

半夏应下，又问她叔离怎么样了。

"今天他找到工作了，明天就正式去上班。"陆英说道，"真奇怪，你们两个人之间的事情居然还要我来传达。我现在后悔当初还期盼着你能和叔离在一起，看来是错了呀。唉，半路杀出个程咬金，如若……"陆英不再说下去，这个世界上哪还有什么如果的事呢。

"或许时光会将这一段不快冲淡，毕竟这不是叔离的错，不是吗？"半夏沉默了片刻，说道。

"如果你们两个还打算再相处下去，建议你们找个机会好好谈谈。这样子事事都要靠我来传达，你们早晚会形同路人的。"陆英关切地说着。

"好，等明朝出院后我就和他谈谈。"

"你这样照顾着明朝，虽然我们知道是出于情谊，但或许叔离会吃醋。"陆英不无担忧。这个半夏也有顾虑，撇下他来照顾明朝，叔离一定不高兴吧？

许一非不以为然地说:"他未必会吃醋,你们大概都不知道吧?"大家正等着他说出他们所不知道的事情,许一非却突然住了口。

"不知道什么?"陆英问。

许一非飞快地思虑了一番,觉得自己还是不要这么八卦的好,就算是很希望半夏和明朝在一起,也不能说出这样的话,这是典型的小人行径,于是便说:"不过你们早晚都会知道的,我还是不说了吧。"

"许一非,你这个人就是没意思!"陆英戏笑他。

"我觉得你有意思就好了呀,"许一非回头看着她笑,"反正我是赖定你了,你觉得我有没有意思都不要紧。"

"许一非,我请你出去。"明朝说道,"我本来就全身发冷,听了你这话,就直接打战了!"

"怎么,烧不是退了吗?还全身发冷?是不是我们家的这个医生不行?哼,我得去跟大哥说一说。"许一非一本正经地说着。

"那倒不用,你不在这儿我就不冷了。"

"那我们走吧,陆英。"许一非拉起陆英的手就往外走,边走边回头对明朝说,"别以为我不明白你的那点小心思。"

明朝目送着许一非和陆英走出去,心里面在笑。

明白我的小心思又如何,是啊,就是这样,我就是这样贪恋着和半夏在一起的时光,一分一秒,都不想有别人来分享。

"杜半夏,你唱歌给我听。"明朝向半夏说道。

半夏摸了摸他的额头,对他说:"我以为你是烧糊涂了,可是烧已经退了呀。这里可是医院,我唱歌会影响别人的。再说我也不会唱歌。"

"那……"明朝想了想,"你说话给我听吧。"

"我不是正在和你说话吗?"半夏好奇怪明朝今天的表现。素来他都是头脑冷静的,怎么今天如此?该不会是高烧烧坏了脑子吧?

"可是我不想说,只想听着你说。"

"那,我给你讲故事吧。"

"好。"

半夏想了想,讲了安徒生的童话《人鱼公主》给他听。

"最后,美人鱼毅然将那把刀扔进了海里,她看了王子一眼,他正拥着他的妻子在海滩漫步。'再见了,王子。'美人鱼默默地向他说道,她发现自己的身体发生了变化,很快,她就变成了泡沫。"

明朝安静地听半夏讲着这个故事,这个童话小的时候他已经看过了,当时并没有这么大的感触,可是现在从半夏的口中讲出来,他却格外动情。

多深情的美人鱼呀,她这样爱着,王子知不知道,到最后都已与他无关了。

"如果可以,我也愿意做这样的人鱼。就算不能和心爱的人在一起,只要她能幸福,那我便知足了。"明朝低声叹道。
"那就叫你'人鱼王子'吧。"半夏微笑着说。
"好。"明朝淡淡地笑着,应了下来。

可是人鱼公主就算化成了泡沫,也还是忘不了那个王子的吧?
明朝躺在床上怔怔地想着,发出这样的感慨。他的心里仿佛有一个人在唱歌,唱着一支只有他才能听见的歌。

忘记你,有这么容易吗?
爱上她,是一早就注定的事吗?

如果是早已经注定,
为何相遇的时间却迟了?
假若今生永远不把她忘记,
来生可还能再继续?

恋上她，是一瞬间的事情呀。

忘记她，却是一生都做不到的啊。

我的心，是这么容易就动的吗？

如果是，为何却恋不上别的人呢？

我的情，是这么容易就生的吗？

若不是，为何见你一眼就情有独钟呢？

若可以，若可以，

我也想幻化成泡沫，

只要能亲眼看到你幸福啊。

子扬，子扬 25

半夏见明朝不发一语，她也沉默了起来。

她相信世界上真的有像这人鱼一样的人，可以为了心爱的人，不顾一切地牺牲自己。房门打开着，许一非走时没有关。半夏举眸望着门外，在心中想着。

正是午睡时间，走廊里一片安静，鲜少有人走动。突然半夏的眼前一亮，一张无比熟悉的脸从她眼前一晃而过。半夏的心蓦地提了起来，她急急走到了门口去看。

一个中年妇人和一个年轻男子一前一后地走着。走在前面的那个年轻男子，那个背影萧索如同秋风中的孤叶的人，他，他不是子扬吗？

半夏悄悄跟在他们身后，尾随着他们向前走去。转过一个弯，他们进了一个房间。半夏站在玻璃窗边,看着年轻男子躺回病床后,那中年妇人替他仔细地盖着被子。他开口说话:"妈,你也睡会儿午觉吧,这些日子,辛苦了你和爸爸。"

妇人点了点头,轻声说:"你好好休息吧,妈妈不累。"说罢,她便去清理桌子上的杂物。

半夏呆呆地看着那床上躺着的年轻男子,他,真的是子扬?

他已经瘦骨嶙峋,瘦得只剩下皮包着骨头,像冬天里枯了的树枝似的。他看起来憔悴不堪,穿着的病号服如同一只宽大的口袋,将他给套了进去。

半夏觉得很压抑,心里很闷,闷得喘不过气来。她不忍再看下去,赶紧急步离开了这里。

回到明朝的房间,明朝已经睡着。

半夏的心仍紧紧地揪着,回想着刚才的那一幕。是子扬,真的是子扬。他病了,看情形病得不轻。一定是为了这个原因才和陆英分手的吧?

错怪他了,她和陆英都错怪他了。

半夏的脑中一片混乱,该怎么办?是装作没有看见,还是通知陆英?她思前想后,想象着这两种做法将会产生的结果。许一非对陆英的好，已经渐渐打动陆英，如果继续下去，或许陆英会淡忘了子扬，接受许一非。如果将子扬的消息告诉陆英，半夏知道她会怎么做。

可是不告诉她，半夏心中不安。她了解陆英的性格，她知道如果陆英不能在此时陪在子扬身边，她会一辈子自责，一辈子不快乐，这将会成为她生命中的遗憾，成为她一生一世的心结，这心结将伴随着她直至永远离开。

半夏不希望陆英将来会这样，她不要陆英永远都活在得知真相后的追悔里。

半夏思虑了很久，终于下定决心。她拿起房间里的座机，拨通了陆英的电话。

"英子，"半夏试图让自己的心绪保持平静，以使自己能够冷静地告诉陆英这件事情，"你今天感觉怎么样？有没有哪里不舒服？"

"没有呀，这些天一直都很好。"

"吃饭怎么样？胃还疼吗？会不会头晕？"

"一切都很好。半夏，你怎么突然问这些？"陆英一下子敏感起来，语气变得紧张。

"英子，无论我接下来告诉你什么事情，请你一定要保持冷静，千万不要太着急，情绪不要太激动，好吗？"半夏殷切地叮咛着,唯恐陆英听到这个消息会过度紧张,影响到她肚子里的那个小生命。

"半夏,你告诉我,是不是我爸爸生病了?还是我妈妈?"

"英子,"半夏狠下心肠,说道,"是子扬。"

"他能怎么了?他还有脸见你吗?"陆英嘲笑着说道,可却抑制不住内心对子扬的关切。

"英子,我在医院看到子扬了。他病了,虽然我还不知道是什么病,但看样子很严重。英子,我都不忍心看……"半夏的语气变得沉重,病房里子扬的那一副模样又回荡在她的眼前。从前,子扬是多么阳光多么健康的一个人呀!

半夏不能再说下去,她怕自己会先哭起来。

陆英呆呆地握着手机,半晌没有回过神来。

半夏她在说什么?她在说些什么?后面的话,陆英一句都没有听见,她只记得一句话——"子扬他病了"。

他病了……

"陆英,怎么了?"看到陆英握着手机不发一语,许一非紧张地问她。

陆英突然感到脑中一片恍惚,令她头晕眼花,站立不稳。许一非赶紧扶住她,轻轻地从她手中取回手机放好。

大滴大滴的眼泪,自陆英的眼中倾落而下,她哽咽着说:"一非,带我去明朝在的那个医院,好吗?"

许一非更加紧张起来:"是,明朝出事了?"

陆英一语不发,脚步踉跄地走出了门。许一非紧跟在她身后,一边焦虑不安地拨打明朝的电话。

是半夏接的电话,怕吵醒了明朝,她说话的声音很轻,可许一非还是听清了,半夏她说的是"子扬病了"。

这个消息对陆英来说非常沉重,对许一非来说,也犹如晴天霹雳。许一非也不发一语,默默地开着车。车内的空气异常的压抑,许一非干脆将所有的窗子都打开了。

陆英恍惚地下了车,跟着半夏走到子扬所在的病房。隔着透明的玻璃窗,陆英看到子扬安静地睡着了。他露在被子外的双手,骨瘦如柴。他的脸憔悴不堪,整个人就是一种病恹恹的感觉。

陆英感到胸中有一柄钝钝的刀子在缓缓地刺着自己,她的身子贴着玻璃窗,一点一点地向下滑着,最后,她蹲了下来,跌坐在了地上。

她捂住自己的脸,不想让眼泪落下来。

子扬,子扬,我想象过千万次与你重逢时的情景,却独独没有想到会有今日这一幕。我宁可你是真负了我,宁可你另结新欢,宁可再次与你见面时憎恨着你，与你形同路人，或者，一辈子都不再见你，却唯独不愿看到你这样啊！

半夏拉起陆英的手，让她起身，"地上凉，英子。"她低声劝道。

陆英站起了身，再次站在玻璃窗前望着里头沉睡着的子扬。她用手指在玻璃上面缓缓地画着，画着子扬的名字。她想伸出手，去抚摸子扬那张消瘦的脸；她想伸出手，去握住他那瘦弱的手。

可是，让他好好睡一觉吧，她不想打扰他。

和半夏一起在窗边站了许久，子扬才悠悠醒来。陆英看见他缓缓地睁开双眼，仿佛眼皮是沉重不堪的铅块一般。他失神地盯了天花板一会儿，极其疲惫、极其痛苦的神情再次刺痛了陆英的心。

子扬将他的目光投向了床头的桌子上，他笑了。极温情的微笑，淡淡的，如同从前千万次他面对陆英时的笑容。他拿起桌子上摆放着的相框，到眼前细细地端详起来。

相框都快要凑到他的眼前了，子扬他，似乎视力不行了？陆英的心揪得紧紧的，快要渗出血来。

她再也抑制不住自己的心情，她推开门，轻轻地走到子扬的床前。她看到了，她看到了子扬手中拿的那相框，那里面的相片。

那是她和子扬的婚纱照。原野上，花丛中，手牵手奔跑的两个人。雪白的婚纱，雪白的礼服，甜蜜笑着的脸……天是蓝的，云是白的，花是五彩缤纷的，人，是心心相印，是深深相爱的……一切的一切,都美好至极。

"子扬。"陆英哽咽着喊出他的名字。

子扬仿佛没有听到,对着相片呢喃道:"陆英,是你在唤我吗?刚才我在梦里,又听到你在唤我了。我想牵你的手,你却转身离我而去。陆英,你是在恨我吗?可是,我宁愿你恨我,也不想让你看到我今天的样子。"

陆英的泪霎时便涌了出来,她缓缓地俯下身子,伸出手自子扬的身后将他环抱住,她在他耳畔低语:"子扬,是我,是我,我是陆英。"

"陆英,我又在做梦了。"子扬伸出手抚摸着相片里的陆英,他又喃喃说道,"我又梦见你像从前一样拥抱着我,在我耳畔轻声说话。这些个日子,但凡我清醒着,无不在思念你,但凡我睡了,无不在梦里见到你……陆英,我能呼吸一口气,就会想到你。过不久,我连一口气都呼吸不了了,在另一个世界,依然还会想着你。你,会一直在我的心里支撑着我……"

"不要胡说,不许这样说,你会活得好好的,会一直呼吸下去。"陆英紧紧地拥抱着子扬,语无伦次地劝慰着他。她坐在床边,直视着子扬,哀求道:"子扬,你看看我,看看我,我是陆英啊。"

子扬移开眼前的相片,将目光投向陆英。他的视力已经不行,在一片极力拼凑起来的模糊之中，他还是看清楚了他心心念着的陆英。他伸出手，触摸向眼前的那一张脸，他的手轻轻地贴在她面颊上，一寸寸地缓慢滑动着，"你真的是陆英？"他哽咽着问。

"是我，是我……"

"陆英……"子扬猛地将她拥抱在怀里，泪水抑制不住地滑落了下来，"陆英，我以为，今生今世，我再也见不到你了。陆英……"子扬一遍遍唤着陆英的名字，这简单的两个字，是他一生之中见过的最美好的字。

"子扬，你为什么不告诉我？"陆英低低地哭着，哽咽着问他。

"我愿意把我一生的快乐和幸福都给你，让你加倍的快乐、幸福。可这痛苦，只要我一个人来尝，就足够了。"子扬松开怀抱，他知道陆英在哭，他要给陆英拭泪。他曾发誓永远都不让她哭泣，永远都不让她伤心，永远都不！如果她流泪，他要第一时间出现在她身边，替她拭泪，安慰她，抚平她的忧伤。

"今后我不在你身边，不能再为你拭泪，你要答应我，不要再哭，不要再伤心难过。你要活得好好的，一辈子都快乐、幸福。"子扬温柔地嘱咐着她，"你要答应我，陆英。"

"我不答应你，不答应你。我要你永远都陪在我身边，子扬，不要再离开我。"陆英哭喊着，哀求着他。

"好，我答应你，我答应你。"子扬连声说道，又将她拥进怀里，"只是你不要再哭泣。"

"我不哭,不哭了。"陆英强忍住泪水答应着。

他对她,柔情似水;她对他,一往情深。如花往事,他们温柔缱绻,这一切,怎能忘?

26 只希望她幸福

许一非去子扬的主治医生那里打听清楚了子扬的情况,来到子扬的病房。他在门口默默地看着子扬和陆英,他看起来一脸的平静,可是只有许一非自己才知道,他胸腔里的那颗心有多痛。

他转过身不再去看他们,坐在走廊里的椅子上,低着头望着地板。

子扬做了放射治疗后一直很嗜睡,不一会儿他就又睡着了。陆英为他盖好被子,轻手轻脚地走了出来。

许一非抬起头,面对着半夏和陆英,他沉重地说道:"是鼻咽癌,发现时已经很严重了。"

很严重了!这几个字像一座大山一样压在了半夏和陆英的心上。陆英转过身,呆呆地看着子扬的房间关着的那扇门。

"这间医院是我们家的,我会请最好的医生来为他医治,给他用最好的药物。陆英,你一定要振作。"许一非看着陆英的样子,心便悬了起来。

"一非,对不起,谢谢你这段时间,陪在我身边,我……"陆英回过神来,转身看着他,试图解释清楚她想表达的歉意。

"不用说,你什么都不用说。我都明白。我,懂你。"许一非郑重地说道,"你和子扬拍婚纱照的那一天,我和明朝正在去往高尔夫球场的路上,明朝接到了子扬打来的电话,他的语气很不好,他很紧张地央求明朝来接你和半夏回去。认识你以后,这件事一直都回荡在我的脑子里,我知道子扬一直都爱着你,关心着你。现在子扬需要你,我知道,你也需要子扬。陆英,我祝福你们。"

过去许一非从来都不关心家族的事业,现在,他却追悔不已。他是真心真意地想要帮助陆英,想要让子扬康复。即便是今后再不能见到陆英,他也愿意。因为他和子扬的心愿一样,他也希望陆英幸福。

现在,他对医院里的事情一窍不通,只能求助于管理医院的大哥许一健。

鼻咽癌这种病,患者大多都是中年人,年纪轻轻便患这种病的人极少。医院本身对子扬的病也很关注,对他的遭遇很同情,此前已经会诊过多次,许一健又再次召集了医院里最权威的医师会诊。

傍晚的时候,子扬的母亲从家里煮好了带给子扬的晚饭,匆匆赶来。推开门的刹那间,她看到陆英正坐在子扬的床前,陪着子扬说话。

"好孩子。"穆母将饭盒放好,急步走上前去唤着陆英。

陆英站起身子,与穆母两两相望。"妈妈。"她哽咽着扑进穆母的怀里。

"好孩子。"穆母也哽咽着唤着她的名字。

自从陆英和子扬订婚后,她便改口唤子扬的父亲、母亲为爸爸、妈妈。在此时此刻穆母再次见到陆英,两个人的心情都很激动。

陆英不忍心看着穆母伤心,便破涕为笑,说道:"妈妈,我告诉您一件喜事。"

"喜事?"穆母和子扬都渴望起来,等待着陆英接下来的话。这个"喜"字,他们穆家许久都不曾听过了,自从得知子扬的病后,他们一直都生活在愁云惨雾之中。他们太渴望有一桩喜事来安慰一下他们的心了。

"妈妈,子扬,我,怀孕了。子扬,你要做爸爸了。妈妈,你要当奶奶了。"陆英欢喜地告诉他们。在此时此刻,再与子扬重逢,陆英腹中的这个小生命,才令陆英感到无尽的喜悦。

"真的?"子扬的双眼放出光彩,他伸手贴在她的腹部,试图感受着那个小生命的存在。

穆母也很高兴,久违的笑容出现在他们脸上。

穆父下了班后来看子扬，很快就知道了这一个喜讯。他许久都不曾舒展过的脸上，也顿时绽放出了笑容，笑得合不拢嘴。

晚上陆英说服了穆父穆母回去，她自己留在这里陪着子扬。

子扬躺在床上却怎么也无法入睡，怕陆英担心，他闭上了双眼装睡。可是他的心中却始终无法安宁。得知陆英有孕的喜悦已经被心头的焦虑冲淡，他内心因为这个小生命的到来而布满了愁云。

陆英不知道子扬的这些心事。她坐在床边的椅子上，安静地看着闭了双眼睡着的子扬，想象着腹中这个小生命出生，一家三代聚在一起的温馨。从前心中郁积的难过，全都烟消云散了。一生之中能够和心爱的人在一起，能够有一个孩子，是多么美好的事情。她憧憬着，等待着。

子扬在沉重的心事之中渐渐睡着，陆英则激动得一夜未眠。上午穆母来后，陆英赶回去煮饭，回到冷清的家里，陆英从激动的心情中突然醒来，意识到了眼前的现实。子扬病着，他病着。她突然觉得心里很沉重，鼻咽癌是一个什么概念，她完全不知道。但是一个"癌"字，却令她胆战心惊。

她上网查了一些相关的资料后，心情愈加沉重起来。她心里面总是有一种不祥的预感，她极力地平静自己的心情，不让那两个可怕的字出现在自己脑海中。"晚期"，这两个字是不是意味着永远的离别？意味着再也无药可救？意味着一是张令人绝望的通知书？

虽然医生没有说过"晚期"这两个字，可是陆英已经察觉出来子扬的视力已经越来越不好。根据她所查阅的资料，那上面说，当肿瘤侵犯眼眶或眼球相关的神经时，就会出现视力障碍，甚至失明、视野缺损、复视、眼球突出及活动受限，神经麻痹性角膜炎等症状。子扬这些表现多已属晚期。

陆英颤抖着右手关闭了那个网页，冰凉的泪水滑在她的脸上。

她长长地吸了一口气，告诉自己不要乱想，医生都没有说什么呢。自己好不容易又和子扬在一起，他一定会很快康复，永远地陪着她。他还要看着小生命出世，还要和她一起抚养他长大。

陆英又查询到了一些食疗的方子，她回来时买的蔬菜里没有，她又急急忙忙地跑到超市去采购材料。

"这是'芦笋茶'。"吃过中午饭后不久，陆英倒了一杯要子扬喝下。这就是她搜寻到的治鼻咽癌的方子。

大半天陆英都在不停地为他忙碌，子扬虽然已不再对自己的病情报什么期望，可还是一口气喝光了那茶，对陆英绽出一个感激的笑容。

"陆英。"子扬欲言却又止。

陆英抬眸看他，他的眼中有伤感之色。陆英对他微微一笑，有意岔开他极力想说出口的话，她对子扬说："你累了，子扬，睡一会儿吧。"

"陆英，"子扬不忍去面对陆英眼中祈求的光芒，"我会有信心的，我会有勇气的，你放心。"

"是，我知道，子扬，你一定要振作。"陆英说完这话，突然就想哭泣。她伏在子扬的肩头拥抱着他，极力忍住泪水。

下午有护士来替子扬换病房，只说是许一非交代的。子扬大感不解，问许一非是谁。

护士微笑着回答他："是我们医院老板的弟弟。"

"为什么要我换房间？"子扬仍然不解。

"让你去住条件更好的房间，难道不好吗？"护士客气地反问他。

"可是，是为什么呢？我在这里住了这么久，为什么突然关照我呢？"子扬仍不解。

陆英心中微微一动，却不知道该如何告诉子扬，许一非是谁，又为何会关照他。

新换的病房和明朝的一样，条件很好，陆英可以在这里给子扬煮饭，不用再来回奔波了。

一个阶段的放射治疗已经结束，子扬终于松了一口气，只是接下来要面对什么，他的心却不能安宁。

陆英日夜不离陪着子扬，自从她们相识以来，从来没有这样二十四小时难舍难分过，每一分每一秒，能看着彼此都令对方倍感珍惜。放射治疗结束后，依照医生的叮嘱，纵然天气炎热，陆英也不让子扬洗澡，只每日里拿毛巾用温水打湿，轻轻地替他擦拭身体。

所有医生护士叮嘱的注意事项和需要注意的地方，陆英全都用心一一记下，一一做到。

半夏在明朝睡着后也会来看子扬，帮着陆英一起做事。明朝能走动的时候，他和许一非一起到了子扬的病房。

这是子扬第一次与许一非见面，他很真诚地感谢许一非对他的照顾。许一非回以微笑，告诉他好好配合医生，保持良好的心态，祝他早日康复。在子扬面前，许一非的表情非常坦然，这到底令陆英心安。她有时候心里忐忑不安，会想依许一非这种死缠烂打的个性，会不会不肯轻易放手？现在她知道了，许一非不是她所想象的那样，他是一个好男人，有担当，拿得起放得下。

许一非仍然是终日里无事可做，未认识陆英之前生活还精彩一些，可认识陆英之后，已经是一个十足的"宅男"，现在突然不能再陪在陆英身边，他的生活变得空洞起来。他渐渐地喜欢到医院里来，在医院里四处晃一晃，躲在角落里偷偷地看陆英一眼，是他每天生活的动力。

但他从来没有叫陆英发现过。

从医生那里他已经得知子扬的病情十分不乐观，可他阻止住了他们要告诉子扬及其家人这个消息，只叫他们积极采取治疗。有时候许一非自己发呆时也会想，莫非是爱屋及乌？他已经和陆英一样关心着子扬的病情，他和陆英一样盼望着子扬能早日康复。他觉得自己有生以来，从来都没有这样关心过一个人，包括他自己。

　　这一切，或许只源于他希望陆英幸福吧。

27 宁可相忘于江湖

"夕阳无限好,只是近黄昏。"从打开的窗子里,陆英陪着子扬一起观看着落日,子扬忽地便发出这种感叹。

陆英的心里感到莫名的悲凉,酸楚的感觉立刻漫延到了内心,她强作笑颜,轻声告诉子扬:"太阳落下去了,明天早晨还会再升起来,子扬,明早我陪你一起看日出吧。"

"可是并不是每一天都会升起来,总有风雨来临的时候。陆英,很抱歉,我不会陪你看日出了。"

"为什么?"陆英的心蓦地下沉。

"总有那么一天,我再也不能陪着你看日落,你再看日落的时候,也不会再开心。所以我想把日出留给你,你可以和一个能带给你欢乐的人一起去看。这样,至少你还拥有令你不那么难过的日出。当我走后,所有不快乐的时光,都让我一起带走吧,所以,我要多留一些快乐的机会给你,现在,我和你一起能做的事,最好越少越好,这样,你今后触景伤情的机会就会很少,我希望你幸福。"子扬哀哀地说道,他的希望,他的信心,正随着太阳的渐渐下沉而悄悄失去。

明天的日出,自己还能再看几次?多希望每一个日出日落都能和你一起看啊,陆英……

"你不许再说这样的话。"陆英的眼中噙着泪水,低低地劝着子扬,"你一定会康复的,你会长命百岁,你会和我一起白头偕老的,你曾答应过我的,'执子之手,与子偕老',你不能忘记自己的誓言。"

"我记得,我说给你的每一句承诺,我都记得。可是,我自己的身体,我很清楚,我……"子扬满心满怀的痛苦,接下来的话,他实在是无法说出口,可是却不得不说,"陆英,我想,肚子里的那个孩子,我们不该留下他。我们,让他走吧,越早对你的身体恢复越好。"子扬的泪水,已经溢满眼眶。

"什么?你说什么?"陆英万万想不到子扬会说出这样的话来,惊异与气恼充斥着她的大脑。

"我知道,我活不了多久了。陆英,这个孩子出世后就是一个没有父亲的人,你就是一个单亲妈妈,你还年轻,你还有很长的路要走。或许你会遇到更好的人,我希望你将来能够结婚、生子,能够幸福快乐。所以,我必须做出这样的决定,我不能让你带着一个没有父亲的孩子生活,让他走,你的人生会更好。陆英,我对不起你,我对不起这个小生命……"子扬的泪滚滚而下,伤心欲绝。

这个小生命的到来,令他多么欢喜啊。这是他和陆英的孩子啊!可是他却不能留下来,不能。他能想象得到一个单亲妈妈的艰辛,一个单亲妈妈的痛苦。他要走了,他不希望自己曾经的存在影响到陆英今后的人生,他不希望陆英今后的生活里还存在着他曾经的痕迹……

陆英,我走后,希望你将我忘记,重新开始……

"你为什么还要说这样的话?"陆英扑在他肩头上痛哭起来,"我说过你不许再说这样令人绝望的话,你会好好活下去的,子扬,你会好的。这个孩子是我们两个人的呀,是苍天赐给我们的宝贝啊。我常常在心里和他说话,我说,孩子,你是男孩儿还是女孩儿呢?妈妈希望你是一个男孩儿,长得像爸爸,性格也像爸爸一样,真诚、善良、阳光一样的令人温暖,你会像爸爸一样永远保护着妈妈……子扬,假如是一个女孩儿也没有关系,我也一样很喜欢,因为你说过,将来我们要生一个女孩儿,长得像我,每天你下班回来,打开门看见我们两个人一大一小坐在沙发上看电视,等着你回家,你就会很安心,在外面所有的不快都会马上消失。每一天,我们两个人一起守在餐桌前,等着你将饭菜摆上桌。她也许会像我一样,有时候会烦你,会向你撒娇,有时候还会和你吵嘴,常常霸占着遥控器,让你看不到你想看的节目,有时候,她也会和我一样甜甜地唤着你,我们一家人快乐地生活在一起。我们一起抚养她长大,我陪着她读书,你会去开她的家长会……"陆英泣不成声,再也无法说下去。

子扬紧紧地拥抱着她,滚烫的泪水如断了线的珠子,止不住地落下:"陆英,陆英,我又何尝不向往这样的生活。可是,这样寻常的情景,我此生此世,再也无法享受了。我,再也没有机会了呀!你不替你今后的人生考虑,但我不能,陆英,我不能做到。我爱你,我希望你一生幸福,我必须,替你决定……陆英,我求你答应我……我从来没有求过你什么,你的决定,我每一次都支持。可是,现在,我只求你答应我这个要求,这样,我死也瞑目了。陆英,你答应我,好吗?"

陆英拼命地摇头,不能,我不能接受你的要求。不能啊,子扬。"假如,"陆英痛哭着说道,"假如有一天,你真的不在了,这个孩子就是我的唯一,就是我活下去的动力,就是我生命的支柱。我不能没有他,子扬,看着他,我就会想起你,你知道和你在一起的回忆,对我有多重要吗?我不管以后会怎么样,会多痛苦多艰难,我就要你,我就要他……只要有你们,就足够了,就很好很好了……子扬,我也求你,不要为难我,不要放弃他……"

"陆英……"子扬泣不成声。

如果这个世界上没有疾病，如果自己还拥有健康的身体，如果，能一直陪着陆英度过一生，那该有多好，多好。

苍天，你既然已赐给了我们一个宝贝，为何还要让我与他别离？

子扬痛苦地想着，心中一片悲凉。

为什么？……

子扬突然觉得呼吸困难，闷得喘不过气来。他艰难地张开了口，一口鲜血就那样猝不及防地喷了出来，血花，溅在陆英的背上。

陆英感觉到了背部的异样，可她不敢去看，不敢去面对。

"子扬……"她轻声呼唤他，一如曾经每一次一样。

"我在。"子扬应着她，又一口鲜血喷涌了出来。

"其实，子扬的病情已经很严重，鼻咽癌已经转移到了肺部……"医生说道，"这段时间我们已经在做针对性的治疗，只是没有告诉你们，许一非不希望你们知道，不希望影响到你们的心情，子扬也需要积极乐观的心态。现在已经到了咯血的地步，我也不再瞒你们了。"

子扬默默地听着，心中一遍遍地祈求苍天，他只希望自己能多活一些时日，能多陪陆英多陪父母一段时间。

穆母痛苦地握着陆英的手，身子颤抖着不能站稳。

"妈，你陪着陆英一起去做手术吧。"待医生走后，子扬说道，"我知道我活不了多久了，这个小生命一天一天大起来，再迟对陆英更不好。"

穆母理解子扬的决定,虽然她心中万分地想要这个孩子。这是子扬的孩子,这是他们穆家的孩子。如果子扬走了,这就是她的希望,这个孩子会和子扬一样成为她的心头肉,令她觉得必须得好好活下去。

只是她知道自己不能那么自私,不能毁了陆英今后的人生。她能够在这种时候回到子扬的身边,能够这样地照顾着子扬,已经仁至义尽。他们知道陆英所做的这些对子扬有多重要,她知道子扬的心愿就是和陆英在一起。他们感谢她,感激她,所以,更不能毁了她。

"好孩子,妈知道不该这么说,可该来的终归还是要到来。子扬说得没错,早点让他走吧。"穆母也劝着陆英。

"不,不……"陆英拼命摇头。

"孩子……"穆母哀求着她,"孩子,我们不能毁了你今后的人生啊,不能耽误你一辈子啊……妈求你了,妈跪下来求你了,好吗?"

"不,不……"陆英觉得头脑中一片混乱,仿佛是和那一天在河水中一样的感觉,"不……"她呆呆地说着,跪下来抱着穆母的双腿痛哭。

子扬闭上双眼,不忍去看。

"孩子,明天妈陪你一起去,你以后还会有机会做母亲的,孩子。"穆母劝慰着她。

"可我要我和子扬的孩子,妈妈……"陆英哭着说道。

穆母无法再说下去,泪水也涌了出来。

"你是个好女孩儿,应该拥有幸福的人生。"许久,穆母坚定地说道,"这件事就这样定了,妈对不起你,对不起我的孙子,妈,就作孽一回……"

许一非透过玻璃窗看见陆英泪流满面地跪在地上,抱着穆母的腿,他想知道发生了什么事,于是就推开门走了进去。

"她们怎么了?"他轻声问子扬。

子扬痛苦地睁开了双眼,向许一非哀哀地说道:"一非,你来得正好,你帮我们劝劝陆英,劝劝陆英。"

"陆英?"许一非心中紧张起来,他走到陆英身边关切地问,"陆英,你怎么了?为什么哭得这么伤心?"

"孩子,我不要放弃我的孩子,我不要……"陆英语无伦次地继续向穆母哭诉,许一非的心中却一片混乱。"什么,孩子?"他希望自己是听错了。

"我和子扬的孩子,这是我和子扬的孩子,我不想放弃他,不想……"陆英抽泣着回答他。

"这是怎么回事?"许一非感到万分惊讶。

待他弄明白了整件事情,他却不知道该如何让自己心里的那一团混乱停止下来才好，但很快，他便恢复了平静，将自己的心绪隐藏了起来。

"陆英，子扬的决定确实对你有益，你自己好好想想吧。"

"连你也这样说？"陆英仰起泪眼，问向许一非。

许一非张了张口，他很想说"我会支持你的决定"，可是话说出了口，却是："如果是别的事情，我一定会支持你。可是这件事，我没办法做到。这样做都是为了你好。"

陆英下意识地松开抱着穆母的双手，将手放到了自己的腹部，这个小生命，该怎么办？

28 留住或者失去幸福

"半夏,你说'幸福'究竟是什么?"医院休息区的长椅上,陆英茫然地问着半夏。

"幸福?"半夏想了想说道,"我也不知道'幸福'是什么,据说古人造这两个字,是这样的。幸福这两个字拆开来看,'幸'字的上部是'土',代表了土地和房子,下部则代表了钱。'福'字,左部是衣服,右部分别是'一''口''田'。'一''口'代表了一家人,'田'里会长出粮食,代表了吃的。古人造出这两个字,大概是想说,幸福就是一家人有粮食吃,有衣服穿,有房子住,有钱用吧。"

"不过仅此而已,如此简单,可是,为什么还有这么多人不幸福。"陆英禁不住叹息道。

"英子,你心情不好?怎么尽说些令人难过的话?"半夏觉察出了她的异常。

"他们都希望我幸福,可是他们不知道,如果不能一家人在一起,我又怎么会有幸福……"

陆英的绝望神情令半夏紧张起来,她关切地追问陆英,到底发生了何事。

陆英长叹一口气,缓缓说道:"他们,要我放弃这个小生命,半夏,我知道他们的心意,可是,我不愿意放弃他。没见到子扬前我犹豫不决,可再次见到子扬后,我就下定决心了。这孩子是我和子扬的啊,我当初居然还埋怨他的到来?现在,我下定决心了,他们却让我放弃他,我怎么能放弃……他们说,子扬走后我会有新的幸福,可是,我的幸福就是子扬和这个小生命啊,失去了子扬,失去了这个小生命,我今后的人生再好,我都不会幸福了。"

"英子……"半夏良久无语,半响之后,她说道,"无论你做出怎样的决定,我都支持你。这个孩子,你真的很想留下?"

"是,我一定要留下,放弃他就是放弃我的生命。他是我和子扬的孩子,他会成为我的支柱,会成为我好好活下去的动力,他就是另一个子扬……我不能没有子扬……"陆英忍不住伏在半夏的肩上痛哭起来。

"我知道,我知道了……"半夏轻轻拍打着她的肩膀,"无论今后的生活会有多么艰难,我都会陪着你一起度过。如果,假如,子扬真的不能陪着你将他抚养长大,我会和你一起养育他,会和你一起面对，英子，不要怕以后的人生。"

"好。"陆英哽咽着回答。

"伯母，我会陪英子去做手术，您和子扬就放心吧，我会好好照顾她的。"半夏陪着陆英一起回到子扬的房间，半夏向他们说道。

"就在这间医院吧，我也好照顾你。"穆母愧疚地对陆英说。

"我住的那个小区，附近不是有一家医院吗？我之前一直在那里做的检查，现在还是去那里的好。那里又离家近，如果在这里做了手术再回去，坐车都要花费不少时间。"陆英解释道。

"伯母，您放心吧，您只管照顾子扬就行了，英子我会照顾好她的。"半夏劝说道。

"可是你们年轻，懂得手术后该怎么照顾身体吗？"穆母担忧地问。

"我向您保证，一定将陆英照顾好，您放一百个心吧。"半夏保证道。

"那好，你们记住了，一定要在家里休养一个月，我会抽空去看你的，好孩子，你受苦了。"穆母说着说着，眼泪就要流下来。

"妈妈，我会听您的话。"陆英重重地点着头。她又对子扬说道："子扬，我们走了。"

子扬无声地点着头，不忍去面对陆英。陆英转过身，向门外走去。

"陆英。"子扬突然唤着她。

陆英回过头望着他，子扬走到了她面前，弯下身子将右手平放在她的腹部，他的心正在泣血，他在心里对这个小生命说道："孩子，爸爸对不起你。你别怕，在另一个世界等着爸爸，爸爸很快就会来陪你。"

他默默地在心里对这个小生命说完这番话，将瘦弱的手从陆英的腹部移开，他拢了拢陆英额前的头发，眼中噙着泪花，"陆英，你要照顾好自己，好好休养，身体最重要，知道吗？我对不起你，这种时候我不能陪在你身边，好好照顾你，请你原谅我。"

"我知道，我都知道，你不要自责，你永远都不需要我的原谅，你，就是我，我，就是你。"

"陆英。"子扬又轻唤了一声她的名字，抬眸深深地望着她。

"我走了。"陆英怕自己再看一眼他的目光，就会忍不住泪如雨下，她说完这话，头也不回地走了出去。

"陆英，我爱你，我爱你……"子扬望着她的背影，一遍一遍在心里说道。

"我陪你去吧。"医院的大门口，许一非等在那里，见陆英和半夏走了出来，他忙上前说道。

"不用了。"陆英回道。

"你那样子打车不方便，做完手术我开车送你们回去。我还可以帮半夏照顾你。"许一非关切地劝说着。

"不必了,我不想让人误会你和这个孩子有关系。"

许一非怔怔地站在那里,心痛得说不出话来。是啊,自己连被人误会的资格都没有。他望着半夏和陆英渐渐走远,自己呆呆地站了很久。

"明朝,我真的很难过。"良久许一非走进明朝的房间,向他倾诉着。

"我知道,我能体会到你的心情,只是,又能怎么样呢?"明朝叹着气,"你失去陆英,我也将失去半夏,我们两兄弟可真是同病相怜。"

失去……

这两个字可真是世间最恐怖可怕的字眼,许一非的心一点一点沉沦下去。这些日子他强装出来的平静,面对陆英时做出的若无其事的姿态,在此刻全都消失,他只感到心痛,很痛很痛。

明朝又何尝不是一样的心情,他的身体一天一天好起来,他知道他只要一走出这间医院,就不得不面对眼前的现实。半夏会回到叔离的身边去,不管他们之间到底如何,都与自己无关,自己都不能插手。就像在黑暗的屋子里待久了,走出门去迎面就是明亮亮的光,直刺人眼,直令人头晕目眩,难受万分。

他们两人都默默无语,各自抱头承受各自的心痛。

半夏和陆英去了那家医院,从医院出来后直接回了她们的小屋。这个决定,这种做法,她们都不知道到底是留住了幸福,还是失去了幸福。

但这又有什么关系,谁又知道明天会有什么变数呢?只要所做的事对得起自己的心,就好了。

一天,两天,陆英都一直待在屋子里,没有了许一非的存在,屋子里一片安静。她很想去看子扬,很想很想,可是她不能,不能令子扬为她担心。

半夏安静地陪着她,自从那一天陪叔离去医院打针之后,她就没有再见到过叔离,但每天陆英都会接到叔离打来的电话,一般都是和半夏闲聊两句,问她最近好不好,明朝身体恢复得怎么样,子扬的病情又如何。他解释说刚刚上班,很多事情没怎么上手,所以要经常加班,就不能陪半夏了。

半夏很理解他,嘱咐他安心工作就是,她自己会照顾自己的。聊天也就仅此而已,叔离没有说王落雪有没有找过他,他和她的事情处理得怎么样,半夏也没有问。就当那件事从来就没有发生过吧。

只是,真的是从来就没有发生过吗?

夜,黑漆漆的一片,陆英从噩梦中惊醒过来,她坐起身子,抱着膝盖瑟瑟发抖。

"怎么了?"半夏打开灯,看见陆英颤抖着身体。

"子扬,我梦见子扬他,他……"豆大的泪滴从陆英的眼中涌出,她无法说出后面的话,她没有勇气说出后面的话。子扬,她的生命中,如果没有了他……陆英不敢再去想象。

梦中那残忍的情景在她的心头萦绕,凄凉的、刺骨的、空洞的、绝望的……说不尽的感觉混杂在一起。

不要,她不要失去子扬。

生死别离 29

陆英从床上爬起来,飞快地穿好衣服打开房门走了出去。

"英子,你去哪里?"半夏追了出来问。

"我要去看子扬,我要去看他好不好,只有看着他,我的心才能安宁。"陆英弯腰穿着鞋子,一边回答。

"你不能去。"半夏堵在了门口,"你才在家里待了两天,怎么能出去?"

"不,我要去看着他,偷偷地看他一眼也好。这两天对我来说就像二十年一样的漫长,我不能入睡,一睡着就噩梦不断。我必须要看着他,守在他身边,这样我才能放心。"陆英哽咽着说道。

"很晚了,英子,现在是凌晨两点了。"

"不管多晚,我再也无法忍受这种看不到子扬的时光了,我一定要去。"陆英坚定地说道。

"那好,你要答应我,只偷偷地看一眼,马上就回来。"半夏对她无可奈何。

"好。"

走下楼,所幸还能拦到出租车,一路上陆英都心不在焉,担心着子扬的情况。终于驶到了子扬所在的医院,陆英几乎是跑着到了子扬的房间。

窗帘没有拉上,虽然屋子里关着灯,可在明亮的月光之中,陆英能看见子扬。他安静地睡着了,瘦弱的双手放在被子外。

"你看,子扬他很好,梦和现实都是相反的,你不要再担心了。"半夏轻声安慰着她。

陆英紧紧地贴着玻璃眼睛一眨都不眨地看着子扬,如果可以,她真想推开门走进去,伸手轻轻地抚摸他的脸,替他将双手放进被子里去。可她不敢进去,她怕吵醒了子扬,让他为自己担心。

半夏陪着她站在窗前,她劝她回去吧,陆英不肯。

一直站到了五点钟,不能再待下去了,不然子扬便会发现她,陆英才跟着半夏一起回去。

这样的时光,每一分每一秒对陆英来说,都是煎熬。

自那一晚去医院偷偷地看了子扬后,之后的夜晚,陆英仍然去看他。这一晚陆英估摸着子扬应该睡着了,便又和半夏一起去了医院。

　　走近玻璃窗，在黑暗中朦胧的月光之下，陆英看到许一非居然坐在子扬的床边，他们正在低声说着话。

　　他们说话的声音很低很低，陆英和半夏都听不见。子扬在说些什么，许一非听了那话，脸上现出了微笑。

　　陆英躲藏在窗子一侧，静静地看着他们。大多数时间是子扬在说话，许一非安静地听着，有时候许一非听了子扬的话会皱眉，有时候会微笑，有时候会沉思，想一些心事。

　　陆英从来没有想象过会有这么一天，他们两个人会这样夜半深谈，如同相识了多年的挚友。她觉得一阵没有来由的感动在心中滋生。

　　时光悄然过去，这半个月来，陆英渐渐习惯了这样日夜颠倒的日子，每个夜晚在子扬睡后，她都会出现在窗子边，这样守着他，看着他，她才能相信子扬还在她身边，会一直陪着她。从来没有觉得时间是如此的可贵。

　　只是子扬越来越瘦，精神也一天差过一天。第十六天，陆英忍不住出现在了子扬的眼前，面对着子扬疼惜的目光，陆英微微一笑，哄劝着他道："医生都说了休息半个月就行了，不信你问半夏。"

　　半夏亦笑着对他说："是的，我们特意问了医生呢。"

子扬见到了她,下意识地伸出手想去抚摸她的腹部,可手却停在了半空。这里,已经没有那个小生命了,他已经永远地离开了。

陆英知道子扬的意图,她笑着坐在了他身旁,故意岔开了话题。她要从此以后和子扬在一起的时光,只有欢声,只有笑语……

"子扬,我问你啊,小明的爸爸有三个儿子,大儿子叫大毛,二儿子叫二毛,那三儿子叫什么名字呢?"陆英问他。

"三毛。"子扬脱口而出。

"哈哈,"陆英狂笑不止,"怎么会叫'三毛',当然是叫'小明'了,你好笨呐。"

子扬不服,双手在她头发上乱揉着耍赖,将她的头发揉成稻草似的一团凌乱,他笑得不能自已。

他当然知道这个三儿子是叫"小明",这个脑筋急转弯,在他小时候就已经知道了。可是,他明白陆英的心意,为这,他一定要欢笑。

一天二十四个小时,陆英没有离开过子扬片刻,两人一直待在房间里,仿佛有说不尽的话。

从前她以为还有很多很多的机会,她可以和子扬背靠着背坐在摇椅上,一起闲话,一起絮语,她觉得反正还有很长的一段人生,她可以慢慢地知道子扬的这些事情,现在,她将从前想留在后来的那些话题，全都一一说了出来，他们说了整整一天，直到子扬累得不行，沉沉睡去。

子扬的背部已经开始无休止地疼痛，纵然难以忍受，他也没有表现出来半分，一直没有告诉陆英。

陆英看着沉睡的子扬，伸手抚摸着他的眉毛，他的鼻子，他的唇……她将手放在他的心口，感受着他的心跳。

子扬，子扬……再过七天，就是我们应当举行婚礼的日子，我将是你的新娘。

陆英的心中有了一个决定，她去明朝的房间找半夏。

半夏听了她的决定，内心一片矛盾，她不知道这一次是否应该再支持她？

"半夏，你一定要支持我，我要陪在子扬身边，只能你去帮我做。"陆英请求着。

半夏也只能点头依她，明朝已经渐渐康复，可以不用她时时刻刻守在身边照顾。

细心地列好清单，用心挑选清单上的东西，每一样都求最精最美，这对于陆英和子扬来说，是他们一生之中唯一的一次机会。

对戒，喜服，糖果……半夏一一依照陆英的嘱咐去买来。戒指是陆英凭着印象画好的图形，又告诉半夏在哪一家店购买。她说那是子扬从前就和她一起看好的,她们原本已经约定要去买的。

没有伴娘伴郎,人太多在医院里会太吵,陆英说一切从简,只邀请子扬的父母、明朝和许一非,以及子扬的医生和护士。自从上次拍婚纱照子扬离她而去后,陆英的父母只知道她们分手了,婚礼取消。这一次,陆英没有通知她们。天下的父母都爱儿女,她知道她父母未必会赞同她的决定。

也没有和子扬商量,陆英知道子扬绝不会赞同。

可是她要,她要这个婚礼,她要这个仪式,她要真正成为子扬的妻子,今生今世,与他一起风雨与共,不离不弃。

九号,已近眼前,就是明日。

下午,许一非照例来看子扬,说笑几句之后,子扬却郑重地向许一非说:"一非,谢谢你这段时间对我的关心和照顾,我知道你对陆英的心意。"

陆英正在倒水,听了子扬的话却怔住了。

子扬继续说下去:"一非,我走后,如果可能,希望你能照顾好陆英。她很好很好,只有幸福的生活才能配得起她的好,一非,你能懂我的意思吗?"

"我懂。"许一非点头。

"我真的舍不得离开啊,我真想每天看到陆英的笑颜啊……"子扬缓缓说道,"可惜,我再也没有时间了。一非,你要答应我,如果你能懂得我的意思,就永远不要辜负陆英,让她一生幸福快乐。"

"我答应你,我向你保证,我对天起誓。"许一非的眼眸中闪烁着晶莹,他伸出手握住子扬的手,"我许一非,保证今生今世一定让陆英幸福,绝不辜负了穆子扬和陆英。"

手中的茶杯砰然落地,陆英的泪水蜂拥而出。"子扬,你这样是什么意思?是什么意思?"她哭喊着问道。

"我,这一辈子对不起你,陆英。"子扬的泪也蜂拥而出,他闭上双眼,不忍去面对陆英痛苦的眼光。"陆英,你相信这个世界上是有灵魂的吗?如果有,离开后,我会将灵魂放在一非的身上,他和我,会一起完成给你幸福的约定。陆英……"子扬再也说不下去,突然呼吸一紧,大口大口的血,又咳了出来。咳出来的血,渗在雪白的床单上,触目惊心。未说完的话,他希望陆英有朝一日会明白。

陆英焦虑不安地坐着,子扬已经被推进急救室了。仰头望着窗外的星空,星星点点,闪烁着光芒。她向每一颗星星祈求……

明天是九号,明天是婚礼,苍天,你一定要让这场婚礼如期举行。

从迷蒙的睡眠中被半夏唤醒时,已经是凌晨六点。"英子,一切我都准备好了。"半夏轻声说道,"许一非昨天也没回家,就和明朝等着今天。等子扬醒过来,婚礼就开始。"

陆英看了一眼床上沉睡着的子扬，他出了急救室后就一直在沉睡之中。她接过半夏带来的礼服，走进盥洗室换好。

半夏认真地为她梳理着头发，绾成一个髻。耳饰、项链佩戴上，半夏还特意买了一枚水钻皇冠。极简单的装扮，却是隆重的态度。一切打扮妥当，又在房间里摆放好了喜糖、点心，陆英与半夏安静坐下，耐心等待着子扬醒来。

早晨八点，子扬醒来。方一睁开双眸，他便看见了陆英的装扮，他虚弱地对她一笑，万语千言一切已不消再说，心意相通，他明白她的意思。他握住了她的手。"子扬，今天是九号，我们举行婚礼的日子。"陆英笑着和他说。

子扬点了点头，他知道他将离去，且成全彼此的心愿吧，且给陆英这一场梦吧。他所能为她做的，也仅仅只有这一场回忆了。

"等爸爸和妈妈来了，我们就开始。"陆英微笑着说道。

"好。"子扬应道。

穆父穆母进门见到陆英的打扮，呆在了门口，旋即他们明白过来。"孩子……"穆母唤着陆英的名字。

"爸爸，妈妈，你们来了，那我们的婚礼可以开始了。"陆英笑着说道。

"我去叫明朝他们过来。"半夏走了出去。

很快，人已经到齐。陆英扶了子扬起床，由子扬的主治医生做主婚人。半夏用陆英的手机下载了"婚礼进行曲",播放了起来。

"今天是穆子扬与陆英大婚的日子,这是个好日子,九号,长长久久好意头,我在这里先祝你们百年好合,举案齐眉。作为你们的主婚人,我很高兴。现在,双方的亲友都到齐了,婚礼就开始吧。虽然我们是中式婚礼,但新娘特别希望能采用西方婚礼的一段。现在我要提问,穆子扬,你是否愿意娶陆英为妻?"

"是的,我愿意。"子扬郑重地回答。

"无论她将来是富有还是贫穷,无论她将来身体健康与否,你都愿意和她永远在一起,爱她,安慰她,尊重她,保护她,像爱你自己一样?"

"是的,我愿意。"

"陆英,你愿意嫁给穆子扬吗?"

"是的,我愿意。"

"无论他将来是富有还是贫穷,无论他将来身体健康与否,你都愿意和她永远在一起,爱他,安慰他,尊重他,保护他,像爱你自己一样?"

"是的,我愿意。"陆英亦郑重地答道。

"好,我现在宣布,新郎新娘结为夫妻。现在,可以交换戒指了。"

在"婚礼进行曲"的音乐声中,陆英与子扬四目相望,微微的笑意里,彼此将戒指戴在对方的无名指上。

在场的人，眼眸中都有晶莹的泪光在闪动，"啪""啪"的鼓掌声响起，各自口中都说着祝福的话。人人都知道他们不可能长久了，明明知道他们这一场婚礼最终会成为一场梦，却都不忍打破它。便让这场简陋的婚礼永远留在他们的心里吧，成为他们永恒的回忆。

"今天是我和子扬大喜的日子，谢谢各位能来参加，能来祝福我们。"陆英高兴地说，"请大家尽情欢笑，今天我们只要欢乐！"

"好！"半夏他们都应道。

十日早晨八时十二分，子扬他，永远地离开了这个世界，离开了他的双亲，离开了他的陆英。

陆英呆呆地看着空荡荡的病床，冰冷的泪水汹涌地往下落。子扬临走前，向他的双亲交代了后事，最后握着陆英的手，对她绽出一个淡得几乎看不出来的微笑，他说："陆英，你要幸福，你一定要幸福。"

"我会的，我会的，我一定会幸福。"陆英哽咽着告诉他。

他深深地看了她最后一眼，闭上了双眸。他的脉搏停止了跳动，他永远地离开了她，今生今世，都永远地离开了她，再也，回不来。

从此一生很漫长 30

哭肿了眼睛,却仍止不住泪流,心已碎成一片一片,再也无法补好,除非,子扬,你能在我身边,你就是最神奇的医生,是唯一能愈合我心的人。

陆英抱着子扬与她的合照,不分日夜,吃饭、睡觉、发呆……子扬都会陪着她。他还在,他一直都还在。一睁眼,一抬眸,她都能看到他在她身边,他在她眼前。吃饭时他为她夹菜,发呆时他陪她发呆……

"英子,把汤喝了,你需要营养。"半夏盛好一碗汤,送到她面前轻声劝着她。

陆英不言不语,捧过汤一饮而尽。我会好好的,我答应过你,我会好好的,我还会很幸福很幸福。

半夏默默地收起了碗,眼眶通红,陆英的伤口,她医不了。

敲门声响,半夏打开了门,是许一非站在门外。
"她怎么样了?"许一非悄声问道。
半夏摇摇头,让他进来。

"陆英。"许一非温柔地唤着。
陆英猛地抬起了头,双目怔怔地望着许一非,突然她一个起身便向许一非飞奔而来,她一把将许一非抱住,紧紧地搂着他的腰,喜极而泣地说:"子扬,你回来了,子扬,真好,真好,你不要再离开我了。"
许一非瞬间想到了子扬曾经说过的话,他说:"陆英,你相信这个世界上,是有灵魂的吗?如果有,离开后,我会将灵魂放在一非的身上,他和我,会一起完成给你幸福的约定。"是子扬吗?真的是子扬的灵魂放在了自己的身上吗?许一非疑惑起来。

"子扬……"陆英依旧喃喃地唤着他。
"陆英。"许一非也轻唤着她的名字。
"不要再走了,不要再离开我了。"陆英哀哀地说道。
"好,我再也不会离开你,再也不会了。"许一非安慰着她。
陆英听到许一非的承诺,这才放心地松开了怀抱,她伸手去牵许一非的手,却突然惊讶地喊道:"子扬,你的戒指呢?我们的结婚戒指呢?你怎么没有戴?"

许一非望了一眼自己空荡荡的无名指,说不出话来。

陆英揉了揉眼睛,仰脸看着许一非,她的心又再次在一瞬间被抽空。"你不是子扬……"无法抑制的悲伤再次袭上心头,想你,好想你……子扬……

陆英瘫软地倒在了沙发上,闭上双眸抽泣着,久久无语。

许一非不知道该如何才能抚平她心中的伤痕,他默默地坐在她的身旁,看着她伤心至极。

"英子,身子要紧,你一定要有一个好身体。"半夏低声劝着她。

"是。"陆英坐起了身子,擦干了脸上的泪水,"我一定要有一个好身体。"

"陆英,我……"许一非张口想要说些什么,却被陆英打断,她望着许一非,又恢复了往日能干、果断的风格,她说:"许一非,我要郑重地告诉你一件事情。"

"好,你说。"许一非见她精神突然好转,心里轻松了不少。

"许一非,你不要再来找我了,今生今世,除了子扬我绝不会再嫁第二个人。现在我已经是子扬的妻子,是他的未亡人,你不用在我身上花费心思了,我只能辜负你。"

"我知道,我知道……"许一非说道,"我没有别的意思,我来看你,只是出于关心,单纯的关心,你不用多虑,不用担心会不会辜负我。我只要看着你好好的,我就放心了。所以……陆英,我不知道该怎么解释给你听,你就把我当成单纯的朋友来对待,好吗?我们做个朋友好吗?我只是以一个朋友的身份来关心你,和半夏一样,陆英,可以吗?"

陆英望着许一非,他一脸的恳切和真诚。陆英点了点头,"谢谢你,一非。"

"只要你好好的,这比什么都重要,这也是子扬的心愿,所以,你一定要好好的。"

"我会的。"

白天,突然变得那样漫长。夜,突然变得那样难熬。

时间突然失去了意义,活着,突然没有了目的。

陆英翻出了叔离送给她的十字绣,他当初的那一番话还在耳边回荡,他说,这是送给她和子扬的结婚礼物。如果把这幅绣品绣好,挂在她们新家的墙上,一定十分好看。

是的,子扬,我该把它给绣好,将它挂在我们新家的墙上。富贵牡丹,多吉祥的名字,你看着它一定会很欢喜。子扬,我们结婚了,也该有一个新家了,你说过等我们婚后存到一定数目的钱就买一套房子,你说如果钱不多的话,就买一个两居室就好了,我们一间,宝宝一间。但是一定要挑带有大大阳台的,因为我喜欢,你会给我买几个花架,放在阳台上让我养花。你说对不起陆英,这辈子大约没办法给你一个大大的花园了。

可是子扬,不要紧,真的不要紧,小小的几盆花,同样能满足我的心,只要你在我身边,哪怕是花瓶里插几朵假花,我也愿意。

陆英喃喃地说着给子扬听的话,拿出了那幅绣品,照着图样,她开始绣了起来。

半夏呆呆地看着她兀自在那里自言自语,感到心中一片酸楚。陆英专注地绣着,针线在她的指间穿梭。半夏从来没有想象过陆英会有这样的时刻,从来看都不看一眼针线的她,连衣扣掉了都不会去钉,如今却细细地绣着,绣着……一针,又一针……

夜半,半夏从睡梦中醒来,看到陆英依旧在那里绣着。寂静的夜里,她的身影是如此的落寞。

半夏不想去打扰她,或许,她在这样的过程中,心中的痛苦会减少几分。

陆英不分日夜地绣着,这是唯一能使她空洞的思念子扬的心暂时被慰藉的事物。许一非仍如往常一样日日造访,安静地坐在她身旁,默默地看着她不停地绣着。

不管度过这分分秒秒的时光有多艰难,我都会一直陪着你。流淌过的光阴里,有你的泪水,有你的心血,我全部都看见了。我的泪,也掺和在其中。

陆英,纵然这痛苦的时光如此漫长,如煎如熬,我也愿意与你一同度过。

不该遇见的人全都遇见了 ㉛

明朝出院后,半夏的假期亦随之结束,正式上班,可是叔离却仿佛从她的生活中消失了一般,除了偶尔打个电话给她之外,也不与她见面,不过半夏能理解他工作至上的心理。

叔离难得能够休息一天,半夏建议他好好睡一觉,但他觉得陪半夏才最重要,这难得的休息,自然要给半夏。阳光灿烂的日子,步行街上缓缓并肩行着的两人,半夏不时地看着路边各式各样的摊子,觉得很满足。

中午两个人顶着大太阳,排着长长的队,只为了吃一碗六元钱的酸辣粉,两个人有说有笑,似乎又回到了从前最纯真的日子。

下午半夏与叔离在公园里闲坐,傍晚时叔离接到电话,是他所任职的公司打来的,告诉他晚上有一个宴会,要他准时去参加。抬腕看看表,叔离建议半夏随他一起回家去换一身合适的衣服,而后和他一起去参加。

"我可以去吗?"半夏问道。

"当然可以去,你是我的女朋友嘛。"叔离望着她微微一笑,亲昵地说道。

半夏借穿了陆英的衣服,陆英纵然心情低沉,却也耐心地为她化了一个妆,叔离挽着半夏的手,愉快地出了门。

豪华的晚宴,出入皆是商界名流。叔离公司的总经理带着叔离与这些人一一打着交道,介绍叔离给他们认识。半夏一个人坐在角落里,等了许久,叔离才抽身出来,回到她身边。

半夏与他对视,两个人彼此会心地一笑。

"看得出来,刚才那位先生对你很器重。"半夏说道。

"是啊,他一直很提携我,我自然不愿辜负他,所以不得不常常加班,不能好好陪你,半夏,你不生我的气吧?"

"怎么会呢,男人自然要以事业为主,我理解你。"半夏说道。

叔离才坐下和半夏说了这么几句话,就立刻被他公司那位总经理再次叫了过去,引荐别的人给他认识。

又剩下了半夏一个人默默地坐在角落里。

明朝端着一杯酒四处转悠,远远地他的目光便触到了默默坐着的半夏,他走了过去,坐在了半夏身旁。

"杜半夏,你也在这里?"他说道。

半夏回过神来,见是明朝便对他微笑了一下,而后说道:"叔离带我来的。"

"哦。"明朝的心被刺痛了一下,他举眸看着远处的叔离,他正与一位商界名流握手。

"听说他所任职的公司很是栽培他。"明朝说道。

"可能是吧。"

"今天,"明朝想了想还是关切地问道,"王落雪也来了,你没碰见她吧?"

"没有。"半夏警惕了起来。

"没有就好,我怕她又找你麻烦。"

"谢谢你关心。"半夏嫣然笑道。

"你我是朋友,何须这么客气。"明朝见半夏的笑容和语气里明显透露着疏离之色,心情不由得有一些黯淡。

"你,你?亲爱的,我找你找了好久了,我去了你的老家,去了一切你曾说过想去的地方,我快把整个中国给找遍了,没想到你却在青城!亲爱的,我想死你了。"半夏与明朝正沉默着的时候,却蓦地听到一个男人激动地说着这番话。

似乎是在跟自己说话?半夏觉得这声音挺耳熟,便不由得抬起了头,出现在她眼前的那一张脸,令她觉得今天不该陪叔离来参加这场晚宴。

正在说话的这人正是她的前夫,翁杞览。

"亲爱的,我今天真是太高兴了,看来是老天被我的诚意打动了,如果不是我来青城谈生意,怎么会找到你!"翁杞览见半夏抬头,忙满脸堆笑地向她表达着喜悦之情。

明朝随即抬起了头,翁杞览见到明朝,神情有一丝的愕然。"这位是,明氏集团的总裁,明朝先生吧?"翁杞览极其恭敬地问道。

"是的,你是?"明朝说道。

"我是杜半夏的老公。"翁杞览故意地加重了"老公"二字,"不介意我坐下来吧?"翁杞览刚说完,不待半夏和明朝回应,他就一屁股坐在了他们的对面。

明朝听了翁杞览的话一脸的惊异,呆呆地看着半夏。

"翁先生,请注意你的用词,你所说的那个词,已经是过去式了,是不是应该在前面加上一个'前'字?"半夏从容地说道。

"人家都说一日夫妻百日恩,我们三年夫妻,那得是多少个百日啊,一日为夫,终生为……"翁杞览想了想觉得后面这句话不妥,便马上停住了,"不管怎么说,我们夫妻一场的事实不能改变,我这样介绍也不为过嘛。"

翁杞览见明朝依旧一头雾水,便又说道:"明总裁,您该不会不知道半夏的过去吧?难道她没有向您提起过我,提起过她的婚姻？"

"不过是从前的一段失败经历罢了，半夏不需要向我提起。"聪明如他，明朝旋即便将整件事情给猜测出了一个大概，他绽出一个笑容，坦然说道。

"明总裁居然是这样的看法？"翁杞览亦回以一笑，却抑制不住他内心的龌龊，"想不到明总裁居然如此大度。话又说回来，我和半夏夫妻三年，彼此已经很熟悉，她的一发一肤，我无不了解……哦，这是我和半夏之间的私密事情，还是不说出来的好。老公嘛，还是旧的好，半夏，我们是不是该重新考虑一下了？"

翁杞览的话令半夏觉得恶心，她强忍着怒意，对明朝说："抱歉，遇人不淑，令你被误会了。"

"我也觉得这位先生着实与你不相配，选择离婚，你是对的。"明朝微笑着说道。

"半夏，离婚后我才发觉我错了，真的，我当初本来就不想和你离婚的，但我不想委屈你，我疼你爱你，所以才宁愿自己痛苦也要令你开心。但现在我真的后悔了，你现在过得并不好，是吗？这不是我的初衷，你看你今天穿的衣服，明显不合身，是不是没有钱用了？明总裁其实对你并不好，是吗？连身得体的衣服都不愿意买给你。你还记得我过去多舍得为你花钱吗？穿的用的，哪一样不是天价买来的？"翁杞览像一挺机关枪似的"突突突"说个不停，一脸的动情模样。

半夏冷静地听着他动情的诉说，耐心地听他说完了，才说："不劳你费心，我现在很好很好。"说罢再也无法忍受他出现在自己面前，便向明朝歉意地说了一声"我先走了"，便独自离去。

　　"翁先生，失陪。"明朝淡淡地说道，也随之离去。在这种场合，他不愿意失礼，半夏也没有说什么，那便暂且容忍他吧。

　　翁杞觅望着他们先后离去的身影，脸上一阵的不自在。这个小女人，看来是找到大靠山了！

　　到底还要不要和她复婚呢？她离开的这些日子，他才明白这世界上的女人都不傻，除了她杜半夏。

　　他原以为他想再娶一位太太就像张口喝水一样简单，但这一次他突然想玩一个游戏，他对那些满心欢喜、拼命点头表示愿意嫁给他的女人提出了一个条件，那就是做婚前财产公证，结果那些女人就一个接一个地都飞走了，连只言片语都不留下。

　　他这时才发现，还是杜半夏好啊。不贪他的财，是真真切切地爱着他。只是现在的对手是明朝，自己能斗得过他吗？翁杞觅有一丝的犹豫。

　　"翁先生。"正在翁杞觅犹豫不决的时刻，一直藏在隐蔽处偷听的王落雪却款款走了过来。

　　"关于杜半夏的事，我们换个地方谈吧。"王落雪说完这话便走了出去。

翁杞览闻言马上紧跟着她出去。

"你是？"翁杞览望着王落雪，飞快地在脑中想着，"王大律师！"

"听闻翁先生有一个过人之处，就是过眼的女人，但凡他知道她们的名字，便都过目不忘，看来果真不假。"王落雪笑着说。

"那是自然，这是社交的基本礼仪嘛。应该尊重女性，自然更不能不记得她们的芳名。不知道王大律师叫我出来，有什么指教？"

"指教不敢当，我们可以彼此配合。翁先生，刚才一定是误以为明朝是杜半夏新的金主吧？"

"难道不是？"翁杞览觉得有了一丝希望。

"自然不是，杜半夏只是他公司的一个小小前台罢了，她的正经男友，是那一位。"王落雪伸出手指，透过玻璃指向正与人交谈的叔离。

"他是？"翁杞览极有兴趣地问。

"关叔离，一个小小的律师，没有家世背景，没有钱，只不过小有才气而已，绝不是翁先生你的对手。"王落雪媚笑着说道。

"是吗？"翁杞览望着关叔离的目光中多了一丝不屑。

"可是杜半夏这个女人，却对他很着迷，想让她对关叔离死心，恐怕不容易。"

"王大律师一定是有良方，不然是不会叫我出来的吧？"

"翁先生果然善解女人心。"王落雪又是一个媚笑，"只要扳倒关叔离，让杜半夏觉得跟着关叔离没有前途，她自然会离开，重回翁先生的怀抱。如果翁先生有兴趣，我们不妨联手，彼此配合。"

"开个条件吧。"翁杞览含笑点头，表示这桩生意可以成交。

"我不要你的钱，也不用你帮我办事，更不要你的人。"王落雪娇笑着说道。

"那你图什么？"

"关叔离。你要杜半夏，我要关叔离，我们各取所需，仅此而已。"

"这毛头小子有什么好？"翁杞览轻哼一声。

"那杜半夏这傻瓜女人又有什么好？"王落雪亦是不屑。

"对，你说得没错，刚好合了我们彼此的口味罢了。行，你说怎么个做法，我们好好策划策划。"翁杞览哈哈笑着说道。

"明天中午，翁先生有空的话我们一起吃个午餐吧，到时我会将计划告诉你。"王落雪说罢便又款款离去，看着叔离，翁杞览一脸的得意，这杜半夏，他再次势在必得！

纠缠不休

叔离几天之后在一个晚上特意去看半夏。他兴奋地告诉半夏:"我接了一个大案子,如果这个我能打赢,就意味着我向成功又迈进一步了。"

"那真好,祝福你。"半夏由衷地说道。

"半夏,"叔离想了想说道,"等我存够了买房的钱,我们就结婚,好吗?"不经意间竟然直接跳到了谈婚论嫁的程度,话一出口,叔离也觉得有些突兀了。

半夏微笑地看着他,她的内心在挣扎,她说:"叔离,不是一定要有了房子才可以结婚的,只要能和心爱的人在一起,就算是租房住也很开心。不过,我会尊重你的想法,等你心理上准备好了我们再说吧。"

"我必须要买了房子才能和你结婚,半夏,我必须给你一个幸福安定的生活,我相信那一天会很快到来,半夏,你相信吗?"

"我信。"半夏点着头。

"我说你们两个要结婚的话就趁早。"陆英的双眸从十字绣上移开,看着她们两人说道,"要珍惜眼前每一分每一秒能和爱人相伴的时光,不要像我一样,现在阴阳两隔,永远都不能再见到子扬了。如果你们真有结婚的想法,就早点结了吧。买不买房子,又有什么关系,半夏根本不会介意,不要等到最后想结也结不成了。"

"陆英……"叔离自进门来陆英就一直沉默专注地绣着她的十字绣,叔离都把她给忽视掉了,此时他突然听到她的感慨,觉得这番话听起来令他的心头有点毛毛的。

"抱歉,我一时口快,我这张乌鸦嘴,呸,呸……"陆英这才意识到自己竟然说了不吉利的话,她原是一番好意想劝他们要结婚的话就早点结,免得夜长梦多。

"没什么,就随便说几句话发一下感慨罢了,英子你不要紧张。一切随缘好了,叔离喜欢什么时候结婚就什么时候结好了,我会等他。"

"你明白就好,总之我只是希望你们能好。"陆英解释道。

"我明白,英子,我也希望你好。"半夏走到她身旁坐下,端详着她的那幅绣品,陆英已经完成了二分之一。别人要花一个月才能绣到这种程度的,她却不分昼夜,不眠不休,在半个月内就做到了。

"我会好的。"

"可是你这样子真的让我很担心,许一非也同样担心。我们都希望你能好起来,英子,试着走出来吧。"半夏劝着她。

陆英不再说话,低下头继续绣着一片牡丹叶子。

"背靠着背坐在摇椅上……"蓦地陆英的手机响起,吓了陆英一跳。她不去理会这个电话,现在她已经不再关心谁会给她打电话,她所在乎的那个人,已经远去了。

半夏从沙发缝里找到了手机,替她接通,然而听到的却是翁杞览的声音,他说:"陆英,我找半夏。"

"找我做什么?"半夏淡淡地问。

"原来是你啊,半夏,有没有空,明天我请你吃饭。"翁杞览说道。

"没有空。"

"那什么时候有空呢?我们好久没有一起吃饭了。"

"什么时候都没有空。"

"半夏,你不要对我这么冷冰冰的嘛,我相信我们还有机会的。"

"我们不可能有机会了,翁杞览先生,我已经有男朋友了。"半夏郑重地告诉他。

"我知道,不就是你的那个大学同学关叔离嘛,他算什么,据说现在也没什么钱嘛,不就是一个小小律师,还不是听有钱人的召唤,叫他干吗他就干吗,叫他朝东就不敢朝西。"翁杞览不屑地说道。

"人说士别三日当刮目相看,可你依然不改本色,仍然是那么不尊重别人。我和你没什么好说的了!"半夏气恼地挂了电话。

"你的前夫?"陆英抬起头来。

"是。"半夏恨恨地说道。

"跟这种人生气犯不着,不理会他就是了。"陆英劝道。

三年前半夏与翁杞览结婚时,叔离曾经偷偷地去观看了婚礼,他永远都记得这个人!是这个人抢走了半夏却又不珍惜她,是他伤害了半夏!叔离生出一种强烈的保护意识来,他伸手握住了半夏的手,对半夏说:"他到青城来了?是不是时常骚扰你?"

"那天的晚宴上,他也在场,我们遇见了。"半夏说道。

"这个家伙怎么好意思面对你!"叔离生气地说道,言语神情里除了愤慨之后,也有几许对半夏经不起翁杞览死缠乱打的担心。

"你放心,我不会再理会他的。"半夏向他保证。

叔离舒了一口气,绽颜微笑。他太紧张半夏了。

次日傍晚,半夏下班回来,刚踏上一阶楼梯,便感觉到有人在自己身后。她以为是邻居也就没有在意,仍然继续上楼。直到走到了家门口,从包包里摸钥匙的时候,她眼角的余光瞥到了一直跟着她的那人,居然是翁杞览。

半夏停下了动作,回转过身子盯着翁杞览,高声问他跟着自己做什么。

"半夏,我扔下生意不做,就是为了见你一面。半夏,你离开的这些日子,我想死你了。真的,我没有去找过别的女人,我一直等着你回来。"翁杞览说着已经情不自禁地走上前,伸手去拉半夏的手。

半夏快速地闪过身子,厉声说道:"翁杞览,请你自重!"

"半夏,我真的很想你,半夏,走,我们进屋吧,我更想念床上的你。"翁杞览继续上前,伸出胳膊便要将半夏拥进怀里。

"陆英,陆英,你快来。"半夏被他逼向墙角,她急忙高声喊着陆英。

门"啪"的一声打开,陆英冷着脸站在了门口死死地盯着翁杞览。

"陆英,你好。"翁杞览谄媚地笑着向陆英打招呼。

陆英不理会她转身就走进了屋里去,翁杞览见此以为陆英放他进门,便也径直向里面走去,可才走进门一步,却马上停住了步子。

只见陆英举着一把菜刀,正呈着扬空欲落的姿势。

"陆英,你,你这是做什么?"翁杞览问道。

"你给你滚,再不滚我就砍人了!"陆英愤然喊道。

"半夏,我明天再来看你啊。"翁杞览面对陆英那一脸凛然的表情,以前就听半夏说过陆英的脾气,他还真怕陆英会一刀砍了他,说完这句话便灰溜溜地走了出去。

陆英恨恨地将菜刀放回厨房,黑着脸坐在沙发上,口中仍愤怒地说道:"这个人渣,我真恨不得一刀砍了他!"

"他,居然跟踪我?"半夏心有余悸。

"人渣!你在包包里放一把水果刀,再敢纠缠你,你就直接刺他!"

"你说得对,然后接下来我就住免费的小屋子,吃免费的饭,但是却失去了人身自由。"半夏说道,而后安抚陆英的情绪,"真不好意思啊,害得你这么激动。"

"有什么不好意思的,你要是害怕会被警察抓去,就告诉我,我去砍他!反正我一个人活着也没有意思。"陆英的神色黯淡了下来。

"怎么没有意思,"半夏慌忙安慰她,"许一非不是说要带你去旅游的嘛,说了这么久,你们也该去了,出去散散心,让自己的心情好起来吧。"

"许一非……"听半夏提起许一非的名字,陆英的心情却变得复杂了起来,"我的心里已经接受不了第二个人,与他走得越近,对他的伤害越大,或许,我该与他了断了。"

"可是,"半夏明知道这样说会使陆英不高兴,犹豫再三,却仍是说了出来,"英子,我希望你能再给自己一次机会。"

"不用劝我了，我不会背叛子扬的。"

"这不是背叛，英子，子扬的心愿是看到你幸福，他不会愿意看见你每天活在对他的思念里郁郁寡欢的。"

陆英陷入了沉默之中。

33 我就是孩子的爸爸

"富贵牡丹图"已经绣好,配了框架已经挂在了墙上,陆英突然失去了寄托。半夏忙着去上班,漫长的时光里,陆英开始缝一些婴儿的小衣服。

她自己也想象不到会有一天像慈母般地亲手来缝衣服,虽然这些小衣服式样简单,可她无师自通,从手不能缝一下子变成了能裁剪、能缝制的能工巧匠。

"陆英,开门。"

门外的喊叫声打乱了陆英的平静,她稳了稳心思,觉得似乎是许一非的声音。说起来许一非消失了也有半个月,陆英在想或许他已经想通他们之间是不可能的了吧?今天来,是正式告别的吗?她去开了门。

门口的许一非拎着大袋小袋,从露出来的部分看,大概都是一些蔬菜。许一非对她笑笑,径直走进了厨房,他将采购来的这些瓜果蔬菜放好才出来。

"陆英,今天中午想吃什么,我给你做。"许一非满面笑容地说道。

"什么?"看着他的笑容,陆英有一瞬间的迷茫。

"我买了很多菜,今天就做你喜欢吃的白灼虾和手撕包菜,还有萝卜丝鲫鱼汤吧,我还带了些燕窝给你,你最近很瘦,需要补一补,睡完午觉后就可以吃了。"许一非一本正经地说,仿佛是用人在向主人汇报一样。

"许一非,你?"陆英不明他的意图。

许一非抬腕看了看手表,"好了,现在快十一点了,我去做饭,你好好待着,就等着饭菜上桌吧。"话一说完,他便进了厨房。

陆英呆呆地望着他在厨房里忙碌的身影,半天没有回过神来。

"好了,可以吃了。"一个多小时后,许一非将饭菜端上了桌。

"来,尝尝我的手艺,你不知道啊,这半个月我特意去跟高级厨师学的手艺,师傅直夸我进步快呢。我告诉他,你也不想想我是为谁而学的。"许一非得意地说道,而后细细地将一只虾剥好,放进陆英的碗里。

"一非,我们不可能……"陆英的话还没说完,便被许一非打断,"嘘,食不言,寝不语,好好吃饭,不要再说话了。"

陆英默默地吃完了这一餐饭。时光真的是神奇的魔术师,短短的时间,令自己变成了一个慈母,也令许一非一跃变成了厨师。

许一非收拾好碗筷清洁完毕后陪着陆英看电视。

"一非。"陆英看着他轻唤着他的名字。

"你今天怎么了?"许一非问道,"让时间来证明一切不好吗?你不需要再告诉我什么,陆英,我不会改变我的心意的。"

"一非,时间是会证明,可是时间也会向人坦露事实。我想我今天必须告诉你。"陆英站了起来,抚摸着自己的腹部,"你看这里,这里有一个小生命,再过几个月,他就出生了。"

"什么?"许一非惊讶极了。陆英一直穿的是宽松的衣服,此时她将衣服给揪紧了,她微微凸起的腹部出现在许一非的眼前。

"你不是?……"

"我留下了他。"

"陆英,你……"许一非却不知道该说什么好。

两个人便这样沉默着,陆英等待着他的转身离开。

许久,许一非却绽颜一笑,他问:"陆英,你觉得我今天像子扬吗?"

"你不可能成为子扬的。"陆英神情凄楚地告诉他。

"我知道我或许永远都替代不了子扬在你心中的位置,不过我不会介意。我能够理解你对子扬的爱,能够接受你永远爱着他。陆英,只要我能和你在一起,做一辈子他的替身,我都愿意。"

"你怎么还不明白,我和子扬的孩子,就快出生了。"

"所以陆英,我们尽快结婚吧。"许一非郑重地说道,一脸真诚。

此时换了陆英惊讶:"你怎么会,会有这样的想法?"她半天说不出话来。

"我今天回家就告诉父母,然后我们就结婚。"许一非依旧说道。

"你难道没有听明白?我和子扬的孩子就快出生了!"陆英激动地说道。

"我听明白了,我不介意,孩子可以姓穆,如果为了避免今后被他的小朋友们误会,也可以姓许。以后你就是孩子的妈妈,我就是他的爸爸,我们会给他一个完美的童年,会抚养他长大。"

"许一非……"陆英的泪水涌了出来,"我不能对不起你,不能害了你……"

"你怎么会害了我,怎么会。"许一非的眼眶顿时就红了,"如果你不接受我,如果你一定要放弃我,要我离开,陆英,我活着真不知道还有什么意思,如果不能和爱的人在一起,我宁愿结束生命……"

"一非……"陆英无法再说下去,泪水已经模糊了她的视线。

第二天许一非再出现在陆英家门口的时候,心情却无比的沉重。他站在门口徘徊再三,始终抬不起手来敲门。昨天晚上回家后和哥哥谈的那一番话,始终萦绕在他的脑海里。

昨天晚上他到哥哥的房间里将自己的打算告诉了哥哥,素来他有什么决定都会先问哥哥,这一回他没有把握爸爸妈妈会同意,所以先告诉许一健,有大哥帮他说话,相信父母不会再反对。

许一健听了许一非的诉说,似乎早已经知道了似的,丝毫不感到意外,他问道:"就是在医院里你天天偷偷看着她的那个女人?"

"嗯。"许一非点着头。

"早在医院里我就觉得你对她不一般。可是她是穆子扬的女友,不是还在病房里举行了婚礼吗?听说她还怀了穆子扬的孩子?"许一健一针见血地说出事情的要害。

"所以,我才来找大哥帮忙,请大哥在爸妈面前帮我说说话吧。"

"帮你说话可以,但首先得让我接受啊!你是我唯一的弟弟,是我的手足同胞,我怎么能让一个怀着别人孩子的女人做你的妻子?"

"大哥,我非她不娶。"许一非倔强地说道,"一生中能和一个自己爱的人在一起,这就是最大的幸福。大哥,难道你希望我和你一样吗?你和大嫂名义上是夫妻,可是却夜夜分房而眠,貌合神离。大哥,我不愿意和你一样接受一桩父母指定的婚事。我爱陆英,我就要娶她。"

许一非的话说中了许一健的痛处,他的眼神中闪烁过一丝痛苦的光芒,明亮的眸子即刻便黯淡了下来,他顿了顿说道:"一非,你和大哥不一样,大哥身为长子,不得不接受这桩商业联姻。可是你不同,大哥已经替你将一切给承担了下来,你完全可以选择一个心爱的女人做你的妻子。如果不是陆英怀了穆子扬的孩子,我一定会帮你在爸妈面前说话。一非,如果她也爱你,你就劝她把孩子做掉吧,我绝不会容忍非我们许家的骨血,成为你的孩子!我的侄子!爸妈的孙子!"

许一非仍固执地想要说服许一健,许一健却无力地摆了摆手,说:"去休息吧,我累了。"许一非只得转身出去,在走到门口的那一刹那,他听到他的哥哥在低声喃喃:"或许我这一生之中,没有真正爱过一个女人吧……"

许一非听到许一健的轻叹,心中一下子便失去了力气,他只觉得自己的哥哥,真的很可怜,身为长子,他牺牲了许多。"谢谢你,大哥!"他在心里默默地说道。

现在,他在犹豫的过程之中,双手下意识地敲响了陆英家的房门,当陆英打开门时,他仍站在门口发呆,思绪仍停留在昨晚。

"进来啊。"陆英对他说道。

许一非犹自站着发呆,根本没有听见陆英的话。

"一非?"陆英伸手晃了晃他的胳膊,许一非这才回过神来。

"进来吧。"陆英看他的表情,又联想到他昨天对自己所说的话,心中已经猜测出来了八九分。等许一非坐定,她便说道:"这对你来说是好事,一非,等你再遇见一个合适的人,你就知道今天的这种结局有多么好了。"

"陆英。"许一非满心满怀都是痛苦,让他怎么和她说?让他怎么说出口?这个孩子,陆英面对子扬一家的阻力时,却仍决定要把他留下来,现在,他怎么能说出让她放弃这个小生命的话?

他知道这个小生命对陆英的重要性。

"什么?"陆英见他却又不再说下去,便问道。

"不管是谁劝你放弃这个小生命,不管以任何理由,你都不会放弃他,是吗?"他痛苦地问道。

陆英一脸愕然地看着他,问道:"许一非,你该不会是想要我放弃这个小生命吧?"

"陆英,我……"许一非却再也说不出后面的话来。

"我绝不会放弃他的!无论是谁,无论是以何种理由!许一非,我也绝对没有想过要嫁给你!所以你不必冥思苦想,想要找个什么理由什么借口来劝我了！"陆英决然地说道，心中却生出一抹淡淡的痛楚。原来，许一非，你不过也和别人一样，轻视我未结婚便先怀孕，看低我腹中的这个小生命！

34 请你等我

"不,不是这样,陆英。"许一非见陆英误解了自己的意思,立刻便慌乱了起来,"我是想问你,想问你……"

"想问我什么?"

"想问你,假如……算了。"许一非又再次止住未出口的话,不再说下去。

"许一非你干脆一点,爽快一点好吗?你到底想要说什么?"

"陆英,我会处理好的,我会让我家人接受你,和你肚子里的这个孩子的。你等着我,我一定会遵守诺言的。"许一非鼓起勇气,下定决心,坚定地说了出来。

"随便你,"陆英没好气地说道,"但是我不会答应你的,我没有想过再嫁!"

"你等着我。"许一非说完这句话,就起身离开了。

大哥不肯帮忙，那他就自己去和父母讲。不管其中的过程会有多艰难多曲折，他一定要娶陆英！一定！今生今世，他想娶的人，只有她，只是她！

回家的路上，许一非在心中不断想着，最终下定了决心要向他的父母摊牌，他相信他的父母会明白他的。

三天之后，陆英接到一个陌生来电，陆英无精打采地接听了电话，是一位妇人的声音，还不待陆英开口说话，对方便单刀直入地说道："陆英小姐，我是许一非的母亲，我们见个面吧。"

陆英疑惑地听着这突然的来电，突然的邀请，半天没有回过神来。

"什么时间？"她不知道怎的，居然应了下来。

"今天中午吧，我叫司机去接你。"

陆英看看时间，已经是中午十一点，换好了出门的衣服，没过多久许家的司机就到了，直接载了陆英到许一非的家。

陆英下了车，行走在许家偌大的花园里，看着沿路绽放着的各种颜色、各个品种的鲜花，有一瞬间的迷茫，这是到了哪里了？豪华的庭院，处处透着奢华，透着精致，很显然，这不是属于她陆英的地方，在刹那间，陆英有些后悔，自己不该来。

"夫人，陆小姐到了。"司机带着陆英走进大厅，对背对着他们而坐的妇人说道。

妇人放下手中的书,缓缓转过身子直视着陆英,摆摆手示意司机出去,而后她问:"你就是陆英?"

"是,我叫陆英,伯母您好。"陆英极其有礼地问候道。

"去叫少爷出来,就说陆英来了。"许一非的母亲对一旁侍立着的用人说道。

几分钟之后,那名用人搀扶着许一非走了出来,许一非看上去奄奄一息,仿佛得了重病似的。陆英惊讶地看着他虚弱的、憔悴不堪的样子,没有缓过神来。

"陆英,你来了。"许一非绽出一个苍白的笑容,有气无力地说道。

"现在可以吃饭了吧?"许母无可奈何地问向许一非,又对一旁的用人交代道,"快去把粥端上来给少爷。"

许一非饿狼扑食似的,风卷残云地将粥给喝了个精光,一碗不够,接连喝了三碗,而后才渐渐地恢复了体力。

"陆英,你的魅力可真大啊,一非为了你绝食三天了。"许母意味深长地说道。

"许一非,你怎么这么傻?"陆英哭笑不得地问向许一非,"我又没招你惹你,你为什么要绝食?"

"怎么,难道为了什么你还不知道吗?"许母说道。

"为了什么?我不知道啊?"陆英一脸的茫然。

"一非,你说你是不是一厢情愿?"许母向许一非说道。

"妈妈,我对陆英是认真的,你不要再这样说了。"许一非着急地解释着。

"可是我看陆英对你一点都不紧张,绝食三天,她根本不以为然呐。"

"许一非,你以后不要再做这种傻事了。"陆英轻声劝道。

"只要妈妈肯答应我,我就不会再做这种傻事。"许一非对陆英说道,而后问向他的母亲,"妈妈,你今天叫陆英来,是不是肯答应我们了?"

许母抬眼扫视着陆英,而后将视线停留在了她的腹部。陆英今天穿的衣服有一些紧身,隆起的腹部看起来很显眼,"一非,你是不是有什么事情忘记告诉我了?"许母问道。

"什么事情?"

"关于陆英的事情,你只告诉了我她的出身、职业,可是看起来她似乎是怀孕了?"

"是的,妈妈,所以我才急着要和她结婚。"许一非认真地说道。陆英试图打断他的话,可却被许一非给阻止住了。

"是谁的孩子?"许母问。

陆英张口欲说话,却又被许一非阻止住,他伸出手轻轻地捂住陆英的嘴,轻声说:"嘘,我会对你负责,你什么话都不用说。"

"妈妈,这孩子当然是我的了,也就是说是你的孙子。"许一非早已经考虑好了该怎么向母亲应付这件事情,并在心里打过无数遍的草稿,所以说出这番话时的态度和神情,令他自己都以为是真的了。

"我的孙子?"许母冷笑了起来,"一非,你太让妈妈失望了,你从来都没有向妈妈说过谎,可现在居然骗起妈妈来了。"

"骗你?"

"你以为这三天我就这样傻坐着吗?关于陆英的一切我早已经叫人调查得清清楚楚,这个孩子真的是你的吗?一非,你什么时候才能够长大,才能够让妈妈不再为你操心?想进我们许家的女人多的是!你居然就为了这样一个怀着别人的孩子的女人来欺骗妈妈?打算和她结婚?"许母愤怒地说道,"且不说她与我们许家门不当户不对,单是她带着肚子里的这个孩子,就绝不能做我们许家的儿媳!"

陆英这才明白她今天被叫来的目的,她胸中的火焰也顿时"噌"地冒了出来,自己被轻视也就罢了,她可以忍,毕竟她和许一非原本就不是一条路上的人。可是她的孩子,她肚子里的这个孩子,她绝不能容忍她和子扬的这个孩子受到半分委屈!她站了起来,极力隐忍着心中的怒火,极其有礼地向许母说道:"请您放心,我从来没有想过要嫁给许一非,你们母子间的事情我就不参与了,请恕我告辞。"

陆英说完这番话便头也不回地走了出去,快步走出许家的大门,她的泪才肆无忌惮地奔涌出来。

这不能怪许母,不能怪许一非。今天的这件事情谁都没有错,她肚子里的这个孩子,更没有错!可是陆英的心却很痛很痛,痛得令她无法再走一步路。她弯下身子,蹲在了路边。不过是想顺利地生下她和子扬的孩子,她从来没有想要再开始一段感情,再嫁一个人,从来都没有!

身边有人跟着蹲了下来,接着是许一非充满了愧疚的道歉,"对不起,陆英……"

陆英伸出双手捂住泪眼,已经没有力气去回应许一非的道歉,胃,又剧烈地疼痛了起来。

"陆英……"许一非伸出双手轻轻地扶着她起身,看着她因为哭泣而耸动的肩膀,眼圈也红了起来,"对不起,真的对不起,我没有想到妈妈今天会叫你来,也没有想到她居然会这样做……陆英……"许一非忍不住把陆英揽进了怀里,"我爱你,胜过我的生命。"

陆英何尝不知道许一非的心意,可这只不过是一场美丽的错误罢了,永不可能画上完美的句点。她在许一非的怀里慢慢平静一下心绪,良久,她轻声说道:"一非,你忘记我吧。"而后离开他的怀抱,向前走去。

几步之后她停了下来,回转身向许一非说:"许一非,你以后不要再绝食了,好好爱惜自己,答应我。"

"陆英……"许一非想要说些什么,陆英却微微一笑,摆摆手示意他不要再说下去。

"陆英,你等着我,我一定会娶你!"许一非冲着她的背影喊道。

陆英头也不回地走了,只是眼中有泪。

一周之后,久违的敲门声响起,打断了陆英的平静。开了门,是许一非拖着一只行李箱出现在门口。

"陆英,请你收留我吧。"许一非一脸悲哀地说道。

陆英看着他可怜兮兮的样子,让了他进来。

"陆英,我解放了,我可以和你在一起了!"许一非进了门,将行李箱一扔,就欢喜无比地将陆英拦腰抱了起来,兴高采烈地冲她说道。

"什么意思?你离家出走了?"陆英这才明白他在门外的表情是装出来的。

"我和他们决裂了!我不再是他们的儿子了!他们以后不会再管我,我自由了!我想娶谁就可以娶谁了。陆英,真是太好了!"许一非抑制不住他的喜悦,他抱着陆英转着圆圈,狂喊道,"我们可以开始过自己的小日子啦!"

等许一非激动的情绪稍稍平静下来,陆英问清楚了事情的经过,而后不无担忧地劝说许一非回家去,别做这种傻事。

"陆英,你要是赶我走还不如直接拿刀杀了我。"许一非的眼神黯淡下来，忧伤地对她说道。

"那你也不能住这儿，不然你父母还真以为是我在怂恿你。"

"我没有钱了，他们不会再给我钱了，你让我睡马路上去吗？"

许一非已经为自己牺牲到如此地步，陆英的心中到底是感到愧疚的，就这样，与家族决裂的许一非，正式地住在了陆英家客厅的沙发上。

35 离家出走的少爷

"世界上怎么有这么无耻的人!"方一进门,半夏就忍不住对陆英抱怨道。

"怎么?翁杞览还在纠缠你?"陆英紧张地问道。

"天天下班在路上拦我,真是无耻到了极点!"

"谁?你前夫?"许一非从厨房冲了出来。

"许一非?"半夏以为许一非已经放弃了陆英,想不到他却再次出现在了厨房里,她自然感到惊喜。

陆英简单地将许一非离家出走的事情向半夏说了一遍,半夏被许一非感动,对他说道:"许一非,我以为这样的男人已经绝迹了,想不到还有一个活化石呢。"

"只是今后可能要让陆英受苦了,不过我会努力赚钱的。"许一非苦笑着说道。

"钱够用就好,受苦不受苦,金钱可衡量不了。"半夏说。

"我明天去找工作。"想到孩子出生后会有很多花费,陆英便产生了动力,为了孩子,她要振作起来,她要恢复活力,继续工作!况且现在许一非住了进来,他又没有了经济来源,今后他的零用钱,陆英觉得自己有必要负担。

"我去找工作。"许一非说道。

"得了吧,大少爷,你可什么工作都没干过,吃不了那个苦。"陆英劝说道。

"我可以,为了你,没有什么苦我吃不了!"许一非郑重地说。

正在此时,门外响起了敲门声,陆英打开门见了门外的人气便不打一处来,她不耐烦地说:"翁杞览你烦不烦?你再来我就打110!"

"别,陆英,我今天来找半夏,真的是有事和她说。"

"什么事?"陆英堵在门口不让他进来。

"这事吧,和关叔离有关,你让半夏出来,我和她说。"

半夏听至此,便走到了门口,"什么事?"她没好气地问道。

翁杞览讨好地笑道:"半夏,你别这么不耐烦我,我这一回真的是悔改了。"

"你要告诉我关叔离什么事?"半夏打断他的话。

"半夏,其实这事儿吧,主要还是和你有关,只要你肯回心转意和我复婚，关叔离一点事都不会有。不然吧，到时候可能还真有一些事无可挽回。"

"翁杞览，你威胁我？"半夏冷冷地说道。

"你给我彻底地消失！"陆英端着一盆水冲了过来，扬手就是那么一泼，泼了翁杞览一头一脸，"我数到三，你不走我马上报警！"

翁杞览伸手拨拉着头发上、脸上的水，一边下楼一边扬言："行，咱们走着瞧！杜半夏，你早晚都还是我的！"

"他会不会真的对叔离怎么样？"半夏不无担忧地说道。

"关叔离一个大男人，能被怎么样？劫财？劫色？"许一非打趣地说道，以宽慰半夏，"别担心了，你看陆英多生猛，一盆水泼下去他立刻乖乖地走了。他不过是吓唬你罢了。"

"但愿吧。"半夏沮丧地叹息着。

"要不你和叔离尽快结婚吧。"陆英说道。

"上回叔离不是说了吗？他目前还不能和我结婚。"

"唉！"陆英叹起气来。

"其实明朝可以解决这件事情，他出面，翁杞览肯定乖乖地消失。"许一非建议道。

"我不想麻烦他，这毕竟是个人私事，怎么能打扰到他。"联想到在医院时明嘉诚对她的态度，半夏便想能避明朝多远就避多远。

"半夏,我觉得你是不是应该好好考虑考虑,关叔离,真的是合适的结婚对象吗?"许一非思虑了片刻,说道。

"我想,我考虑好了。"

"那就祝福你吧。"许一非说道,心里却在为明朝叹息,"可怜的明朝啊。"

第二天一大早,许一非就从沙发上爬了起来。这沙发还真不是睡觉的地方,无论如何都睡不着,不能翻身,可是侧睡着又太窄,平躺着睡,那更加的窄。他从来没有度过这样有觉却不能睡的晚上,不停地变换着睡觉的姿势,直到困得不行了,这才迷迷糊糊地睡去。

他洗漱完毕,到厨房准备好了早餐,半夏才起床。

"许一非,才七点你就做好早餐了?你几点起来的?"半夏惊讶地问。

"吃完早餐我还得出去找工作呢,我们就不等陆英了吧,让她多睡会儿。"许一非飞快地吃过早餐,吹着口哨便出了门。

他的心情是愉悦的,纵然与父母决裂他心中有些不忍,可这些年来自小到大,他还从来没有这样无拘无束、自由自在过。况且能和陆英在一起呢,而且他从来没有工作过,心里面还有一些期待。

他一路边走着边想象着找到工作开始上班的情景,生活肯定更加多姿多彩,与以往截然不同。

傍晚，许一非拖着疲惫的身子回到家里，今天的求职经历伤透了他的心。

半夏和陆英看他的表情猜出了大概，于是都不去提这件事，只说笑着一些轻松的话题，以试图缓和许一非的心情。

"我是不是很没用？"许一非却无法下咽，叹气问道。

"怎么会没有用？你的用处可大着呢。"陆英笑道。

"毕业这么多年了，我却连一份工作都没有，整天游手好闲，现在好了，去找工作，人家问我过去干过什么，我却无法启齿。"

"一切重新开始啊，刚毕业的学生没有工作经验，还不是一样找得到工作，一非，你不要泄气，才开头呢。"陆英鼓励着他。

一周之后，许一非依然没有找到工作。他的新鲜感已经被焦虑取代。为什么，为什么还找不到工作？他的内心充满了烦闷。

陆英和半夏不住地安慰着他，可许一非却对自己缺乏了信心："陆英，我怕你对我失望。"

"怎么会，我对你一直都很有信心。"陆英微笑着告诉他。

"陆英，"许一非看着陆英的笑颜，轻声说道，"我爱你。"

"我知道。"陆英低低地回答他，心里却隐隐地透着几丝酸楚。这样一个从没有吃过丁点苦的男人，原本衣食无忧，顺理成章地就能继承家族的财产，可是现在，因为自己，他也终于知道了愁苦的滋味，开始为衣食担忧起来。

陆英在心里暗暗地决定，等许一非找到工作之后，她也出去找工作。之所以等许一非找到工作后她再去找，是因为她不想伤了许一非的自尊，她想让他相信，他可以赚钱，可以凭他自己的能力，实现他的诺言。

翌日许一非傍晚回家时，一身的疲惫，但心情显然很好。

"我找到工作了,上午已经开始上班了呢。"许一非高兴地说道。

"真好，是什么工作？"半夏笑着问他。

"反正我能干得了。"许一非神秘地说道。

"那就好，祝贺你。"陆英鼓励着他。

趁着许一非去上班的时间，陆英也出门去找工作。但她现在的体态，很显然一眼就能看出来是个孕妇了，正经的公司人事主管打量她一番，连简历也不看，直接就拒绝了她。

可不是嘛，她进公司工作不了多长时间就得休产假，享受各种福利，没有哪个公司愿意接受。

陆英想了想，决定还是找份临时工的好。经过一家超市发现在招营业员，陆英便进去面试，结果很明显，仍然被拒绝了。

"如果在工作期间你出了什么意外怎么办？"面试她的人任陆英怎么解释，只以这一句话问她。

是啊，陆英的心中陡然一凉，孩子，才是最重要的。她只得放弃找工作这个念头，从此以后，她只得吃积蓄了！

好在半夏和许一非都有了工作，多多少少她都不用再去担心他们，只要照顾好肚子里的这个小宝贝就好了。陆英叹着气，但也死了出去工作的心。

许一非工作很努力，虽然陆英和半夏不知道他做的是一份什么样的工作，但从他脸上的神采可以看出来，他对这份工作还是比较满意的，纵然每天回来都风尘仆仆，极其疲惫的样子。

许一非已经在心里算盘好了，等拿到第一个月的薪水，就给陆英买一份礼物。至于这个礼物是什么，是他每天睡觉时考虑的内容。

这段时间里，他已经从一个养尊处优的少爷转变成了脚踏实地的平常人家的男人，他非常享受这种寻常人家的烟火气息。

躺在他已经习惯了的沙发上，许一非闭上眼，面上带着微微的笑容，送给陆英的这份礼物，他已经想好了。一想到这份礼物，许一非忍不住地笑，今夜，会有好梦。

吻别 36

"半夏,我出事了。"迷糊的睡梦里,陆英被手机铃声吵醒,接通,是一阵沉默,漫长的沉默过去,是关叔离的声音,陆英将手机递给了半夏,方一将听筒靠近耳边,半夏便听见这样一句令她心惊肉跳的话。

"怎么了?出什么事了?"半夏紧张地问道。

"半夏,不管发生什么事,都请你记住,我爱你。"叔离嘶哑着嗓音说道,"我爱你!"而后挂断了电话。

"叔离,叔离!"半夏焦急地唤着他的名字,可是电话的那头,已经没有人在听。

半夏连忙拨打回去,可手机已经是关机。半夏呆呆地听着一遍一遍"您所拨打的用户已关机"的手机提示音,心中开始狂乱地跳动。

叔离他出什么事了?

陆英也开始担忧起来。

一上午半夏都在拨打叔离的电话，但始终是关机。临近中午时分，手机响起，半夏激动地接听，却是一个她最不想听到的声音，"杜半夏吗？"对方问道。

"我是。"半夏失望地应道。

"我是王落雪，你还记得吧？"对方问。

"当然记得。"

"我本来不想打这个电话给你的，但想一想你一定在为关叔离担心吧？"

一听王落雪说起叔离，半夏立刻就紧张了起来，"叔离他发生了什么事？"她追问道。

"关叔离呀，他犯了大错了。大错特错！他为他所在的公司作伪证，你知道他的公司犯了什么罪吗？他这伪证一做，可不仅仅是身败名裂！等待关叔离的，还有法律的严惩！"王落雪不无得意地通知着半夏。

"会有怎么样的惩罚？"半夏担心极了。

"哦，我忘了，你应该算是法盲吧？没有学过法律？你去翻翻《刑法》吧，刑事诉讼中，律师做伪证会有什么样的下场！"王落雪冷笑一声，挂断了电话。

会怎么样？会怎么样？

半夏跌跌撞撞地去翻陆英的书架，而后飞快地去寻找她想知道的答案，她看到的内容，令她惊骇。

《刑法》中的"第三百零六条"清清楚楚地写着："在刑事诉讼中，辩护人、诉讼代理人毁灭、伪造证据，帮助当事人毁灭、伪造证据，威胁、引诱证人违背事实改变证言或者做伪证的，处三年以下有期徒刑或者拘役；情节严重的，处三年以上七年以下有期徒刑。"

等待叔离的，会是怎么样的惩罚？这件事情从头至尾是怎么一回事？半夏的心中全都是一个又一个的问号，连同着对叔离的担心。

晚上九点，敲门声响起，许一非跑去开了门，是关叔离醉倒在门口。

"叔离。"半夏见到叔离终于出现，一天来担惊受怕的心终于落下，泪水反倒流了出来。她与许一非拖着他进了门，半夏赶紧倒了醋让他喝，给他醒酒。

"半夏，我完了，我完了……"叔离喃喃地说道。

"到底发生了什么事？"半夏哽咽着问他。

"我怎么可能是做伪证？怎么会是伪证？"叔离的双手托着脑袋，恍似呓语一般地说着，"怎么可能是伪证？是谁在陷害我？我有自己的职业操守，我不可能做伪证的，我不可能不尊重事实的！

是谁,是谁在陷害我?"叔离痛苦地说着。

"叔离……"半夏为他的痛苦而难过。

"我完了,彻底地完了,等待着我的是身败名裂,是牢狱之灾!半夏,我不想坐牢,不想坐牢,我不想离开你……"叔离的泪水从眼中滑落,迷离的泪眼中,他仿佛看到自己的明天。

"你是律师,你知道这是陷害,难道就没有挽回自己清白的办法了吗?"半夏提醒着他。

"没有办法,什么办法都没有了。这件事情从头至尾都天衣无缝,就好像是一个密密缝好的套子,只等着我往里面钻,等我进去,就是死路一条。什么赏识,什么栽培,原来一开始他就准备好了要置我于死地!半夏,我不该这么轻信别人!可是,一切都已经来不及了,一切,都已经无法挽回了……半夏……"叔离抱着半夏,堂堂的大男人,却痛哭了起来。

"叔离……"半夏却不知道该如何安慰他,任她怎么安慰,都挽救不了他吧?连他都认为已经无法还他清白,那么,她又能有什么办法呢?

她与叔离相拥,两个人都是心在哭泣。

"不要怕,叔离,你不要怕。不管是多少年,多长时间,我都会等你的。"半夏轻轻拍着他的肩膀,告诉他。

"我不想坐牢,半夏,我不想!"叔离痛苦地说着。

"我知道,我知道……"

许一非拨打了几通电话,很快就将事情给弄清楚了。原来叔离所在的那个公司,号称一直栽培叔离的那个经理,犯了极严重的刑事案件,叔离作为他的律师接手了这件案子,但他一直以为的强有力的证据,却居然都是假的!

"一非,你有没有办法帮他?"半夏抱着一丝希望问他。

"我也没有办法。"一非沮丧地说道。

"半夏。"叔离清醒了几许,抬起头来唤她。

"叔离,你说。"

"半夏,"叔离的心中已经下定了决心,"我不想坐牢。"

"我知道,我也不想你坐牢,叔离,你别太着急了,仔细想一想,或许会有办法的。"

"办法,是有一个。"叔离说道,然而心中却一片凄凉。

"什么办法?"半夏却仿似在绝望的黑暗之中看到了亮光,惊喜地问道。

"王落雪说她有办法帮我。"

"那好啊,她有什么条件?我愿意向她道歉,愿意接受她的一切条件,只要她肯帮你。"半夏说道。

"半夏,你相信我爱你吗?"叔离却不回答她,只是一脸痛苦地问着她。

"我相信,叔离,你说的一切,我都相信。"

"是的,我爱你,这一辈子,我都会爱你,我只爱你一个人。

不管我今后娶了谁,在我的心底,最爱的人,始终都是你。半夏,我这一生最对不起的人,就是你。我恐怕只能辜负你了。只希望,你不会恨我。"叔离痛苦地说着这番话,眼角的泪水,跟着流了出来。

"只要你好,只要你好好的,叔离,我只希望你好好的,我永远都不会恨你,不会……"半夏哽咽着告诉他。

"半夏,再让我抱抱你。"

"好。"半夏伸出双手,紧紧地环住了叔离的脖子。

听着彼此的呼吸,彼此的心跳,半夏不知道明天会是什么样子,只是感觉她与叔离,可能真的是要分离了。

心一点一点地往下沉沦,像是要缓不过来气似的。为什么?叔离会有这样的遭遇?半夏在心中难过地为他喊着不平。

"我真希望这一刻我能死去。"叔离拥抱着半夏,喃喃自语道,"这样,我就不会和你分离了。"

"你会活得好好的,会的,叔离。"半夏不知道该如何劝他,才能抚慰他内心的痛苦。

"我真的好想好想和你在一起,好想好想,一辈子都和你在一起。"叔离闭上眼睛,呓语般地说着,清冷的泪水从他紧闭的眼缝里滴落出来。"可是,我不得不接受我的命运,不得不接受它……我这样活着,到底算什么?"

半夏的心中忽然生出一种不安的预感来,她问他:"叔离,你是不是做了什么决定?王落雪的条件是什么,你告诉我啊,我和你一起面对,好吗?不管发生了什么事情,我都会和你一起面对的,叔离,你不要一个人承受着这种痛苦。"

"她的条件……"后面的话,叔离实在没有勇气说出来。这样的条件,对于他是一种莫大的耻辱,是对他尊严的蔑视,可是他不想坐牢,不想,所以,他不得不答应她!但他没有勇气告诉半夏,如果有另一种可以选择的办法,他绝不会答应下王落雪的这个条件,可是没有了!

"如果不想说,那就不要为难自己了。"半夏见他犹豫迟疑,知道他一定是很为难。

"这,就是命运吗?"叔离仰起头,望着苍白的天花板,轻声叹息,"真的,无法再改变吗?"

"叔离,你不要这么难过。"半夏安慰着他。

"半夏,你是不是很讨厌王落雪?"叔离突然问道。

"站在她的立场上想的话,我不应该讨厌她。她只是一个爱着你的女人,她希望能和你在一起,她恨我,是可以想象得到的。叔离,我想,她对你应该是很好很好的吧?我能猜得出来,她有多爱你。"那一次被她羞辱的经历纵然还留在心中,但半夏依然能够想象得到王落雪对于失去叔离,内心会有多痛苦。

"她说她很爱很爱我,所以,她愿意冒着把自己也搭进去,身败名裂,陪我一起坐牢的风险来帮助我。半夏,如果,我……"叔离却无法说出后面的话,他想问半夏,"如果我接受王落雪的爱,你会恨我吗?"可是他问不出来,问不出口。

他了解半夏,他知道半夏不会恨他,不会。可是他害怕看到半夏对自己失望的眼光!这比杀了他还令他痛苦。只是,为了不坐牢,他已经别无他法了。

"王落雪她真大度,比起她来,我什么忙都帮不了你,对不起,叔离。"半夏自责道。

"是我对不起你。"叔离的喉咙中仿佛似鲠了一根鱼刺,令他无法顺利地说出他今天想要说给半夏的话,"半夏,我走了……"酝酿许久,他也只说出这一句。

"好,晚安。"半夏微笑着望着他,"好好睡一觉,一切都会好起来的。"

"晚安。"叔离用力地对她绽出一个笑容,向门外走去,半夏陪着他走到门口,目送着他上楼。叔离踏上了几阶楼梯,回头望了半夏一眼,却突然又急步跑了下来,他冲到半夏身边,将半夏紧紧地又拥在了怀里,"半夏,我爱你,我爱你……"他狂乱地诉说着衷情,一遍又一遍地告诉她。

"叔离,我知道,我知道……"半夏回应着他。

"我,能吻一下你吗?"叔离低声问道。

半夏松开他的怀抱,凝视着他的眼睛,轻轻地点了点头。叔离缓缓地靠近半夏的脸颊,眼前的半夏,她是这样的美丽,恍如一块洁白无瑕的美玉,在他的眼中,光华万千。他的双唇,覆在半夏的唇上,她的唇,柔软、甜蜜、芬芳……

今生今世,她是他最爱的人,唯一的爱人,心目中唯一的妻子。

这是关叔离第一次亲吻半夏,他泪流满面,他知道,这将是最后一次。

❼ 他结婚了，新娘是别人

叔离的唇停留在半夏的唇上，并不深吻，只保持着这样唇唇相贴的温润，只是他久久不愿离去，就让我最后一次亲吻你，感受你的心跳，记住你唇间的温度吧。半夏……

半夏望着叔离黯然上楼的背影，忍不住潸然泪下。"叔离，你要好好的。"她默默地在心里祝福着他。

第二天是周日，半夏一早起了床就去看望叔离，只是敲了半天的门，却无人应她。她下了楼拨打他的手机，却依旧是关机。他是去了哪里吗？半夏不无担忧地猜测着。

一直到周二，半夏都是在对叔离的担心中度过。周二晚上回到家里，半夏感觉许一非和陆英都非常异样，看她的眼光格外的悲哀。

"是不是叔离出了什么事?"半夏紧张地问道。

"半夏,你不要哭。"陆英缓缓说道。可她的这一句话,在半夏听来就是承认叔离出事了,半夏心中一紧张,眼睛立刻就热了。

"你自己看。"陆英将一张制作精美的大红色请柬递给半夏。

请柬上的文字和相片令半夏感到撕心裂肺的痛楚——

关叔离,王落雪,大婚!

这几个字组合在一起,令半夏痛不欲生。她的眼光停留在印在上面的照片上,那是叔离和王落雪的合照,亲密无间!这是什么时候去拍的婚纱照,呵,速度可真快。半夏没有哭,她在惨笑。

"原来这就是王落雪的条件。"她恍然大悟。

"关叔离他实在是太过分了!算什么男人!"陆英气愤地说道。

"他不想坐牢,我知道。王落雪,原来她提出的是这样的条件,呵,呵……"半夏依然在惨笑。

"半夏,关叔离不值得你为他难过,就当他又是一场噩梦吧。"陆英安慰着她。

半夏默默地合上请柬,轻轻地放在了桌子上,而后进了卧室,关上房门,她伏在床上痛哭了起来。她心里不知是爱还是怨,不知是喜还是悲。

该恨?该怨?该喜?该悲?她不去理会,她不想理会,她只想哭,心里有大团大团的泪水,她只想将它们都哭出来……

叔离与王落雪的婚礼订在本周六,速度可真快!半夏知道这意味着叔离的烦恼已经解决,王落雪可真有本事,叔离认为天衣无缝、非坐牢不可的局面,她轻轻一扭转,便乾坤已变。

"半夏,你就不要去了。"陆英劝着半夏。

"我希望亲眼看见他幸福。"半夏幽幽地说道。

"幸福从表面上是看不出来的,半夏,"陆英依然劝阻着她,"别再去让自己受刺激了。"

"我真的很想去看看他的婚礼。"半夏的眼眶顿时红了起来。

"好,好,你去看,你去看。"陆英奈何不了她,"我陪你一起去。"

举行婚礼的地点是青城最豪华的酒店,陆英和半夏故意挤在宾客之间,半夏只想远远地观望,不希望被他发现。

婚礼很奢华,宴请的宾客也都是时常在电视上、报纸上见到的人物,可见王落雪的交际有多广。王落雪一脸甜蜜的笑容,她不时地跟宾客打招呼,介绍叔离给他们认识。

或许王落雪,才是最适合叔离的,只有她才能给叔离施展他才华的平台。半夏在心里想着。

婚礼正式开始,陆英和半夏坐在了最后一排,看完就走。

半夏的目光始终围绕着叔离,但叔离的脸上,一丝笑容都没有。"既然选择了她，就幸福地生活下去吧。"半夏在心里说着对他的祝福。

可叔离看上去真的很阴郁，这令半夏感到很心痛。

"杜半夏也来了。"台上站着的王落雪，微笑着低声告诉叔离。

叔离向宾客间看去，只在一刹那，他就在人群之中看到了半夏。半夏也正在注视着他。彼此会面，半夏努力地绽出一个灿烂的微笑。

四目相对，叔离不知该如何面对，不辞而别，就这样结了婚，他无颜面对她。他怔忡了几秒，面对着半夏灿烂的笑颜，他也对她愧疚地一笑。

"下面请新郎新娘交换信物。"司仪说道。

王落雪甜蜜的笑容未改，她伸出手递给叔离，等待着叔离将戒指戴在她的指上。叔离的目光未移，依然在望着半夏。

"亲爱的。"王落雪轻声唤着他，收回自己的手拉过叔离的手，将戒指戴在了他的无名指上。

叔离回过神来，对着王落雪伸出来的手，将戒指也戴在了她的手指上。

"新郎新娘，吻一个！"下面坐着的一名男宾客喊道。

"对，吻一个！"又有人附和着起哄。

王落雪举眸望着叔离，她踮起脚尖，在叔离仍在愣神的当儿，吻上了叔离的唇。她双手揽在了叔离的肩上，紧紧地拥抱着她，陶醉地吻着。从这一天起，关叔离，你再也不能拒绝我了！她高兴地想着。

叔离闭上了眼，一直垂着的双手抬了起来，揽住了王落雪的腰肢，开始回应王落雪的吻。

半夏，再见了！他在心里痛苦地说着，闭上眼，关闭上意识，忘记吻着的这个人是谁了。或许，她就是半夏……

半夏挽着陆英的手，悄悄地退了出去。

叔离，从此以后，你的幸福与我再无关系，所以，你一定要更幸福。

方走到酒店门口，半夏和陆英就被保安给拦住了，他告诉她们："王小姐一早就交代过，来参加喜宴的宾客，一定要喝了她的喜酒才能走，就请两位留下来吧。"

"什么破规定！"陆英低声对半夏说道，"依我的小心眼猜测，王落雪就是故意这样说，她肯定早就猜到了你中途会退场！"

但是走又走不了，半夏和陆英只好又回到了婚礼现场。

好不容易仪式结束，酒席终于开始了。喝杯酒，就可以回家了。

"半夏。"蓦地有人唤她，半夏不由得皱起了眉头。果然是翁杞览，他走了过来，直接就坐在了半夏的身旁。

"你也来参加关叔离的婚礼了？这小子可太不厚道了，我早就说了他不可靠，半夏，跟我回家吧。"翁杞览喋喋不休地劝说道。

大庭广众之下，又是叔离的大喜日子，半夏和陆英都不想惹是生非。正随着王落雪向众人敬酒的叔离见到翁杞览坐在半夏身旁，便径直走了过来。王落雪紧随其后，跟了过来。

"翁先生，我敬你一杯。"叔离举起杯子对他说道。

"好，好，到时候我和半夏的喜酒，你也一定要去喝啊。"翁杞览满面春风地说道，将杯中的酒一饮而尽。

"翁先生，我替你换一个位置吧，前面那一桌，全都是商界名流，不如坐在那里。"叔离饮尽了杯中的酒，对翁杞览说道。

"不，我就和半夏坐在一起，挺好的。"翁杞览断然拒绝。

"叔离，人家小两口的事情，你就不要费心了。"王落雪开口说道，而后举杯对向半夏，"来，杜小姐，我敬你一杯，今天你能赏脸来参加我和叔离的婚礼，我感到很高兴呢。"

半夏拿起酒杯，望了叔离一眼，而后向王落雪说道："我真诚地祝福你们百年好合，幸福美满！"

"好，谢谢，我也祝你和翁杞览先生幸福美满。"王落雪笑着说道。

半夏仰脖，将杯中的酒一饮而尽，而后说："喜酒我也喝了，家里还有事，我们就先走了。"

"慢走，不送。"王落雪得意地说，突然想起了什么似的，对着欲转身而走的半夏缓缓启口,"杜小姐,我和叔离度完蜜月之后,还请杜小姐赏脸来参加叔离的事务所开业典礼。拜你所赐,叔离的事务所将再次开业了!杜小姐可一定要来哟。"

"到时候再说吧。"陆英冷冷地说道,牵了半夏的手就走。

"等等我。"翁杞览慌忙起身跟在她们身后,叔离却拦住了翁杞览,对王落雪说道,"落雪,你还没有敬翁先生一杯呢。"

"对,对。"王落雪听从叔离的建议,将酒杯举到了翁杞览面前,"翁先生,来,我一定要敬你一杯酒。我的喜酒,你是必须要喝的,我可等着你的哟。"

翁杞览被两人拦住,只得任半夏和陆英离去。好在关叔离今日已经结婚,相信他这一辈子是逃不出和王落雪的"婚姻"了,杜半夏,既然你想慢慢玩儿,那我就奉陪!翁杞览的脸上浮出得意的笑容,他势在必得!

只是想温暖你 ㊳

许一非的工作没有休息日,半夏和陆英也不知道到底是个什么工作。当他晚上下班回到家后,陆英气愤的神色依然未消。

"发生什么事了?你别老是生气,容易动胎气。"许一非温柔地说道。

"今天我和半夏去参加关叔离和王落雪的婚礼了。这个王落雪,送请柬给半夏的时候,肯定就不怀好意。真气人!"

"半夏呢?"

"在房间里独自伤心。"陆英叹了一口气。

"请你允许我邪恶的心理发作一下。"许一非坐在陆英身边,悄声说道。

"要发作什么邪恶心理?"

"叔离和半夏分手,未必是一件坏事,我一早就觉得叔离和半夏不合适。明朝才是适合半夏,能让半夏幸福的人。"许一非低声说道,唯恐半夏听到,以为他居心叵测。

"明朝和你说过他喜欢半夏吗?他向半夏表白过吗?你怎么保证他就是适合半夏,能让半夏幸福的人呢?你一早就觉得了,现在才说不是马后炮吗?"陆英连声反问。

"这个,不信你去问明朝。"许一非一脸的委屈。

"我才不去问,如果他真的喜欢半夏,就应该一早告诉她,半夏和他在一起,她今天也不会受到叔离的伤害。"陆英恨恨地说道。

"这个……"许一非说,"毕竟像我这样死缠乱打,咬住不肯放手的人已经绝迹了,你不能指望明朝也和我一样吧?我特别了解他的心理,他是想成全半夏和叔离,根本没想到会有现在的结局。"

"你那是厚颜无耻!"陆英没好气地说。

"好了,厚颜无耻的人饿了,你想吃什么,或许去问问半夏想吃什么,我去做晚饭了。"许一非对她笑笑,向厨房走去。

第二天许一非便将叔离与王落雪结婚的消息告诉了明朝。自然,这则消息已经变成了新闻,出现在了报纸上、电视上,明朝当然也已经知道了。

"你笨啊,"许一非提醒着他,"这意味着什么?"

"意味着什么?"明朝大惑不解。

"这意味着你又有机会追求半夏了啊!我说你的情商可真是低!"

"你让我落井下石?乘人之危?"明朝有些犹豫。

"笨死你算了!好吧,你就伟大,你就崇高吧,等你看着半夏嫁了别人,就痛哭去吧。我和你说,现在她的那个前夫,就是翁杞览,还在缠着她不放,你自己看着办吧!"许一非对明朝已经是一种"孺子不可教"的失望了。

明朝不知道许一非的建议到底是对还是不对,可是他有自己的想法,他知道现在半夏痛苦的心情,他只希望她能慢慢疗养她的伤口,走出这段伤心往事。

只要她能好,只要看着她好,就算她嫁了别人,他也感到高兴。

只是,别的人,会不会又再次伤害到她?明朝又犹豫起来,内心矛盾,做不了决定。

半夏来上班的时候,已经将心情给收拾了起来,工作状态如往常一样,明朝看不出她自我恢复的程度。可是当中午午休,大家都去用餐的时候,明朝看着默默伏在桌子上的半夏,心却痛了起来。

她的痛苦,自己能替她分担吗?明朝看着伤神的半夏,问着自己。他出门去买了她最喜欢的午餐,坐在她身旁轻唤着她:"杜半夏,吃饭了。"

半夏抬起头来,泪眼凄迷,桌子上的泪痕犹在。她努力地绽出一个笑容,说道:"谢谢你,总裁。"

"为什么对我这么生疏?"明朝挑眉问道。

"现在是在公司里,总裁。"半夏提醒着他,然后从他手中接过午餐,"我会吃的,总裁不用监视着我吧?"

"你要照顾好自己。"明朝只得起身离开。

几日之后,半夏突然收到人事部方绢的通知,叫她准备准备,到总裁办公室报到。方绢笑容满面地告诉半夏:"恭喜你,半夏,你工作很努力,所以升你去做总裁助理。"

是吗?半夏有片刻的茫然。从前台一跃成为总裁助理,待遇及各方面都好了不知道多少倍,可是如果这个总裁不是明朝,她会欢喜一些。只要一想起明嘉诚曾经对自己的态度,半夏就无时无刻不在告诉自己要与明朝保持距离,现在这距离却越来越近了,半夏只能拒绝。

她委婉地告诉方绢,自己不适合这个职位,还是请她考虑别人吧。

方绢笑笑说道:"其实这也是总裁的意思,你和我都不能拒绝。去吧,下午就去总裁办公室报到。"

半夏自然知道方绢的话外之意,不报到,那就收拾收拾东西,准备回家好了。半夏只得领命。

明朝原先的助理叫陈露露,这个女孩儿特别花痴他,明朝一早就想换了她。半夏进门的时候,陈露露正在明朝的面前哭泣,一边哭泣一边说:"总裁,我在您身边做了这么长时间的助理,没有功劳也有苦劳,我不喜欢您给我换的那个职位,请您不要让我走,好不好?"

"另一个职位更适合你。"明朝说道,"你每天面对那些报表和数据,会慢慢分散你的注意力,这对你有好处。"

"我知道我做得不好,我不该那么关心您的私生活,不该和别的同事谈论您的私事,我向您发誓以后再也不会了,就请您原谅我吧,总裁……"陈露露梨花带泪,楚楚可怜地向明朝保证道。

"杜半夏,你来了。"明朝看向站在门口的半夏,微笑着说道,"进来啊。"

半夏只得走进去。

陈露露回转过身子看了半夏一眼,知道自己再怎么向明朝哭诉,这事情也没有回转的可能了,她恨恨地抱起桌子上自己的东西,狠狠地瞪了半夏一眼,扬长而去。

"总裁,我……"半夏有一些难堪,不知道该从何说起。

"收拾心情,面对新的工作吧,杜半夏。不要在意一切的烦恼和失去,所有曾经失去的,都会重新拥有的,以更好的方式。"明朝笑道。

"我去跟原助理交接工作。"半夏说道。

"不用去交接,你慢慢来就好,不要着急。"明朝从刚才陈露露离去时的情景中,已经发现了她对半夏的敌意,他不想让半夏再受到委屈。

"是。"半夏应下。

下午休息时间,陈露露却突然闯了进来,用目光将办公室给扫射了一遍,见办公室里果然只有半夏一个人,她看都不再看她一眼,径直便走到明朝的办公桌前去翻找着什么东西。

"请问你要找什么?"半夏客气地问道,"桌上的东西我下午整理过。"

"关你什么事?"陈露露暴跳如雷,终于找到了爆发的机会,要知道她进来的目的哪里是为了找什么东西,就是找她杜半夏!

"为什么你这么厚颜无耻,从来都不照镜子的吗?怎么没有一点自知之明,也不看清楚自己到底是什么人!世界上怎么还会有你这样的人存在?"

"你说什么?"半夏面对她突如其来的斥责,有一些莫名其妙。

"别以为你长得漂亮,会撒娇,就可以为所欲为!凭着几分姿色,靠勾引总裁才爬上这个职位的吧?杜半夏!你别以为我不知道你,你要学历没学历,要智慧没智慧,怎么配待在总裁身边?是陪总裁上过床吗?"

"你！"半夏素来不会和人争吵，现在更是气急，她胸口一阵发闷，半响说不出话来。

"那么，你要品行就有品行吗？"明朝正在内室找一份资料，听见陈露露说话便急步走了出来，他望着陈露露，冷冷地对她说道，"我从来想象不到安静文雅的你，会有这样的一面。"

"总裁……"陈露露做梦也没有想到明朝还待在这里，她明明收到情报说明朝开会去了！她对给她提供情报的人恨得咬牙切齿，但现在纵然她一百张口，都无法令明朝再相信她了。陈露露可怜兮兮地走上前，"总裁，我……"

"你什么都不需要再说了，马上给我出去！出去！"明朝高声说道。

陈露露在明朝身边做助理这段时间，还从来没有见到过他发这样大的脾气，她吓得立刻逃也似的跑了出去。

半夏低着头也要出去，却被明朝唤住："杜半夏，对不起。"

"这和你有什么关系呢，都是我，一无是处，连累了总裁。"半夏低低说道。陈露露的一番话，令半夏胸中一片沉闷，她说完这番话便也跑了出去，躲进洗手间里，她的泪才敢流出来。她委屈至极，更替明朝感到委屈，因为自己，明朝在别人的眼中居然是这种形象吗？

"我的本意只是想靠近你，温暖你……杜半夏。"明朝望着半夏飞快跑出去的背影喃喃说道。

他对陈露露的所作所为气急败坏,他马上拨通了方绢的电话,"公司养这些人只是为了让她们乱说八卦,信口雌黄的吗?"他冲方绢说道,"马上,立刻!让陈露露从公司消失!"

"总裁,是辞退她吗?"

"你说呢?马上让她走人!"明朝怒气地挂了电话。

半夏躲在洗手间里想了很久,若是依着她的性子,她会马上辞职离开,只是现在她一遍遍地劝说自己,绝对不能!

陆英现在已经没有工作了,随着几个月后孩子出生,将会有一大笔的开支,她必须要替陆英分担一些。陆英生产后也将有一段时间不能去工作,需要花费的地方会越来越多,半夏暗暗地对自己说,自己一定不能丢了工作,陆英和孩子,都需要她。

她必须把这份工作坚持下去,风言风语,或许终有一日会不攻自破吧。她自嘲地想道。

再踏进明朝的办公室时,半夏已经调整好了心情。明朝想不到她恢复心情的速度会这么快,见她安然无恙,便也不再说安慰她的话。

只是明朝不知道,他让陈露露马上在公司消失的这件事,却不仅没有替半夏出气,反而更将半夏推到了风口浪尖,这一下子人人都在猜测杜半夏与明朝的关系了,互相八卦的内容都是,"你知道吗？总裁为了让杜半夏做他的助理，开除了陈露露呢。"

半夏在洗手间里听到类似这样的讨论时，又开始自嘲起来。她不怨明朝，明朝身为总裁，他自然想象不到他的下属会对他如此有"兴趣"，他更想象不到自己的一个举动，会带来多大的风波。

每天被大家戴着有色眼镜窥视自己，半夏开始厌恶起这样的工作环境，但是，她不得不硬着头皮干下去。

明朝试图恢复以往的时光，午餐时常常要半夏和他一起吃，但半夏躲避他都来不及，又怎么会再靠近他，给别人以"讨论"她的机会呢？

现在，他们两个人之间，人是虽然常常在一起，可是，却仿佛隔得很远很远，有十万八千里的距离。一切，都已经回不到从前了吗？

明朝迷茫了，他不知道自己让半夏靠近自己，是对，还是错。于她，到底是温暖，还是伤害？

39 他的未婚妻

这一天晚上,是明氏集团举行的一个酒会,明朝早早地通知了半夏,叫她一定参加。

"不用了吧?"半夏试探地问道。

"杜半夏,你作为我的助理,怎么能不去参加呢?这样吧,你把许一非和陆英也叫上,你们一起去。"

"那好吧。"半夏只得应下。

自从许一非去上班后,他们三个人已经许久没有结伴出门过了,因此半夏告诉了许一非和陆英,他们欣然同意。

酒会刚刚开始几分钟,许一非却突然向陆英说道:"大事不妙了。"

"什么事情不妙了?"

"我看见茜红了。"许一非愁眉苦脸地说。

"茜红是谁?"陆英不解,旋即便恍然大悟,"是不是你过去招惹过人家?"

"和我没有关系,和明朝才有关系。"许一非望了一眼半夏,悄声说道。

"那你看半夏干什么?"陆英问道。

"你想啊,茜红喜欢明朝,是明家默认的准儿媳,现在茜红回来了,那不得拆散他和半夏啊。"许一非关切地告诉她。

"可是半夏本来就没有和明朝在一起啊。"

"唉……"许一非叹了一口气,"这事儿你和半夏不知道,只有我了解明朝的心情。"

陆英和许一非正说话间,明朝的母亲上台宣布酒会正式开始了。"此外,我还要介绍一个人给大家认识,她就是茜红。"明母微笑着说,"以后茜红也会到明氏去工作,还请大家多多指教。"

茜红听至此便矜持地走上台,站在了明母的身旁,挽着明母的手臂向大家点头致意。

"听说她就是总裁的未婚妻。"台下已经有人开始低声议论。

茜红笑意吟吟地看着大家,她喜欢这样的议论。

"这么说杜半夏的位置岌岌可危了。"更有人悄声猜测道。

整个酒会过程中,起先茜红一直陪着明母,后来兴许是明母示意，茜红上前去挽住了明朝的手臂。

明朝想摆脱她的手却摆脱不得，被茜红紧紧地挽着。他尴尬地看着半夏，同是女人，茜红何其的敏感，她立刻看出了其中的端倪。随着明朝的目光，茜红看见了那个安静坐在角落里的女人。

茜红注视了半夏几眼，不以为然地笑了。这女人，明朝是不可能爱上她的，她显然不是自己的对手。茜红在心里开始怀疑明母对她的叮嘱，是不是太小题大做了？

酒会终于结束，临出门时半夏看见了陈露露，她站在门外的阴影处踱着步子，似乎是在等人。陈露露已经离开明氏了，怎么还会出现在这里？半夏只是觉得有些异样，却没有往深处去想。

在她的意识里，陈露露和自己是没有关系的。

第二日上班的时候，茜红出现在了明朝的办公室里。彼时明朝不在房间里，只有半夏一个人忙着整理资料。

茜红径直推开门便走了进去，漠然地看了半夏一眼就坐在了明朝的办公椅上。

"你好。"总归是明朝的正式女朋友，半夏礼貌地向她问好。

茜红抬起头随意地看了半夏一眼，并不理会她的问好。半夏自讨没趣，资料也整理好了，她便向门外走去。

"杜半夏。"正在此时，茜红却突然唤起了她的名字。

"是。"半夏止住了步子,返身走到茜红所在的桌前站好。

"听说,你和明朝的关系非同寻常?"茜红若有所思地问道。

"我只是总裁的助理。"半夏淡然回答道。

"仅此而已吗?"茜红意味深长地问。

"仅此而已。"半夏肯定地说道。

"仅此而已就好,杜半夏,我实话跟你说,你绝不是我的对手。如果你识相,还是自己退出吧。"茜红嘲讽地笑着。

"我从来没有想过要成为你的对手,茜红小姐。我所做的不过只是一份工作而已,下了班,我与总裁也只是路人罢了。你既然如此自信,又何须多虑呢?"半夏现在最痛恨别人这样的一厢情愿,自以为是地猜测她和明朝之间的关系。

"是吗?你是为了这一份工作?还是为了总裁夫人的位置呢?杜半夏,我太了解你们这种人了,出身平凡,所以总做着灰姑娘和王子在一起的美梦。为了能顺利翻身,不惜牺牲自己,出卖色相!"茜红见半夏居然不肯承认,心中便不爽快了。

"茜红小姐,请你自重!"半夏直视着她,加重了语气。

"陈露露是怎么离职的?你能告诉我吗?"茜红轻哼了一声,得意地望着半夏。

"她是怎么离职的,人事部比较清楚,我不过是个助理,没有资格去过问这些。再说,"半夏顿时恍然大悟,想来昨天晚上陈露露等的人,就是茜红吧,"昨天晚上陈露露不是见了茜红小姐吗?

你既然不相信我,又何须再来问我。"

"杜半夏!"茜红猛地重重一掌拍在桌子上,"你嘴够硬的啊!嚣张跋扈!我告诉你,你嚣张不了几天了!自然有人治得了你!"

"怎么了?"正在此时,明朝走了进来,见茜红怒拍桌子又怒喝着半夏,他心中极不痛快,然而面上佯作平静。

"你的助理真不得了啊,我说是她非说不是,我要她朝东她非得朝西!朝哥哥,这样不尽职的助理,早些开除了她吧!"茜红即刻站起了身子,走到了明朝身边晃着他的胳膊撒娇说道。

"杜半夏是我的助理,又不是你的助理,你怎么能指挥她去做事呢?"明朝平静地说着。

"可是伯母都说了,我随时都可以来明氏上班的。"茜红嗲声嗲气地继续摇着明朝的胳膊撒娇。

半夏悄悄地退了出去,她轻轻地带上办公室的门,背靠在门边的墙上,做了一个长长的深呼吸。不过只是一份工作,不过是一份她所需要的工作,却弄得自己身心疲惫,却使自己卷入这样的是是非非,她感到很累很累。

门里边茜红似乎还在说些什么,但一分钟之后她却猛然拉开了门,怒气冲冲地走了出去。半夏愕然地看着这突然的转变,有些惊讶,方才还温情一片的呢。

茜红见半夏背靠在墙上，止住了步子，她的目光中充满了愤怒的火焰，恨不得要将半夏给燃烧成灰烬。

"杜半夏，我不会让你如愿以偿的！"茜红靠近半夏，低声在她耳旁说道，而后转过身子潇洒地离去。

半夏怔怔地望着茜红骄傲离去的背影，这份工作，还要不要再做下去？她在心里问自己。

"杜半夏。"门里面明朝已经在唤她。

"是。"半夏强打起精神，走了进去。

"你没事吧？"明朝抬眸关切地看着她。

"我怎么会有事呢，"半夏微微一笑，"谢谢总裁关心。看来茜红小姐对我产生了误会，还请总裁向她解释一下，多哄哄她，茜红小姐很在意总裁的。"

"杜半夏，你过来。"明朝的眼眶突然有些微红，他心里的痛苦，又怎么能告诉半夏呢？

半夏不知道明朝是什么意思，就走到了他跟前去。

"杜半夏。"明朝望着她，她的眉，她的眼，她的脸庞，她的一举一动无不牵动着他的心，可是，他要怎么和她说？现在茜红回来了，面对着家人施给他的压力，他要如何告诉半夏？

他呆呆地看了半夏良久，直到半夏提醒他："总裁，是有什么事吗？"

明朝缓缓地伸出了手,他想去握住半夏的手,可是手伸至半空,却仍是收了回去。"杜半夏,我其实,根本不喜欢茜红。"他的眼神中充满了痛楚的光芒。

"总裁的私事不用告诉我,我只处理总裁在工作上的事情。"半夏轻声提醒着他。

"可是我……"明朝腾地站起了身子,他与半夏面对面站着,彼此之间离得那样的近,那样的近。"我……"

"如果不能给她百分之一百的结果,如果不能给她百分之一百的幸福,明朝,你还是不要打乱她的好。"明朝在心中告诉自己,他停下了很想说出口的话,"可是我喜欢你。"他不能告诉她,在他还没法保证自己能百分之一百和她在一起,给她全部的幸福之前!

他的上半身向前倾了倾,在半夏感觉不到、更看不到的情形下,他的双唇,掠过了半夏的发丝。

这样近,近得能听见彼此的心跳,却也只能,仅此而已。

离开 ㊵

"半夏,我在医院,许一非受伤了。你看到留言后自己吃饭,不要等我们。"

半夏回到家里见陆英和许一非居然不在,在惊讶之余看到了这张纸条。半夏又担心陆英,又担心许一非,怎么会有心思吃饭。她打通了陆英的电话,听陆英说没有什么大碍才终于放下心来。

许一非和陆英回来时,已经是一个小时后。许一非的脸上挂了彩,涂着药粉,额头上也用纱布包着,此外还有左臂,再细看还有手背,事实上如果挽起裤管的话,还有腿部也都受了伤。

"这是怎么了?"半夏吓得不行。

"出车祸了,骑电动车跟一辆汽车迎面相撞,算他幸运,捡回来一条小命。"陆英说着说着,眼中已经有泪光在闪烁。

"没那么严重,我都说了嘛,这算不了什么的,陆英你别担心。"许一非赶紧安慰她。

"还说不严重,要不是你的同事及时打电话通知我,你是不是准备等伤好后才回来见我?"

"陆英,对不起。"许一非看见陆英眼中的泪已经涌了出来,他的心中充满了愧疚和歉意。

"傻瓜。"陆英哽咽着说道。

许一非单脚跳着到桌前拿了纸巾过来给她拭泪,"我以后会很小心很小心的,你别难过了。"

"我们没有电动车啊。"半夏回过神来说道。

"这个傻瓜,你知道他找了一份什么工作?"陆英扶着许一非在沙发上坐下,向半夏讲道,"他居然在快餐店给人送外卖。"说着说着,陆英的泪更加汹涌地滚落了出来,昔日养尊处优的许一非,怎么会想到自己有朝一日会吃这样的苦头?从前他根本就不踏进快餐店的大门,现在为了自己,放弃了一切优越的生活条件,迎着烈日,冒着风雨,无怨无悔地去送外卖,陆英怎么能不感动。

"没有什么的,真的,一点都不辛苦,这份工作令我找到了脚踏实地的感觉,让我变得充实。"许一非一边为陆英拭泪,一边慌乱地解释着,试图安慰她。

"还说没什么……"陆英嘤嘤地哭着,伸出手将许一非额边的乱发拨到一旁,"你今天晚上不能洗脸,要好好休息,好好养伤,伤不好不许出去工作。"她连声嘱咐着。

这下子换许一非流泪了，他听至此泪水便簌地滴落了下来，"陆英，"他喜悦地唤着她的名字，"你这是关心我吗？"

"傻瓜。"陆英将手放在他的头发上胡乱拨弄着，将他的头发弄得一片凌乱。

许一非的心里一下子被幸福装得满满的，除了感动，就是幸福。人生如此，他知足了。

半夏在一旁不解风情地叹着气，现在找份工作，可真难啊。她心中原本在纠结着一个问题，到底要不要继续留在明氏工作。现在许一非受伤了，她所纠结的问题答案也尘埃落定，她不能失业，她需要这份工作，她一定要做好这份工作！

怕陆英和许一非有什么事不能马上找到自己，毕竟一个受着伤，一个怀着孕，半夏去买了一个三百六十块的手机以便他们联系自己，这是最便宜的一款了。

努力工作，努力工作！这已经成为半夏的口号，好在工作还算顺利，如果没有风言风语的话，可谓一帆风顺。

茜红偶尔会到明氏来看望明朝，这不由得令一些八卦爱好者猜测。所以半夏依然处于风口浪尖。

"你好。"明朝桌前的电话铃声响起，明朝不在，半夏替他接听。

"杜半夏，我们见一面吧。"是一个陌生的女子声音。

如期赴约，半夏已经猜测得到这个约会的目的是什么。她很想躲避，但她知道这件事情，她无论如何也不可能躲得过，躲过了今天，也躲不过明天，她早晚都要面对，早晚都需要一遍一遍地向她们解释。只因为她需要这份工作，她不能离开明氏，所以，一切烦恼便接踵而来，无可躲避。

是明朝的母亲约她。

半夏还在上班，但明母为了尽早与她见面，特意迁就了她，地点是在离明氏集团不远的一个咖啡馆里。

"杜小姐，我们应该不是第一次见面了吧。"方一见到明母，半夏才刚刚坐下，她便开门见山地说道。

"那天公司的酒会上，我见过您。"半夏答道。

"那么茜红，想必你也见到了吧？"明母问道。

"是的，我见到了。"

"杜小姐和茜红比起来，以为自己如何？"明母扬眉问道。

半夏耐住自己的性子，她完全知道明母问这句话是什么意思，无非就是希望自己自惭形秽。半夏不想再重复解释，这个话题令她不耐烦，但她面对明母依然很是尊重，她说道："伯母，我自然是无法和茜红小姐相提并论的。"

"有自知之明就好，这点你很聪明。所以你退出吧，男人嘛，三心二意算不得什么，茜红是我们明家儿媳这件事是肯定的，明朝对你,也不过只是一时新鲜。虽然终有一日会厌烦了你,回到茜红身边,但我不想茜红受到一丁点儿的委屈。她出身名门,身家清白,眼中绝对容不下一粒沙子,你的存在,令她很不开心!"

"伯母,我只是在做一份工作,只为了拿一份薪水而已,我需要靠这份薪水生活。这份工作我做得尽心尽力,我的所作所为完全对得起这份薪水。我根本就不曾参与进来,您又何来的叫我退出呢?"

"真的只是在做一份工作,为了一份薪水吗?"明母听了这话反而变得开心,她从手袋里摸出了一张崭新的银行卡。

她将这张银行卡捏在手中,在半夏眼前轻轻摇晃着,又说道:"若真的是为了一份薪水那就更应该退出,因为我已经替你准备好了足够的生活费。拿着这张银行卡离开吧,你想要的,全都在这里面。"

半夏惊愕地望着明母,感到受到了极大的侮辱,她说:"伯母,我尊重您,可您不能这样侮辱我。我靠劳动领取薪水,而您给我这笔钱,是什么意思?"

"你可以不用上班,也一样有比薪水还要多的钱花,这算是侮辱吗?这难道不是你的初衷吗?如果得到一笔钱是侮辱,那你岂不是希望多被侮辱几次?"明母冷笑着,"我早已经将你看透了,看到了骨子里。你如此煞费苦心,不过就是为此!"

"伯母,如果只是为了这件事,那么,请您恕我先行告辞了。"半夏说道。

"站住!"明母呵斥住了已站起身子欲往外走的半夏,"坐下,我话还没有说完!"

到底是身为长辈,半夏始终对她都很尊重,听了明母的话,半夏也不想惹她生气,便又坐了下来。

半夏垂下目光不再言语,默默地听着明母的话。

"我已经叫人将你的情况调查得清清楚楚,你大学还没毕业就和一个富商结婚,很快就离婚了。想必你已经拿到了一笔丰厚的财产吧?怎么就还不满足呢?"明母仍在絮絮地说着,替半夏分析着她主动退出的好处,免得等到有一天被明朝抛弃了,就真的是鱼死网破,什么都没有了。

半夏的心里烦闷无比,这件事情真的是莫须有!半夏认真想了想,觉得要想彻底地解决这件事情,还是得要明朝出来,只有他亲口告诉了他的母亲,他们才肯相信吧?

想至此半夏给明朝发了一条短信,叫他过来一起谈谈。

五分钟之后明朝便赶了过来,进门时明母依然在给半夏分析着这其中的利与弊,劝她拿了这笔钱赶紧走人。

"妈。"直至明朝唤她,明母这才一脸的恍然大悟。她愕然地看着明朝在半夏身旁坐下,对半夏说:"我说你怎么一语不发,安安静静地坐在这儿,原来是搬救兵了是吗?那好,今天明朝也在这儿,我们就把话给说清楚。"

"妈,您要说什么事情呢,有事儿回家和我说不行吗?"明朝劝道。

"你说,你到底是喜欢茜红还是喜欢这个杜半夏?今天必须把话给我说清楚!多少条件优异的公子哥儿追求茜红,她看都不看,就挑了你,如果你辜负了茜红,你叫爸妈还怎么出去见人?还怎么面对她父母?"明母说道。

"我真的不喜欢茜红。"明朝坦然告知,"您不是早就知道了吗?"

"你!"明母生气极了,"这件事情由不得你!关于你们订婚的消息我们已经散布了出去,你要是胆敢毁婚,你看我和你爸怎么收拾你!"

"妈,您和爸爸不要逼我,好吗?"明朝请求道。

"是你和这个女人在逼我们!儿子,你和这个女人纠缠不清,令你爸爸和我很烦心,更令茜红痛苦!让她收起这张卡,给我走得远远的!"明母将那张银行卡甩在了明朝面前,愤怒地说道。

半夏纵然很想保住这份工作,但这件事已经被闹得风风雨雨,她不愿意自己的存在影响到明朝的整个家庭,她下定了决心。

半夏站起了身子,看都不看那张银行卡一眼,只对明朝说道:"总裁,这件事情既然一直烦扰着伯母和茜红小姐,我想您应当好好向她们解释清楚,你们的家事,我就不掺和了。"

而后她又对明母说道:"伯母,我从来就没有报过任何的幻想,更不曾想过要成为明家的儿媳,就算您不相信,我也还是要再说一遍,我留在明氏,所做的不过只是一份工作而已,只为了拿一份薪水。如果这影响到了您全家的话,那么,我即刻就回去写辞职信。再见。"

半夏说完这番话,向明母微微地躬了躬身子,算是致歉,便起身走了。

再重逢 ㊶

走出这家咖啡馆的时候，半夏强装出一脸的平静，但她的心中却不断地狂乱地跳动着。辞职！终于还是要失去这份工作了。

明朝试图追出来，却被明母一把拉住，"不许去！主动辞职！你看她到底舍不舍得走！"

"妈……"明朝辩解着，却又顾着母亲的情绪，不敢太过用力地挣脱。

第二天，陆英、半夏、许一非三个人围坐在一起吃早餐。一时之间三个人都成了"无业游民"，半夏没有将自己已经失去工作的消息告诉她们。吃过早餐后，她便出门开始找新的工作。

再次面临重新找工作，虽然相较于初次的经历，半夏已经有了很多经验，更况且有在明氏工作的经历，半夏相信工作相对来说还是好找的。

接下来的几天,半夏也面试了几家公司,初时的印象还是挺好的,半夏满怀信心,以为会有把握,但接下来却再也没有消息。打电话过去问,得到的只是"抱歉"两个字。

这天晚上许一非突然问半夏:"你是不是辞职了?"

"你听谁说的?"半夏微笑着问他。

"别再瞒着我们了,今天有朋友打电话给我,你的事情我自然就知道了。你没有找到工作吧?换一个职位吧,找小公司相对会容易一些。"

"你听到什么了?"半夏追问。

"我的这个朋友在电话里问我认不认识你,你知道你为什么面试都通过了,最后却没有被录用吗?原来有人一早就打过了招呼,这些家公司谁都不敢录用你。"许一非叹气说道。

"是谁向他们打过了招呼,许一非你别危言耸听,工作不好找是正常的,这个我有心理准备的。"半夏不以为然,心想和这些家公司都打过招呼,而且每一家都听这个人的,显然有一些不可能。

"现在想让你离开青城的人,我想有你的前夫翁杞览,还有茜红,包括明朝的父母吧?"许一非提醒道。

"你是说?"半夏难过起来。

"我现在跟家里断绝了关系，说的话也已经没有分量，所以也帮不上你什么忙。半夏，不过你不要放弃，换一些小公司吧，小公司他们彼此不熟悉，也不会想到去打招呼的。"

"这些人的心思可真是够龌龊的。"陆英愤愤地说道，"半夏，不要理会他们，你就偏不离开青城，不让他们得逞！"

"我当然不会离开青城，我要和你相依为命，我还要看着小宝贝出生，还要照顾你和宝贝。"半夏说道，胸中却一片烦闷。

有一家商场里的化妆品专柜招聘营业员，只有微薄的底薪，但只要有销售业绩，就可以拿提成。半夏已经没有耐心再去找别的工作，她急切地需要一份收入，来维持三个人的开支，陆英的积蓄最好不要动，那是留下来生产时用的。

经过短暂的培训，半夏开始正式上班。她所在的这家化妆品品牌，并不是很有名气，面对的客户群也都是中低消费者，因为价格低廉，再加之半夏很快便弄懂了各种化妆品的用法、特点，给顾客介绍起来时也是尽可能的体贴、详尽，所以销售业绩还算不错。

新的工作，新的体验，虽然与前一份工作处处都不能比较，但没有了彼时的纷扰，半夏工作得挺开心。只要努力，就可以拿到回报，只要肯付出，就会有收获，半夏很满意。

翁杞览这些日子仍然纠缠着半夏,劝半夏跟他复婚,离开青城。半夏始终持以拒绝的态度回应他,却依然摆脱不了他的骚扰。

渐渐地翁杞览已经失去了耐心,他眼见着王落雪已经如愿以偿与叔离结婚,而半夏却没有回到自己的身边,他不由得心生焦虑。中午十二时,是半夏下班的时间,翁杞览已经守在了门口,假若她不肯跟他回去,那么,杜半夏,那就休怪我不客气了!翁杞览已经做好了强行带她回去的打算。

明朝站在商场门口的柱子背后,默默地看着半夏。离开明氏的这些日子,她过得好吗?明朝的目光始终都停留在她身上,她仿佛清瘦了许多。"半夏,对不起。"这一句话他一直想要对半夏说,可是自那天在咖啡馆一别之后,却再也没有见到她的机会。每回拨打她的或者陆英的电话,都被拒接。

十二时十分,半夏走出了商场。

"亲爱的,"翁杞览从车里走了出来,拦在半夏面前,"我等你好久了。"

"你怎么在这里?"半夏冷着脸问他。

"等你跟我回家啊,亲爱的。"翁杞览说着便打开车门,示意半夏上车。

"我和你说过不要再来找我,我们现在已经没有任何关系了!"半夏躲开他伸出来的手,急声说道。

"怎么会没有关系,只要你点点头,我们马上就又是夫妻关系了。亲爱的,经过关叔离的这件事,你应该成熟了吧?除了我,别人都不靠谱,就算你爱着他又怎么样,他还不是一样和别的女人结婚了。"翁杞览劝说着她,伸向她的手已将触碰到了她的手臂,试图要握住。

"叔离的事,难道和你有关?"半夏惊讶地问道。

"我是不是该夸奖你聪明呢?我不是一早就提醒过你了吗?其实这件事情王落雪最清楚,呵呵,不过,关叔离这么轻易地就放弃了你,也不见得有多爱你吧?"翁杞览哈哈笑着,一脸得意。

"你!"半夏做梦也想不到叔离的事情竟然是因自己而起,她的心中顿时充满了痛苦,她望着翁杞览,却是一句话也说不出来。人世间最丑恶的事情,已经因自己而发生了!如果叔离因此而幸福,那她的良心还能得到稍许安慰。如果他与王落雪的这段婚姻令他不幸福,半夏真的不知道自己心中的愧疚还会不会平息。今生今世,她欠叔离的,恐怕无法还清。

"杜半夏。"远远地明朝跑了过来,亲昵地唤着半夏的名字。

半夏正在失神之中,听见明朝的呼唤这才回过了神。正在此时明朝已经走到了她身旁,他顺势揽过半夏,避开了翁杞览伸出来要握住半夏的手。

"你怎么不等我呢?我不是和你说过会来接你下班的吗?"明

朝爱怜地问着她，而后抬眸看向翁杞览，缓缓说道，"翁先生今天怎么有空到青城来？"

"杜半夏，她和你？"翁杞览试探着说道，"我来接半夏回家。"

"杜半夏，有这么一回事吗？"明朝微笑着问向半夏。

"没有。这个人一直纠缠着我，明朝，你告诉他，他令我很厌恶！"半夏此时充满了对翁杞览的怨恨，连看他一眼都感到厌恶。

"翁先生，杜半夏现在已经是我的女朋友，如果你再纠缠她，除非你不想继续在商界待下去，否则，你知道我会怎么做！"明朝淡淡地笑着，语气是却是强硬的，不容置疑的味道。

翁杞览原本就忌惮明朝，也对半夏与明朝之间有过猜测，此时确定了她和明朝之间的关系，他知道明朝不像关叔离那样好对付，他是何其识时务的人，旋即便笑着说道："误会，一场误会。我只是看半夏孤单一人，无人照顾，所以想继续照顾她。不过现在有明大公子这样的人照顾她，我放心了。告辞，呵呵，告辞。"翁杞览说完这番话便钻进了车里。

"我不希望在青城看到你，更不希望再看到你出现在杜半夏面前！"明朝走上前一步，郑重地警告翁杞览。

"自然，自然，杜半夏能和你在一起，我很放心，我不会再来找她了。"翁杞览肯定地告诉他，而后发动车子一溜烟地走了。碰上带刺的不能再惹的玫瑰，他自然知道换一朵。

"杜半夏，你有麻烦为什么不肯告诉我？"明朝望着半夏，怜惜地问道。

"谢谢总裁。"半夏却并不回应他的问话。

"杜半夏……"明朝的双眸中燃满了对半夏的相思，他拉过半夏，将她拥进了怀里，"我对不起你，让你受委屈了。我会尽快处理好茜红的事情，半夏……"

半夏急忙想要挣脱他的怀抱，明朝却将她拥得更紧了。突然，他一低头，一个吻便那样在落在了半夏额上。只是电光火石之间，两个人都仿似触电了一般。半夏呆呆地愣住了，明朝也被自己突然而来的行为弄呆了。他这样拥着半夏，两个人都呆在那里。

等到彼此都清醒过来，明朝赶紧松开了怀抱，"对……不起。"他的脸涨得通红，焦急地向半夏道歉。

半夏为方才自己心中的感觉感到不安，她看了他一眼，飞快地向前跑去。

为什么心会跳动得这么快？

为什么当他的吻落下的那一刻，会有触电一般的感觉？

与他面对面站着，听着他的心跳，听着他的呼吸，竟感觉是那样的平和，杜半夏……

半夏慌乱地跑着，心中一片凌乱，仿似春日的柳絮，漫天飞扬着,渐渐地,竟迷失了方向,找不到了自己。

心呢?心在哪里?

这颗违背了自己的心,还是自己的吗?

爆炸了 ㊷

明朝在大街上转悠了许久,直到傍晚才失魂落魄地回到了家里,心心念的,仍然是拥抱着半夏的那一幕,他激动不已。

明母已经坐在客厅里等他,见他回来便唤他的名字。

"过来看看你都做了什么!"明母怒喝着他。

明朝正沉浸在回忆之中,对母亲的怒火有些莫名其妙,他走到母亲跟前,轻声问她:"我又做了什么了?"

"你自己看看!"明母愤怒地将一沓照片甩到了明朝面前。明朝拿起照片,脸上不由自主地浮现出了微笑。

这是中午和半夏在一起时的照片,明朝对母亲背着他安排的偷拍感激不尽,他一遍一遍地在脑海中回想着那一刻的情景,现在,却又能够再现了!他激动地看着这些照片,脸上的微笑愈来愈甜蜜。

"你还有脸笑!"明母见明朝的心思已经沉浸到了那些照片之

中,更加气愤了,"这要是叫茜红看见,怎么是好!"

"让茜红看见更好啊。"明朝淡淡说道,"就把这一张拿给她看吧。"他将亲吻半夏的那张相片挑了出来,指给明母看,"不过你自己再冲印吧,这些我全都拿走了。"明朝顾不得再理会母亲的愤怒,他只想一个人静静地再重温那一幕。他愉快地拿着照片向楼上走去,一边回头感谢他的母亲。

"你非气死我不可!"母亲仍在高声呵斥着他。

这一天上班的时候,半夏仍如往常一样微笑着对停留在专柜的顾客打着招呼。

"您好,欢迎光临。"

"杜半夏,别来无恙啊。"站在她面前的女子冷冷地说道。

半夏举起双眸,视线在面前的女子脸上停留。"伯母,茜红小姐,您好。"半夏这才看清来人竟然是茜红和明母。

"怎么,还是舍不得离开青城?"茜红挽着明母的手臂,笑问半夏。

"是伯母要买化妆品,还是茜红小姐呢?恐怕我这里的不太适合两位,高端的品牌在右侧。"半夏并不回应茜红的问话,只是报以微笑的态度,将她们当成寻常顾客。

"我们自然不会买这样的廉价货。不过你这样的人,也就只配这样的货色。没办法,我只好试试看会不会有兴趣了。"茜红悠悠地说道,请明母坐下来,自己开始将柜台上摆放着的样品一一拿起又放下,而后挑选了一只玻璃瓶装着的粉液,对半夏说道,"这个效果怎么样?不如你帮我试一下吧。"

既然是顾客,半夏自然得以礼相待。她微笑着应下,开始替她试涂。

"杜小姐,你这是何苦呢?拿着钱离开青城,过你的逍遥日子多好,何须在这里侍候人。"明母看着半夏专注地为茜红在手背上涂擦粉液,她傲然说道。

"您误会了,这只是我的本职工作,我拿薪水,付出劳动是应当的。"半夏温和地回应着她。

"哎呀!"茜红突然尖声叫起来,接着便高声斥责着半夏,"你是第一天来上班的吗?毛手毛脚,你是想掐死我吗?!"

"怎么了?"半夏止住了动作,问着她。

"您看,她把我的手背都弄红了。"茜红向明母撒着娇,接而告诉半夏,"你留那么长的指甲做什么?身为一个营业员,难道就不能替顾客着想一下吗?你的长指甲会弄伤顾客皮肤的!"

"对不起。"半夏向她道歉,她将十指伸到了面前给她们看,"不过我没有留长指甲。"

茜红不以为然地拿起那瓶粉液,将它往半夏手里放,但在即将触碰到半夏手掌的时候,仿佛是不经意间,玻璃瓶子便摔在了地板上,立刻就四分五裂。

"你是对我有意见是吗?"茜红提高了嗓音责问半夏。

半夏急忙蹲下来清理碎片。

商场里的楼层经理闻声赶了过来,茜红与明母皆是这里的贵宾会员,见是她们,他立刻笑容满面地问候着,连声道着歉。

"这个营业员不行,态度恶劣,品行不端,要是你们商场的营业员都是这样的素质,我看我们以后都不要再来了。"茜红冷冰冰地指着半夏说道。

"对不起,让您受惊了。"这位经理仍是连声道着歉,"我马上开除她,希望不要影响到两位购物的心情。"

走出这家商场大门的时候,半夏再次失去了工作。

她没有回家,她沿着商场的那条路一直往下走,一直走,一直走,她不知道自己要去哪里,要去做什么。她突然感到自己的人生,是如此的悲凉。迎着风,她苍凉地笑着,要坚持下去,杜半夏!她默默地对自己说。

走着走着,到了一条步行街。正值周日,步行街里人头涌动,非常热闹。半夏散漫地看着街上琳琅满目的商品,突然她的心中一动,对一张告示来了兴趣。

告示的内容很简单,就是一个做爆米花摊子的转让说明。半夏坐在一旁的椅子上仔细地数着买爆米花的人数。她一直坐了两个小时，对得到的数字很满意。于是她走上前去问摊主，怎么个转让法。

一番谈论之后，这个爆米花摊子就属于半夏的了。

这个摊子很简单，一口小压力锅，一只煤气灶，一袋子玉米，和一些奶油之类的。半夏和摊主约好，第二天这里就归她了。

用压力锅来制作爆米法的方法其实挺简单，半夏已经在原摊主那里学会了。第二天早上正式开工的时候，技术操作上没出现什么大问题，看着曾经希望开个爆米花店的小小心愿居然真的成为现实，虽然还只是一个小摊子，但半夏觉得命运对她已经很丰厚了，现在，再也没有人会将她辞退了！

中午的时候就在附近的摊子上简单地吃了顿午餐，半夏在遮阳伞下勤奋地制作着爆米花，直至晚上八点。半夏对今天的成绩很满意，一袋爆米花两元钱，今天她已经卖了很多个两元。这样用不了多少天，她投给这个小摊子的资金，就能全部收回来。接下来的，就是她的"薪水"了。

半夏满怀着喜悦，高兴地结束一天的生意，为第二天做着准备。

连续工作了半个来月，半夏已经被太阳晒成了很健康的肤色，纵然每天顶着太阳，不管风吹雨打，都坚持做着这份小生意，但半夏并不觉得辛苦。现在的生活变得很简单，再没有那么复杂的人际关系，她与曾经的那些八卦，已经无关。

午后一点，骄阳似火，半夏打开压力锅，开始制作一锅爆米花。盖上压力锅盖子，打开煤气炉，半夏耐心地等待。

突然之间，"砰"的一声巨响，在电光火石之间发生了爆炸的轰鸣声音。半条街上的人们都听到了这声巨响，纷纷围了过来。

半夏的脸上全都是鲜红的血，正徐徐往下滴落。

"快打急救电话。"隔壁摊子的妇人已经将半夏抱在了怀里，紧张地喊着，"半夏，你还好吗？"

无尽的痛楚袭入半夏的意识，她已经无法说出话来。剧烈的疼痛和眼部的灼热，令她感到头晕。她似乎能听到耳旁有人在大声地说话，熙熙攘攘得像早上的菜市场一样，一波没过一波。

急救车呼啸着赶到，半夏还没有来得及说些什么，就昏迷了过去。

是劣质的压力锅爆炸，不仅锅盖爆破弹起，更要紧的是压力阀被弹得飞起来，撞上了她的眼睛。

醒过来的时候，半夏觉得什么都看不见。她下意识地去触摸自己的眼睛，手指触碰到的是层层的纱布。

"你醒了？快放下手，不能去碰眼睛。"有陌生的声音在和她说话。

"我？失明了？"半夏颤抖着声音问他。

"目前还不好说，你家人呢？打电话通知他们过来。"医生已经找到了半夏的手机,他问道,"你不介意我翻看你的电话簿吧?我帮你通知她们。"

"不用了吧?"半夏不想让陆英知道,许一非还伤着呢,也不能让他知道。

"怎么不用,你现在眼睛看不见,一举一动,下个床吃个饭都需要有人帮你,再说,你的医药费还没付呢。"医生微笑着劝说她,而后开始查看电话簿,她的电话簿上只有三个人的电话,医生一一问道,"打给陆英吗?"

"不,不能打给她。她是孕妇,你要是打给她,会令她情绪激动,要是有个三长两短,那可怎么办。"半夏赶紧阻止他。

"叔离,那打给他吧?"医生又问。

"打给他?"半夏在心中犹豫,"他已经结婚了,也不能打给他。"

"最后一个了,明朝,我看就打给他好了。"

"也不能……"半夏又阻止了他。

㊸ 他们的打算

"算了,算了,你好好休息。"医生见半夏的情绪激动起来,便安慰她道,"我自己来解决这件事情,你不用管了。"

"那我的医药费?"半夏怯怯地说道,"你放心,我不会赖账的,等我能回家后,一定马上把费用给补上。"

医生说:"我会帮你解决医药费的问题,你休息吧。"而后拿着她的手机走出了门外。

三个电话,医生分别都拨打了,打给陆英的时候,只告诉她半夏受了点伤,叫她来一下医院。

打给叔离的时候,是一个女人接的电话,她说她不认识杜半夏,打错号码了。

打给明朝的时候,对方传来的声音显然很紧张,"我马上到!"明朝着急地说道。

最先赶到医院的是明朝。

当他推开病房的那扇门,看到半夏的模样时,心忍不住抽搐起来。他轻轻地走到半夏的床前,凝视着半夏被纱布密密包扎起来的双眼,他缓缓地伸出右手,想去握住半夏,给她以安慰。他的手不住地颤抖着,无法平静下来。

"是医生吗?"半夏问道。

"杜半夏,你还好吗?"明朝柔声问着她,眼眶顿时发热。

"你怎么来了?"半夏有些惊讶地问道,"我还好,你不要担心。"

"杜半夏,"明朝握住她的手,放在自己额前,"会好的,一切都会好的……"

"半夏,你怎么样了?"陆英已经冲了进来,喘着气急切地问道,她的身后跟着伤势还没有痊愈的许一非。

"还好,没什么大碍,是医生大惊小怪,非要通知你们来。"半夏想要微笑,可是脸上却火辣辣地痛。

"没事就好,没事就好。"陆英扑在她身上紧紧地拥抱着她,"你快要把我给吓死了,半夏,你怎么这么不小心,医生说是压力锅爆炸了,你在哪里用的压力锅?"陆英紧张地问她。

"我……"半夏却不想告诉她自己失去商场工作的事情,"真的没什么,英子你不要担心。"

"有什么事情你不要瞒着我,半夏,我很担心你。"陆英哽咽着说道。

"我就是又把商场里的工作弄丢了,然后就转了人家一个做爆米花的摊子,谁知道今天就……"半夏只好如实告诉她。

三个人听了半夏的话都很难过,正在此时,许一非突然说:"叔离你怎么来了?"

站在门口犹豫着要不要进来的叔离闻言,只得走了进来。他走到半夏的床边,神色中全都是满满的歉意:"对不起,半夏,我一直都不敢来见你,我没有脸来见你,我对不起你……"

"不,叔离,你什么都不用说了,我全部都明白,我全都明白。"半夏比他还要愧疚,"是翁杞览,是翁杞览使计引了你进去,是他,害了你……"

"半夏,过去的事情,就让它过去吧,你不要在意。"叔离也只得安慰着她,"终究是有缘无分,半夏,我们还能做朋友吗?"

"叔离,你永远都是我的朋友。我很高兴,和你做朋友。"半夏难以抑制对他的歉意。

叔离要离开的时候,叫了明朝出去,"我们谈谈。"他对明朝说道。

明朝随着他走了出去,叔离沉默了片刻,对明朝说:"你喜欢半夏，是吗？"

"是。"明朝点点头。

"我能求你一件事吗？"叔离犹豫一番，还是问道。

"什么事，你说。"

"如果可能，希望你好好照顾半夏，不要再让她受到伤害了。我今生愧对于她，唯一的心愿就是能看到她幸福。"

"不用你说，我也会做到的，叔离，我会的。"

"那就好，那，我就放心了。"叔离长长地舒了一口气，缓缓说道。

"其实你有没有怀疑过，你之前卷入的那件事情，和王落雪也有关系？难道仅仅是翁杞览一个人策划的吗？那样天衣无缝的策划，只有异常精通法律，熟知司法程序的人才有可能做到。"明朝说出了他的怀疑。

叔离抬眸看着明朝，眼神中充满了痛苦："你为什么告诉我这些？"

"我想，半夏也希望看到你幸福。你幸福吗？叔离？这一定是半夏最关心的事情。"

"我幸福不幸福，已经无所谓，选择了，就再也不能回头。经历了这些事，我看到了我的懦弱，假如真的和半夏在一起，未必给得了她幸福。明朝，你一定要让她幸福。"

叔离说完这番话，握了握明朝的手，便毅然地转身离去。

今天手机铃声响时,他正在洗手间,王落雪替他接听了电话,就是那么巧,他听到了半夏的名字。背着她偷偷回拨过来,他从医生口中知道了半夏的事情。那一刻他的心在滴血,是那样的痛,而他面对王落雪,却只能一脸的若无其事。

往前走着,清冷的泪便自眼眶中落下,叔离急忙拭去,以更快的步伐离开这里。

半夏,你一定要幸福!他默默地祝福着她,从此以后,我也只能祝福你了,再也不能给你……

明朝劝说陆英和许一非回去,自己一人留下来照顾她。陆英怎肯,于是三个人一同留下。

没有了琐事的烦扰,这样静静相守的时光,恬静而又美好。明朝叹息,心里下定了决心。昔日那么多本可以美好相处的时光,却在犹豫不决中度过。眼下半夏住院了,在病房里,他才静下心来沉思。

他要向许一非那样勇敢,他要与茜红做个了断,好好守护着他的半夏。

光阴似水,缓缓流过。在缓慢的时光里,格外能发现生活的美好,连窗外树上的一片叶子,清晨的一声鸟啼,也都是美好至极的。

拆下纱布的那一刻,几个人都屏住了呼吸,期待着会有奇迹出现。半夏紧闭着双眸,却不敢睁开。她怕见到那样死寂的黑暗。

"好，可以睁开了。"医生耐心地说道。

半夏缓缓地睁开双眼，眼前是一片模糊，她用力地眨了眨眼睛，她看到了陆英，看到了许一非，看到了明朝……她清楚地看到了这屋子里的一切。

她微笑着，仿如新生。

许一非的伤在这段时间里也终于痊愈，皆大欢喜。

明朝送了他们三人回家，再次走进他们的小屋，明朝感到一片久违了的温馨，仿佛这里才是他的家。

许一非对厨房里的一切事情都已经很娴熟，明朝看着他熟练地在厨房里炒菜，艳羡不已。他也挤进厨房，在许一非的指导下开始煮饭。能给心爱的人做一餐饭，其过程是多么幸福美好。

"明朝，你怎么打算？"许一非问他。

"你呢？你怎么打算？"明朝反问他。

"我要和陆英结婚，明天我就可以继续去上班了，领到薪水后就买一枚戒指向她求婚。只是可能要委屈她了，依我现在的经济状况，也只能请你们吃一餐饭，算作庆祝，我看婚礼和酒席都不能办，只去登记一下领个结婚证好了，但愿以后能给她补上。"

"你不等等吗？或许你父母会渐渐地接受。"

"我不能再等了，我希望小宝贝出生后就能有一个光明正大的爸爸。"

"一非,我很羡慕你,你比我勇敢多了。"明朝由衷地说道。

"那么你呢?怎么打算?"

"这些日子我一直陪着半夏,家里人和茜红早已经对我不满。我要向他们表明立场,坚决和茜红了断。"

"半夏知道吗?"许一非问道。

"她不需要知道这个过程,她只要接受我,接受幸福就好了。"明朝微微笑着。

许一非继续回到快餐店上班,而半夏也开始继续找一份新的工作。几日之后,在一家小型商场,半夏凭借着上次在商场专柜工作的经验,顺利地找到了一份类似的工作,这家商场没有上回工作的那家消费层次高,相信茜红和明母都不会踏进这里半步。

住院的这段时间,明朝几乎寸步不离地陪着她。半夏觉得自己的那一颗心,越来越不属于自己了。

她开始贪恋与他相伴的时光,分分秒秒,都弥足珍贵,那样美好。只是她知道不可能会有未来,那么,便将他永远留在心里作为回忆吧。

温馨时光 44

车水马龙的道路上,红灯亮起。许一健一边等着交通信号灯,一边向外看去。突然他的目光被牢牢吸引住了。那个等着红灯,骑着电动车的年轻人,不正是他的弟弟吗?

电动车上贴着许一非工作的那家快餐店的标志,他在送外卖?许一健不敢去想象。

许一非离家出走的这段时间,全家人都有意不去过问他的生活,都以为他过惯了养尊处优的日子,是不可能在外面生活多久的。等他明白了没有钱的烦恼,知道了和陆英在一起的劣处,他自然会乖乖回来。

可是现在,许一非他真的会乖乖回来吗?

许一健若有所思,他开始跟在许一非身后,尾随着他。

许一非送完了外卖便返回快餐店,接着开始又一轮的外送。这样来来回回，直至晚上六点，他才结束工作，走在回家的路上。许一健远远地跟着他，第一次他来到了许一非的住处。

许一健发现许一非似乎变了，他清瘦了许多，但看上去却更加的健硕，比起从前来更加的精神焕发、神采飞扬。

他看着许一非上楼，而后悄悄地跟着他。许一非摸出钥匙打开了房门，他听到他在说话："陆英，我回来了。"

许一健用手轻轻地抵住了自动将要关上的门，通过门缝观察着屋里的一切。

他看到陆英挺着大肚子端了一盆水走出来，她对许一非说："今天怎么样？旧伤的地方会疼吗？跑了一天累了吧，快用热水泡泡脚。"

许一非急忙接过水盆，爱怜地告诉她："不是告诉你不能再端水给我吗？我自己会去弄的，万一让你和宝宝受伤了怎么办呢。"

"不会的，我很小心。"陆英微微笑着，对他说道，"我去煮饭了，你好好歇着吧。"而后便走进了厨房。

"好啊，我待会儿去炒菜，你先洗好吧。"许一非冲陆英喊着，满脸的笑意。

许一健默默地看着他们两人，心里面百感交集，一股从来没有过的滋味在他的心中蔓延。这样温馨的家庭生活是他从来都没有过的。

许一健推开了门，走了进去。

"一非。"他唤道。

许一非见到许一健仿佛看到了天外来客一样的惊讶，"大哥，你怎么会来这里？"他急忙站起来，水盆差点被打翻。

陆英闻言自厨房里走了出来，面对着许一健，她有一些不知所措。

"来看看你们，你们过得好吗？"许一健笑着问道。

"很好，现在大哥能来看我们就更好了。"许一非高兴地说道。

"小宝贝快要出生了吧？"许一健举眸看着陆英，问她。

"是的，快了。"陆英告诉他。

"看来我这个做伯父的必须得赶紧准备一份大礼了。"许一健呵呵笑着自行坐在了沙发上。

许一非闻言显得很开心："那谢谢大哥了，能听大哥这么说，我真的很高兴。"许一非知道这意味着许一健已经接受了他和陆英在一起的事情。

"那你们准备准备吧。"

"准备什么？"许一非不解地问。

"难道你们要等到孩子出世后才结婚吗？"这下子换许一健不解了。

"自然不是，我要孩子一生下来就有一个光明正大的父亲。"许一非解释道。

"那就准备准备结婚的事吧。"

"我一直在准备,"许一非微笑着告诉许一健他的打算,"等我领到这个月的薪水就去买一枚戒指,然后就和陆英去领结婚证。领了证后就请明朝、半夏她们吃一餐饭,当然,现在大哥肯来看我,当然我也得请你。"他说完自己的打算后看向陆英,"陆英,你不会嫌弃这一切太寒酸吧?我向你保证以后赚了钱一定会给你补一个好一点的婚礼。"

"够了,这已经足够了。"陆英的眼中渗出泪花,心中酸酸的,但却感到很甜蜜。

"你们不会真打算这样吧?"许一健对许一非的安排非常不满意,"一辈子就结这么一次婚,可不能这么寒酸,这样不是委屈了陆英吗?"

"大哥,你以为我愿意这样吗?"许一非的眼睛一酸,泪光立刻就闪现在了眼眶中,"你又不是不知道,我这次出来一分钱都没有。"

"没有委屈我,我一点都不在意这些。"陆英见许一非难过便急忙走到了他身旁,她伸手抚摸着许一非的头发,轻声说道,"傻瓜,跟个小孩子似的,快把泪水收起来。"

许一非被陆英说得有些不好意思,于是抓起她的手臂就扑上去将眼睛在上面乱揉。

"我会做通爸爸和妈妈的工作,你们只管做好结婚的准备吧。

至于婚礼的日子，我到时候再来和你们商量。"许一健被他们两个的温情感染，忍不住笑容满面。

"你能吗？"许一非怀疑地问。

"能。"许一健肯定地告诉她们。

"我回来了。"半夏一边开着门一边喊叫着，进了门见到许一健，她也感到很惊讶，"许一非，这位是你的大哥吧。"

"是啊。"

"今天晚上留下来吃饭吧，许一非现在做的菜可好吃了，"半夏见气氛挺好，心中猜测着许一健大约是接受陆英了，于是欢喜地说道，"陆英的手艺也不错，你一定得尝尝。"

许一健便留了下来。

好在陆英一下子买了两天的菜，许一非和她在厨房里忙碌了一番，做出了六道菜。许一健与许一非长这么大还没如此亲近过，在这样温馨的环境下吃过饭。他与许一非说了很多的话，留在心里没有流露过的兄弟情谊，在这一餐饭中也都渐渐表达了出来。

"妈妈一定会同意的，如果请她来这里吃一餐饭，我相信她会立刻同意的。"许一健颇有些感触地说道，"这才是家啊。"

"是同意许一非和陆英结婚吗？"半夏赶紧追问。

"是，我回去就和我父母说，我相信经过我的不懈劝说，他们一定会被打动的。"许一健朗声笑着说道。

"那就最好不过了,"半夏告诉他,"你别看许一非和陆英都不提这件事,可我知道他们心里都因为伯父、伯母的反对而难过,更何况现在许一非和伯父、伯母的关系闹得那么僵,谁不想做个孝子,一非心里一定不好受。他心里不好受,陆英也就不好受。"

"是,我明白。会好起来的,一非,爸爸妈妈一定会理解你的。"

"大哥,我们喝一杯吧。你和嫂子现在怎么样?"许一非关切地问道。

"还那样,每天形同路人。或许从今天起,我会试着像你和陆英一样,尝试着能和她在一起吃吃饭,看看电视,下下厨房。但愿我和她能产生感情,这么多年我遗憾着,想必她也遗憾着。"

"大哥,只要你追求幸福,就一定会幸福的,来干杯。"许一非祝福着他。

许一健回到家里后便告诉他的父母:"今天我见到一非了。"

"他怎么样?"许母忍不住关切地问着。

"他生活得很好。"许一健答道,而后观察着母亲脸上的神色,果然,她的脸色黯淡了下来。

"妈妈,难道你不希望一非过得好吗?"许一健问着她。

"能有多好?能比他在家里时的生活好吗?"许母叹着气。

"看样子确实比在家里时好,我去了他们的住处了。"

"怎么样？是不是很寒酸？"许父也忍不住关心着。

"很温馨，爸爸、妈妈，我们的家里从来都没有这样温馨的气氛，我能看得出来一非过得很好，他很开心。"

"他怎么可能会过得很好，他离开家时我故意扣了他所有的卡，一分钱都没给他。"

许一健便将今天所见到的一切都告诉了许父许母，"如果你们愿意给一非和陆英一次机会，不妨去他们的家里亲眼看看。"许一健说道。

许父许母彼此对视一眼，没有回应许一健的话。

45 婚礼

许一健见他们不说话,便将陆英家的地址写在了纸条上,放在了许母的面前,"一非在快餐店打工,他下午六点下班,你们想去看他就在六点之后。"

"在快餐店打工?"许父许母惊愕地问道,"他能吃得了那个苦?"

"他在送外卖,我问了问快餐店的老板,他说一非工作得很努力,很能吃苦,不管刮风、下雨,还是大太阳,他一句怨言都没有,尤其是这样恶劣的天气,没有人愿意出门,他都抢着出去。"

"他,他……"许母听许一健这样说,虽然有些不相信许一非真肯这样子,但心里却心疼极了。

许父与许母一夜难以入眠,商量了一番,还是决定去看看许一非。

他们先是到了许一非工作的快餐店悄悄观察，发现许一非还真的在这里工作，一遍又一遍，他不停地出去送着外卖。

下班后看着许一非步行回家，许父许母还以为住处很近。但偷偷在跟在他身后，走了半个多小时才到他的住处，"他这是在省钱，连公车都舍不得坐。"许母忍不住老泪纵横，感叹地说道。

他们跟在他身后上楼，而后向许一健那日一样，透过门缝观察着屋子里的一切。

默默地看着陆英端了水给许一非泡脚，暗暗地听着许一非怜惜地劝说着陆英，陆英坐在他的身旁只笑不语。

"他长大了，他真的长大了。"许母抹去脸上的泪珠，对许父喃喃说道。

"这个陆英确实令一非改变了。"许父也感叹道。

"你们是谁？"半夏下了班才走到门口，便看见这两个人挤在门缝里往里看。

"我们……"许父、许母一脸的尴尬。

"爸爸，妈妈？"许一非欣喜地唤着他们。

许父许母回到家后仍在赞叹着今天晚上儿子煮饭的手艺，"真想不到一非居然还学会了煮饭。"

"还是让他们结婚吧。"许父感叹地说道。

"结吧,我看陆英挺好,过去一非可嚣张了,我都拿他没办法,可我看他在陆英面前,真是比猫还要乖。"许母忍不住笑了起来。

结婚的日子在大家的商议之下很快便订好,许家决定大宴宾客。陆英婉言想要推辞,许母却执意要办。她了解陆英的心思,她劝慰着陆英:"我知道你在介意什么,这孩子我会把他当成亲孙子,他出生后姓许还是姓别的,我们都不介意。只要你和一非幸福就好了。"

孩子出生后姓什么?许一非已经和陆英商量过。

陆英在心中默默地与子扬告别,子扬,你还好吗?我现在很好,你不要挂心。

孩子定下姓许,不管是男孩还是女孩,都叫穆子。穆子——穆子扬之子。

子扬,你会替我高兴吗?陆英凝视着子扬的相片,轻声问着。

"他会高兴的,我答应过他一定要让你幸福。"许一非柔声告诉她。

举行婚礼的场所选在了青城郊区的一个露天场地,那里环境优美,景色宜人。许父许母着手操办这件事情,他们竭尽所能要将这场婚礼办得更好。许家宴请了很多宾客,陆英的父母也已经早早地被接了过来。

婚礼在一块碧绿的草坪上举行,现场布置得非常喜庆、温馨。

粉色和红色两种玫瑰花以及百合花装饰而成的拱门上贴着大大的"囍"字,在步入拱门和进入拱门之后的路上,红毯的两侧摆放着一根又一根鲜花组成的花柱,一路走过处处都袭来芬芳的花香。花柱与花柱之间的高台上摆放着水晶的烛台,烛台上一共点燃着整整九十九只红色的蜡烛,寓意着长长久久。

整个婚礼现场处处荡漾着欢声笑语,随处都透着浓浓的喜庆。无尽的喜悦在许一非的心中迅速滋生,仿佛这喜悦无穷无尽。

欢快的音乐声响起,一袭白纱的陆英挽着父亲的手,缓缓地走过红毯。红毯的那一头,是深情凝望的许一非。

半夏是这场婚礼的伴娘,明朝是伴郎。

陆英的婚纱是量身制作的,尽可能做得宽松,但仍掩不住她凸起的腹部。宾客们看着陆英的体态,连连的恭喜声在场内飞扬:"恭喜你们啊,双喜临门,双喜临门!"

许父与许母笑容满面,坦然接受着宾客们"双喜临门"的祝福。他们真的已经没有丝毫的介意。

许一非自陆父的手中接过陆英的手,洋溢着一脸的笑容。他牵着陆英的手,始终都没松开过。这一刻能执着陆英的手,是他一生的幸福,窈窕淑女,君子好逑。他今生今世的心愿,终于化为现实。

交换戒指的时候,他拿出了那枚用自己薪水购来的黄金戒指。戒指很寻常,普通至极。没有精致的花式,没有铂金的光彩,更没有钻石的璀璨,金黄的颜色甚至有一些俗气,可是陆英心里喜欢。

这是许一非的心意,远甚过铂金,远甚过钻石,远甚过这世间所贵重的一切。

"执子之手,与子偕老。"许一非为陆英戴好了戒指,深情地向陆英诉说着,"陆英,我们终于结婚了,你,高兴吗?"

陆英微微一笑,轻声说道:"一非,愿与你白头偕老,幸福安好。"

能自陆英口中说出这样的话来,许一非不由得热泪盈眶。他不奢望自己能得到陆英所有的爱,他知道在她的内心里总有一处地方是留给子扬的。可是听见陆英亲口说出这样的话来,许一非觉得自己这一生的幸福都汇集在了这一天,今生再也无憾!

"要扔捧花了。"

"没结婚的赶紧来抢捧花了。"宾客之中欢呼起来。

明朝牵着半夏的手也站在人群中等着捧花被扔出来,陆英面对着人群微微一笑,用力地将手中的捧花掷出。

捧花在空中划过一道优美的弧线,而后飞到了明朝和半夏面前。

"半夏,快接。"明朝示意着半夏,半夏迟疑间却不由自主地伸出了手,将捧花接在了手里。

芬芳的花香弥漫在空气里,洁白的花朵开得正好,半夏怔怔地注视着手中的捧花,每一朵花瓣都仿佛是脂玉一样泛着光泽。这是幸福之花,是美好之花,据说接了新娘捧花的人,也一定会有好姻缘,会很快结婚。

自己,会吗?

"半夏,你一定要幸福。"半夏抬起头来,她看见陆英和许一非并肩站在她面前,十指相握。陆英一脸微笑地看着半夏,说出对半夏的祝福。

"你结婚了,真好。"半夏喜极而泣,她忍住眼中喜悦的泪水,也回以陆英微微一笑,她上前一步拥抱着陆英,"再没有比今天更开心的事了,英子,祝福你。"

"更开心的事还在后头,半夏,等你结婚的那一天,你就会发现。"

半夏闻言不由得微微笑了起来,如花笑颜,晃动在明朝眼前。

明朝举眸望去,眼前是一片繁花似锦,是一张张快乐的容颜;耳畔是欢快的音乐声在流动,是欢声笑语。

会的,会幸福的。更开心的事,还在后头。

一定会越来越好的,他与半夏一定会像许一非和陆英一样,得到他们的祝福的!

会的,一定会幸福的。

半夏松开对陆英的拥抱,望向明朝,明朝对她灿烂一笑,牵过她的手:"杜半夏,不如我们也结婚吧。"

(全文完)

—*End*—